W0330932

PENGUIN
EDITION

Große Emotionen, große Dramen, große Abenteuer – von Austen bis Fitzgerald, von Flaubert bis Zweig. Ein Bücherregal ohne Klassiker ist wie eine Welt ohne Farbe.

Henry James (1843–1916) wurde in New York geboren, verbrachte jedoch die meiste Zeit seines Lebens auf Reisen und in Europa. Dessen klassischer Literatur, insbesondere aus Russland und Frankreich, galt seine höchste Wertschätzung. Seinen Ruf als Meister der psychologischen Erzählkunst erschrieb er sich mit zwanzig Romanen und über hundert Erzählungen.

«Ich kenne keinen besseren, intimeren Kenner der Abgründe des menschlichen Herzens als Henry James … Großartig zu lesen, es ist ein wirklich leichtes, zugängliches Buch.»
Denis Scheck, SWR lesenswert

«Die ehrbare Kraft der Neuen Welt trifft auf die laszive Verfeinerung der Alten Welt: Henry James erzählt federleicht eine kleine transatlantische Ethnologie. Jedes Klischee sitzt!»
Ijoma Mangold, Die Zeit

«Ein glänzend geschriebenes Buch!»
Elke Heidenreich, SRF Literaturclub

«Die Neuübersetzung lässt das vorletzte Jahrhundert geradezu postmodern erscheinen … Henry James gehört zu den Postmodernen und ist deshalb unser höchst lebendiger Zeitgenosse.»
Jochen Schimmang, Frankfurter Allgemeine Zeitung

Henry James

DIE EUROPÄER

Roman

Aus dem Englischen übersetzt
von Andrea Ott

Nachwort von Gustav Seibt

PENGUIN VERLAG

Die Originalausgabe erschien 1878
unter dem Titel «The Europeans».

Der Verlag behält sich die Verwertung des urheberrechtlich
geschützten Inhalts dieses Werkes für Zwecke des
Text- und Data-Minings nach § 44b UrhG ausdrücklich vor.
Jegliche unbefugte Nutzung ist hiermit ausgeschlossen.

FSC
www.fsc.org
MIX
Papier | Fördert
gute Waldnutzung
FSC® C014496

Penguin Random House Verlagsgruppe FSC® N001967

1. Auflage 2023
Copyright © 2015/2023 der deutschsprachigen Ausgabe by Manesse Verlag
in der Penguin Random House Verlagsgruppe GmbH,
Neumarkter Straße 28, 81673 München
Umschlaggestaltung: Regg Media in Adaption der traditionellen
Penguin Classics Triband-Optik aus England
Satz: Greiner & Reichel GmbH, Köln
Druck und Bindung: GGP Media GmbH, Pößneck
Printed in Germany
ISBN 978-3-328-11087-3
www.penguin-verlag.de

I

Ein schmaler Friedhof im Herzen einer betriebsamen, gleichgültigen Großstadt ist, betrachtet aus den Fenstern eines düsteren Gasthofs, zu keiner Zeit ein anregender Anblick, und das Bild gewinnt auch nicht, wenn sich über die verschimmelten Grabsteine und trübseligen Baumschatten ein schwerer, nasser, wenig erquickender Schnee gelegt hat. Wenn zudem laut Kalender, allem trüben, eisigen Nieselregen zum Trotz, der wonnigliche Frühling bereits sechs Wochen alt ist, mangelt es der Szenerie, wie jedermann zugeben muss, nicht an deprimierenden Details. Und genauso empfand das an einem zwölften Mai vor über dreißig Jahren auch eine Dame, die im besten Hotel der altehrwürdigen Stadt Boston am Fenster stand und hinaussah. Sie stand dort seit einer halben Stunde – allerdings mit Unterbrechungen, denn von Zeit zu Zeit drehte sie sich um und durchmaß das Zimmer mit ruhelosen Schritten. Im Kamin erzeugte ein rotglühendes Feuer eine kleine, bläuliche Flamme, und vor dem Feuer saß an einem Tisch ein junger Mann, der eifrig mit einem Bleistift zugange war. Er hatte einige Bögen Papier in lauter gleichförmige, kleine Rechtecke geschnitten und bedeckte diese nun offenbar mit Zeichnungen – seltsamen Gestalten. Er arbeitete rasch und konzentriert, wobei er manchmal den Kopf zurücklegte, sein Bild auf Armeslänge vor sich hin hielt und unablässig ein leises, heiter klingendes Summen und Pfeifen von sich gab. Die Dame streifte ihn im Vorbeigehen; ihre reich besetzten Röcke waren sehr ausladend. Für seine Arbeit hatte sie nie einen Blick übrig, sah nur ab und zu, wenn sie vorbeikam, in einen Spiegel über dem Toilettentisch am anderen Ende des Zimmers. Dann blieb sie kurz stehen, kniff sich links und rechts in die Taille oder hob ihre Hände – die weich und hübsch waren – mit einer halb liebkosenden, halb zurechtrückenden Bewegung zu ihrer vielfach verschlungenen Haartracht empor. Ein aufmerksamer Beobachter hätte annehmen können, dass ihr Gesicht in diesen Sekunden oberflächlicher Selbstprüfung seine Schwermut vergaß, doch kaum näherte sich die Frau wieder dem Fenster, verriet ihre Miene, dass sie alles andere als erfreut war. Und in der Tat bot das, worauf ihr Blick fiel, wenig Grund zur Freude. Der Schneeregen schlug gegen die Fensterscheiben; die Grabsteine auf dem Friedhof sahen aus, als wendeten sie sich schutzsuchend ab. Ein hohes Eisengitter trennte sie von der Straße, und diesseits des Gitters trampelte eine Schar von Bostonern im feuchten Schnee herum. Viele blickten auf und dann wieder zu Boden; anscheinend warteten sie auf etwas. Von Zeit zu Zeit näherte sich ein seltsames Gefährt der Stelle, an der sie standen, ein Gefährt, wie es die Dame am Fenster, die doch mit allerlei menschlichen Erfindungen vertraut war, noch nie gesehen hatte: ein riesiger, niedriger, in leuchtenden Farben bemalter und augenscheinlich mit bimmelnden Glöckchen verzierter Omnibus, der unter heftigem Rattern, Stoßen und Kreischen von zwei auffallend kleinen Pferden durch eine Art von Furchen im Pflaster gezogen wurde. Sobald er eine bestimmte Stelle erreicht hatte, stürzten sich die Leute vor dem Friedhof, zumeist Frauen mit Taschen und Paketen, geschlossen auf ihn – eine Bewegung, die an das Gerangel um Plätze in einem Rettungsboot auf hoher See erinnerte – und wurden von seinem riesigen Inneren verschluckt. Dann fuhr das Rettungsboot – oder der «Rettungswagen», wie ihn die Dame am Hotelfenster unsicher bezeichnete – holpernd und klingelnd auf seinen unsichtbaren Rädern davon, und der Steuermann (der Mann am Lenkrad) wies ihm vom Bug aus unsinnigerweise den Weg. Dieses Schauspiel wiederholte sich alle drei Minuten, und immer gab es reichlich Nachschub an drängelnden Frauen in Mänteln mit Handtaschen und Bündeln. Jenseits des Friedhofs zeigten sich Reihen kleiner roter Backsteinhäuser von ihrer freundlichen, familiären Gartenseite. An deren Ende, gegenüber dem Hotel, ragte ein hoher hölzerner, weiß bemalter Kirchturm in das neblige Schneetreiben. Die Dame am Fenster betrachtete ihn eine Weile; aus nur ihr selbst bekannten Gründen hielt sie ihn für das hässlichste Gebilde, das sie je gesehen hatte. Sie verabscheute ihn, sie verachtete ihn, er versetzte sie in eine Gereiztheit, die in keinem Verhältnis zu irgendeinem vernünftigen Motiv stand. Sie hatte gar nicht gewusst, dass ihr Kirchtürme so nahegingen.

Sie war nicht hübsch, aber ihr Gesicht war äußerst interessant und ansprechend, selbst wenn es Verwirrung und Gereiztheit ausdrückte. Sie war auch nicht mehr ganz jung; obwohl schlank, besaß sie außerordentlich wohlgeformte Rundungen – eine Andeutung von Reife und gleichzeitig Beweglichkeit – und trug ihre dreiunddreißig Jahre, wie eine zartgliedrige Hebe einen randvollen Weinkelch tragen mochte. Ihr Teint war müde, wie die Franzosen sagen,[1] ihr Mund groß, ihre Lippen waren ein wenig voll, ihre Zähne unregelmäßig, und ihr Kinn war eher gewöhnlich geformt. Sie hatte eine breite Nase, und wenn sie lächelte – und sie lächelte ständig –, hoben sich die Falten beiderseits der Nase etwas weit nach oben, bis zu ihren Augen. Diese Augen waren gleichwohl bezaubernd: grau, strahlend, flink, freundlich und intelligent. Sie hatte eine sehr niedrige Stirn, der einzig hübsche Gesichtszug, und ihr volles, krauses, dunkles Haar war fein onduliert und immer auf eine Weise geflochten, die an eine südländische oder asiatische, jedenfalls sehr fremdländische Frau denken ließ. Sie besaß eine große Sammlung von Ohrringen, die sie abwechselnd trug, und die ihr orientalisches oder exotisches Aussehen noch zu betonen schienen. Einmal hatte jemand etwas Schmeichelhaftes über sie geäußert, man hatte ihr davon erzählt, und kein Kompliment hatte ihr jemals mehr Freude gemacht: «Eine hübsche Frau», hatte ein Mann gesagt, «aber sie hat unschöne Gesichtszüge.» – «Von ihren Gesichtszügen weiß ich nichts», hatte ein kluger Beobachter geantwortet, «aber sie trägt ihren Kopf wie eine hübsche Frau.» Man kann sich vorstellen, dass sie ihren Kopf von da an immer so vorteilhaft trug.

Schließlich wandte sie sich vom Fenster ab und schlug die Hände vor die Augen. «Es ist zu schrecklich!», rief sie. «Ich fahre zurück, ich fahre zurück!» Sie warf sich in einen Sessel vor dem Kamin.

«Warte noch ein bisschen, liebes Kind», sagte der junge Mann sanft und zeichnete weiter auf seine Papierschnipsel.

Die Dame streckte einen Fuß vor; er war sehr klein, und auf dem Slipper saß eine riesige Rosette. Diese Verzierung starrte sie eine Weile an, dann blickte sie auf das glühende Bett aus Steinkohle im Kamin. «Hast du jemals etwas so Abscheuliches wie dieses Feuer gesehen?», fragte sie. «Hast du jemals etwas gesehen, das so … so *affreux*[2] ist wie … wie das alles hier?» Sie sprach ein makelloses Englisch, aber wie sie dieses französische Epitheton[3] aussprach, ließ erkennen, dass sie es gewohnt war, französische Epitheta zu verwenden.

«Ich finde das Feuer sehr hübsch», antwortete der junge Mann mit einem kurzen Blick darauf. «Diese kleinen blauen Zungen, die auf der roten Glut tanzen, sind doch äußerst malerisch. Sie sehen aus wie das Feuer im Labor eines Alchemisten.»

«Du bist zu gutmütig, mein Lieber», erklärte seine Gefährtin.

Der junge Mann hielt eine Zeichnung in der ausgestreckten Hand und legte den Kopf schief. Seine Zunge fuhr sachte über die Unterlippe. «Gutmütig: ja; zu gutmütig: nein.»

«Du zerrst an meinen Nerven», sagte die Dame und blickte auf ihren Schuh.

Er begann seine Zeichnung zu überarbeiten. «Du meinst wohl, du bist enerviert.»

«Nun ... ja», antwortete seine Gefährtin mit einem kleinen, bitteren Lachen. «Das ist der schwärzeste Tag meines Lebens – und du weißt, was das heißt.»

«Warte bis morgen», erwiderte der junge Mann.

«Ja, wir haben einen großen Fehler gemacht. Sollte das heute noch in Frage stehen, so morgen bestimmt nicht mehr. *Ce sera clair, au moins!*[4]»

Der junge Mann schwieg ein paar Sekunden und zog seinen Bleistift übers Papier. Dann behauptete er: «Es gibt keine Fehler.»

«Sehr richtig – für Menschen, die nicht klug genug sind, sie wahrzunehmen. Seine eigenen Fehler nicht zu erkennen – das wäre ein glückliches Leben», fuhr die Dame fort und blickte immer noch auf ihren hübschen Fuß.

«Liebste Schwester», sagte der junge Mann, immerfort konzentriert zeichnend, «du hast mir gerade zum ersten Mal erklärt, dass ich nicht klug bin.»

«Nun, deiner eigenen Theorie zufolge kann ich das nicht

als Fehler bezeichnen», antwortete seine Schwester beziehungsvoll.

Der junge Mann lachte hell und erfrischend. «Du zumindest bist ziemlich klug, liebste Schwester», sagte er.

«Das war ich nicht, als ich dir dies hier vorgeschlagen habe.»

«War es denn dein Vorschlag?», fragte der Bruder.

Sie wandte den Kopf und starrte ihn kurz an. «Möchtest etwa du dir das als Verdienst anrechnen?»

«Wenn du möchtest, nehme ich die Schuld auf mich», sagte er und blickte mit einem Lächeln auf.

«Ich weiß», erwiderte sie nach einem Weilchen, «du machst keinen Unterschied zwischen Dein und Mein. Du hast keinen Sinn für Besitz.»

Wieder lachte der junge Mann fröhlich. «Wenn das heißt, dass ich nichts besitze, hast du recht.»

«Mach keine Witze über deine Armut», sagte die Schwester. «Das ist genauso vulgär, wie wenn man damit prahlt.»

«Meine Armut! Ich habe gerade eine Zeichnung fertiggestellt, die mir fünfzig Franc einbringt!»

«Voyons»,[5] sagte die Dame und streckte die Hand aus.

Er fügte noch ein paar Striche hinzu, dann gab er ihr die Skizze. Sie betrachtete sie, spann aber den Gedanken von vorher weiter. «Wenn eine Frau dich fragen würde, ob du sie heiraten möchtest, würdest du sagen: ‹Natürlich, meine Liebe, mit Vergnügen!› Dann würdest du sie heiraten und wärst aberwitzig glücklich. Und nach drei Monaten würdest du zu ihr sagen: ‹Weißt du noch, jener gesegnete Tag, an dem ich dich bat, die Meine zu werden?›»

Der junge Mann war vom Tisch aufgestanden und reckte ein wenig die Arme. Er ging zum Fenster. «Das ist die Beschreibung eines charmanten Naturells», sagte er.

«O ja, du hast ein charmantes Naturell, darin sehe ich unser Kapital. Wenn ich davon nicht überzeugt gewesen wäre, hätte ich niemals gewagt, dich in dieses schreckliche Land zu bringen.»

«Dieses komische Land, dieses herrliche Land!», rief der junge Mann und brach in lautes Lachen aus.

«Wegen der Frauen, die in den Omnibus klettern?», fragte seine Gefährtin. «Was ist daran so reizvoll?»

«Ich glaube, drinnen sitzt ein sehr gut aussehender Mann», sagte der junge Mann.

«In jedem Omnibus? Sie fahren zu Hunderten vor, und die Männer in diesem Land kommen mir überhaupt nicht ansehnlich vor. Was die Frauen angeht – so viele auf einmal habe ich seit der Klosterschule nicht gesehen.»

«Die Frauen sind sehr hübsch», befand ihr Bruder, «und die ganze Szene ist sehr unterhaltsam. Ich muss sie zeichnen.» Er ging rasch zum Tisch zurück und griff nach seinen Utensilien – einem kleinen Zeichenbrett, einem Blatt Papier und drei oder vier Stiften. Mit diesen Sachen ausgestattet, stellte er sich wieder ans Fenster, blickte hinaus und führte mühelos und geschickt seinen Bleistift. Während er arbeitete, zeigte sein Gesicht ein strahlendes Lächeln. Strahlend ist tatsächlich das richtige Wort für dieses helle Leuchten. Er war achtundzwanzig Jahre alt, klein, zart und wohlproportioniert. Er ähnelte seiner Schwester auffallend, sah aber besser aus: Er war blond, wirkte offen und geistreich, hatte feine Züge und einen kultivierten, dabei keineswegs abgeklärten Gesichtsausdruck, warme blaue Augen, fein gezeichnete, übertrieben gewölbte Brauen (wenn Damen auf die Brauen ihres Liebsten Sonette schrieben, würden sich seine gut als Sujet für ein solches Gedicht eignen) und einen hellen Schnurrbart, der sich wie vom Lüftchen eines ständigen Lächelns bewegt nach oben schnörkelte. Seine Physiognomie hatte etwas Gütiges und zugleich Pittoreskes. Sie war jedoch, wie ich schon angedeutet habe, nicht im Geringsten abgeklärt. In diesem Punkt war das Gesicht des jungen Mannes außergewöhnlich: Es wirkte nicht abgeklärt und weckte doch starkes Vertrauen.

«Achte darauf, dass du viel Schnee draufbringst», sagte seine Schwester. «*Bonté divine*,[6] was für ein Land!»

«Ich werde das Blatt ganz weiß lassen und nur die kleinen, schwarzen Gestalten hineinsetzen», antwortete der junge Mann lachend. «Und ich nenne es – wie heißt dieser Vers bei Keats? – ‹Der Maienmitte erstes Kind›[7]!»

«Ich kann mich nicht erinnern», sagte die Dame, «dass Mama mir jemals erzählt hätte, es sei hier *so* gewesen.»

«Mama hat dir nie etwas Unangenehmes erzählt. Und es ist ja auch nicht jeden Tag so. Du wirst sehen, morgen haben wir herrliches Wetter.»

«*Qu'en savez-vous?*[8] Morgen reise ich ab.»

«Wohin denn?»

«Irgendwohin, nur weg von hier. Zurück nach Silberstadt. Ich werde an den Fürsten schreiben.»

Der junge Mann drehte sich kurz um und sah sie an, den Stift noch in der Luft. «Liebe Eugenia», murmelte er, «warst du auf See so glücklich?»

Eugenia stand auf, sie hielt noch immer die Zeichnung in der Hand, die ihr Bruder ihr gegeben hatte. Es war eine kühne, ausdrucksstarke Skizze einer Gruppe von verängstigten Passagieren an Deck eines Dampfers, die sich zusammendrängten und aneinanderklammerten, während das Schiff aus furchterregender Schieflage in ein Wellental kippte. Es war sehr gekonnt gezeichnet und von tragikomischer Kraft. Eugenia warf einen Blick darauf und verzog angewidert das

Gesicht. «Wie kannst du nur so hässliche Szenen zeichnen? Am liebsten würde ich es ins Feuer werfen!» Sie schleuderte das Papier beiseite. Der Bruder beobachtete in aller Ruhe, wohin es flog. Es flatterte auf den Boden, und er ließ es dort liegen. Sie trat ans Fenster und kniff sich in die Taille. «Warum machst du mir keine Vorwürfe, warum beschimpfst du mich nicht?», fragte sie. «Dann wäre mir vielleicht wohler. Warum sagst du nicht, du hasst mich, weil ich dich hierhergebracht habe?»

«Weil du es nicht glauben würdest. Ich bewundere dich, liebe Schwester! Ich bin sehr gern hier, und der Ausblick ist reizvoll.»

«Ich weiß nicht, was mich gepackt hat. Ich habe den Kopf verloren», fuhr Eugenia fort.

Der junge Mann strichelte weiter vor sich hin. «Es ist offensichtlich ein höchst merkwürdiges und interessantes Land. Da wir einmal hier sind, habe ich vor, mich daran zu erfreuen.»

Seine Gefährtin wandte sich mit einem ungeduldigen Schritt ab, machte aber sofort wieder kehrt. «Gute Laune ist zweifellos etwas Großartiges», sagte sie, «aber du hast für meinen Geschmack zu viel davon, und ich kann nicht erkennen, was sie dir bisher genutzt hätte.»

Der junge Mann blickte sie mit großen Augen und gehobenen Brauen an, lächelte und tippte sich mit dem Stift an die hübsche Nase. «Sie hat mich glücklich gemacht!»

«Das ist wohl das Mindeste; sonst hat sie aber rein gar nichts bewirkt. Du hast dein Leben lang dem Schicksal bereits für die kleinsten Gunstbeweise gedankt, deshalb hat es sich nie für dich angestrengt.»

«Ein bisschen schon, da es mir doch eine so wunderbare Schwester geschenkt hat.»

«Ich meine es ernst, Felix. Du vergisst, dass ich älter bin als du.»

«Dann eben eine so ältliche Schwester!», versetzte Felix lachend. «Ich hatte gehofft, wir hätten die Ernsthaftigkeit in Europa gelassen.»

«Ich würde mir wünschen, dass du hier zu ihr findest. Denk daran, du bist fast dreißig Jahre alt und weiter nichts als ein unbekannter Bohemien – der mittellose Mitarbeiter einer Illustrierten.»

«Unbekannt zugegeben, aber keineswegs der Bohemien, für den du mich hältst. Und mittellos schon gar nicht! Ich habe hundert Pfund in der Tasche. Und ich habe einen Vertrag über fünfzig Zeichnungen und möchte all unsere Verwandten und deren Verwandte porträtieren, zu hundert Dollar pro Kopf.»

«Du besitzt keinen Ehrgeiz», sagte Eugenia.

«Aber du, liebe Baronin», erwiderte der junge Mann.

Die Baronin schwieg einen Moment und sah hinaus auf den vom Schneeregen verdunkelten Friedhof und die ruckelnden Pferdebahnen. «Ja, ich besitze Ehrgeiz», sagte sie schließlich. «Und mein Ehrgeiz hat mich an diesen entsetzlichen Ort gebracht!» Sie blickte um sich – der Raum hatte etwas unanständig Nacktes, Bett und Fenster hatten keine Vorhänge – und stieß einen leisen, leidenschaftlichen Seufzer aus. «Armseliger Ehrgeiz!», rief sie. Dann warf sie sich auf das Sofa, das neben ihr an der Wand stand, und barg ihr Gesicht in den Händen.

Der Bruder zeichnete immer weiter, rasch und geschickt. Nach einer Weile setzte er sich neben sie und zeigte ihr seine Zeichnung. «Findest du nicht, dass das für einen unbekannten Bohemien ziemlich gut ist?», fragte er. «Ich habe schon wieder fünfzig Franc aus dem Ärmel geschüttelt.»

Eugenia warf einen Blick auf das kleine Bild, das er ihr auf den Schoß gelegt hatte. «Ja, es ist sehr gekonnt», sagte sie. Gleich darauf fuhr sie fort: «Meinst du, unsere Verwandten tun so etwas?»

«Tun was?»

«Steigen in diese Dinger ein und sehen dann so aus?»

Felix überlegte. «Ich weiß es wirklich nicht. Wir werden es schon erfahren.»

«Nein, das ist bei reichen Leuten ausgeschlossen!», sagte die Baronin.

«Bist du so sicher, dass sie reich sind?», fragte Felix leichthin.

Seine Schwester wandte sich langsam um und sah ihn an. «Herr im Himmel!», murmelte sie. «Du kannst vielleicht Sachen sagen!»

«Es wäre sicher wesentlich erfreulicher, wenn sie reich wären», erklärte Felix.

«Glaubst du, ich wäre jemals hierhergekommen, wenn ich nicht wüsste, dass sie reich sind?»

Der junge Mann setzte dem etwas gebieterischen Blick der Schwester seinen eigenen fröhlichen, zufriedenen entgegen. «Ja, es wäre auf jeden Fall erfreulicher», wiederholte er zustimmend.

«Mehr erwarte ich nicht von ihnen», sagte die Baronin. «Ich rechne nicht damit, dass sie klug sind oder freundlich – jedenfalls am Anfang – oder vornehm oder interessant. Aber ich bestehe unbedingt darauf, dass sie reich sind.»

Felix legte den Kopf an die Rückenlehne des Sofas und blickte eine Weile auf den vom Fenster eingerahmten länglichen Himmelsfleck. Es hatte aufgehört zu schneien; ihm schien, als hellte sich der Himmel allmählich auf. «Ich rechne schon damit, dass sie reich sind», sagte er schließlich, «und mächtig und klug und freundlich und vornehm und interessant und überhaupt wunderbar! *Tu vas voir.*[9]» Er beugte sich vor und küsste seine Schwester. «Schau!», fuhr er fort. «Noch während meiner Worte hat sich der Himmel golden verfärbt, ein gutes Omen! Es wird noch ein schöner Tag.»

Und tatsächlich, innerhalb von fünf Minuten hatte sich das Wetter geändert. Die Sonne brach durch die Schneewolken und sprang ins Zimmer der Baronin. «*Bonté divine*», rief die Dame, «was für ein Land!»

«Lass uns ausgehen und die Leute beobachten», sagte Felix.

Kurz darauf brachen sie auf. Es war warm und hell geworden; die Sonne hatte das Pflaster getrocknet. Sie schlenderten aufs Geratewohl durch die Straßen, betrachteten die Passanten und die Häuser, die Geschäfte und die Fahrzeuge, den blitzblauen Himmel und die schlammigen Kreuzungen, die eilenden Männer und die schlendernden Mädchen, die leuchtend roten Backsteine und die hellgrünen Bäume, diese ganze ungewöhnliche Mischung aus Eleganz und Schäbigkeit. Von einer Stunde zur anderen hatte der Tag etwas Frühlingshaftes bekommen; selbst durch das Gewimmel auf den Straßen wehte ein Geruch nach Erde und Blüten. Felix war höchst angetan. Er hatte es ein komisches Land genannt, und mittlerweile lachte er über alles, was er sah. Man könnte sagen, die amerikanische Zivilisation präsentierte sich ihm als ein Gespinst aus famosen Witzen. Es waren wirklich außerordentlich gute Witze, und die Heiterkeit des jungen Mannes hatte etwas Erfreuliches und Anregendes. Er besaß einen Sinn für das sogenannte Pittoreske, und dieser erste Blick auf demokratische Lebensformen weckte in ihm dieselbe Aufmerksamkeit, die er auch den

Bewegungen eines lebhaften jungen Menschen mit strahlender Miene geschenkt hätte. Er hätte diese Aufmerksamkeit deutlich, wenn auch höflich zum Ausdruck gebracht, und im vorliegenden Fall hätte Felix als ein unverzagter junger Exilant gelten können, der noch einmal die Lieblingsorte seiner Kindheit aufsucht. Immer wieder blickte er in das grelle Blau des Himmels, in die funkelnde Luft, auf die zusammenhanglosen, vielfältigen Farbflecke.

«*Comme c'est bariolé!*»,[10] sagte er zu seiner Schwester in jener Fremdsprache, zu der es sie offenbar beide gelegentlich auf rätselhafte Weise drängte.

«Ja, das ist wirklich *bariolé*», antwortete die Baronin. «Ich mag diese Farben nicht, sie tun mir weh.»

«Sie zeigen, wie es ist, wenn Gegensätze aufeinandertreffen», erwiderte der junge Mann. «Anstatt in den Westen zu gelangen, sind wir offenbar nach Osten gereist. Wie hier der Himmel an die Giebel grenzt, das ist genau wie in Kairo; und die roten und blauen Firmenschilder, die quer über allem hängen, erinnern an mohammedanischen Zierrat.»

«Die jungen Frauen sind jedenfalls keine Mohammedanerinnen», sagte seine Gefährtin. «Man kann nicht gerade behaupten, dass sie ihr Gesicht verhüllen. Ich habe noch nie etwas so Dreistes gesehen.»

«Gott sei Dank verhüllen sie es nicht!», rief Felix. «Sie sind ungewöhnlich hübsch.»

«Ja, die Gesichter sind oft hübsch», sagte die Baronin, eine sehr kluge Frau. Sie war zu klug, um nicht genau und scharf zu beobachten. Sie umfasste den Arm ihres Bruders fester als sonst, sie war nicht so heiter gestimmt wie er. Sie sprach wenig, nahm aber vieles in sich auf und dachte darüber nach. Sie war ein wenig aufgeregt; sie spürte, dass sie auf der Suche nach dem Glück tatsächlich in ein fremdes Land gekommen war. Erst einmal empfand sie eine Menge Ärger und Missfallen; die Baronin war ein sehr empfindlicher, heikler Mensch. Früher hatte sie aus Spaß und in glanzvoller Gesellschaft häufig einen Jahrmarkt in einer Provinzstadt besucht. Jetzt hatte sie den Eindruck, auf einen Riesenjahrmarkt geraten zu sein – der Spaß und die Streitereien waren genau dieselben. Sie merkte, dass sie abwechselnd lächelte und zurückzuckte. Das Schauspiel als solches war kurios, aber von einem Augenblick zum nächsten konnte man angerempelt werden. Die Baronin hatte noch nie so viele Menschen herumspazieren sehen, hatte sich noch nie inmitten so vieler unbekannter Menschen aufgehalten. Aber nach und nach spürte sie, dass dieser Jahrmarkt eine ernstere Angelegenheit war. Sie ging mit ihrem Bruder in einen großen öffentlichen Park, der ihr sehr schön erschien, wunderte sich aber, als sie keine Kutschen sah. Der Nachmittag neigte sich dem Ende zu. Das wilde, kräftige Gras und die schlanken Baumstämme wurden vergoldet von den waagrecht einfallenden Sonnenstrahlen – vergoldet wie mit eben erst geschürftem Gold. Es war eigentlich die Stunde, in der die Damen ausfuhren, um frische Luft zu schnappen und mit leicht geneigtem Sonnenschirm an einem Fußgängerspalier vorbeizurollen. Hier jedoch bemerkte Eugenia keinerlei Anzeichen für diesen Brauch, und das erschien ihr umso merkwürdiger, als sich neben einer breiten, belebten Straße höchst verlockend eine reizvolle Allee aus sehr anmutigen, ausladenden Ulmen dahinzog, auf der das prosaische Zufußgehen auch unter den wohlhabenderen Mitgliedern der Bourgeoisie offenbar mehr und mehr um sich griff. Unsere Freunde bogen in diese Promenade mit ihrem schönen Licht ein, und wieder bemerkte Felix eine Menge hübscher Mädchen und machte seine Schwester darauf aufmerksam.

Dies war jedoch überflüssig; die Baronin hatte die reizenden jungen Damen schon gemustert.

«Ich habe das sichere Gefühl, dass unsere Cousinen auch so aussehen», sagte Felix.

Das hoffte die Baronin ebenfalls, sprach es jedoch nicht aus. «Sie sind sehr hübsch, aber es sind nur junge Mädchen. Wo sind die Frauen – die dreißigjährigen Frauen?»

«Die dreiunddreißigjährigen, meinst du?», wollte ihr Bruder schon fragen, denn er verstand nicht nur, was sie sagte, sondern wusste oft auch, was unausgesprochen blieb. Stattdessen bewunderte er lauthals die Schönheit des Sonnenuntergangs, während die Baronin, die gekommen war, ihr Glück zu suchen, überlegte, dass es recht vorteilhaft für sie war, wenn es sich bei den Personen, mit denen sie sich messen musste, nur um junge Mädchen handelte. Der Sonnenuntergang war prächtig; sie blieben stehen, um zuzuschauen. Felix erklärte, er habe noch nie ein so hinreißendes Wechselspiel der Farben erlebt. Auch die Baronin fand es herrlich und genoss alles vielleicht umso mehr, als ihr bewusst wurde, welch staunende Aufmerksamkeit sie bei einigen gut aussehenden Passanten erregte, denen die vornehme, apart gekleidete Dame von exotischer Erscheinung auffiel, die da an einer Bostoner Straßenecke auf Französisch die Schönheiten der Natur bewunderte. Eugenias Stimmung hob sich. Sie überließ sich einer Art gelassener Heiterkeit. Sie war gekommen, ihr Glück zu suchen, und es ließ sich offenbar ohne große Mühe finden. In der prächtigen Reinheit des Abendhimmels lag ein Versprechen, im sanften, unaufdringlichen Blick der Vorübergehenden die Andeutung einer Art natürlicher Leichtigkeit aller Dinge.

«Du fährst nicht zurück nach Silberstadt, nicht wahr?», fragte Felix.

«Nicht morgen», sagte die Baronin.

«Und du schreibst auch nicht an den Fürsten?»

«Ich werde ihm schreiben, dass ihn hier offenbar niemand kennt.»

«Das wird er nicht glauben», sagte der junge Mann. «Ich rate dir, lass ihn in Ruhe.»

Felix selbst war weiterhin bester Laune. Wiewohl er in malerischen Städten mit uralten Sitten und Gebräuchen aufgewachsen war, entdeckte er in der kleinen puritanischen Metropole viel Lokalkolorit. Noch am selben Abend verkündete er seiner Schwester nach dem Dinner, er werde am nächsten Tag früh aufbrechen, um die Verwandten aufzusuchen.

«Du bist sehr ungeduldig», sagte Eugenia.

«Das ist nur natürlich», sagte er, «nachdem ich heute all diese hübschen Mädchen gesehen habe. Wenn sich die Cousinen auch als so hübsch erweisen, ist es umso besser, wenn man sie bald kennenlernt.»

«Vielleicht sind sie aber nicht so hübsch», sagte Eugenia. «Wir hätten Empfehlungsbriefe mitbringen sollen – adressiert an andere Leute.»

«Die anderen Leute wären nicht unsere Verwandten.»

«Deswegen müssen sie nicht schlechter sein», antwortete die Baronin.

Der Bruder blickte sie mit hochgezogenen Brauen an. «Der Meinung warst du aber nicht, als du mir vorgeschlagen hast, wir sollten hierherfahren und mit unseren Verwandten Freundschaft schließen. Du fandest, dazu dränge einen doch die natürliche Zuneigung, und als ich mehrere Gegenargumente anführte, meintest du, die Stimme des Blutes müsse alles übertönen.»

«An das alles erinnerst du dich?», fragte die Baronin.

«Lebhaft! Es hat mich sehr gerührt.»

Sie wanderte im Zimmer auf und ab wie schon am Vormittag, dann hielt sie inne und sah ihren Bruder an. Offenbar wollte sie etwas sagen, besann sich aber und ging weiter. Ein Weilchen später sagte sie dann etwas anderes, eine Art Erklärung, warum sie ihren früheren Gedanken unterdrückt hatte. «Du wirst immer ein Kind bleiben, lieber Bruder.»

«Man sollte meinen, dass Sie, Madam, tausend Jahre alt sind», antwortete Felix lachend.

«Das bin ich auch – manchmal», sagte die Baronin.

«Dann ziehe ich also los und setze unsere Verwandtschaft von der Ankunft einer so außerordentlichen Persönlichkeit in Kenntnis. Sie werden sofort kommen und dir ihre Aufwartung machen.»

Wieder durchmaß Eugenia das Zimmer der Länge nach, dann blieb sie vor ihrem Bruder stehen und legte ihm die Hand auf den Arm. «Sie dürfen nicht kommen und mich besuchen», sagte sie. «Das darfst du nicht zulassen. Meine erste Begegnung mit ihnen soll nicht so ablaufen.» Und als Antwort auf seinen fragenden Blick fuhr sie fort: «Du gehst hin, siehst dir alles an und erzählst von uns. Dann kommst du zurück und berichtest mir, wer sie sind und was sie sind, wie viele, welchen Geschlechts und jeweils wie alt – alles. Achte darauf, dass du jede Einzelheit wahrnimmst, du musst mir die Örtlichkeit, das Drum und Dran und – wie soll ich sagen? – die Inszenierung beschreiben können. Dann werde ich sie zu einer mir gelegenen Zeit, einer mir gelegenen Stunde und unter den von mir gewählten Umständen aufsuchen. Ich werde mich vorstellen, werde vor ihnen auftreten!», sagte die Baronin, ihre Absicht diesmal mit einer gewissen Offenheit formulierend.

«Und welche Nachricht soll ich ihnen überbringen?»,

fragte Felix, für den alle Anordnungen seiner Schwester unanfechtbar waren.

Sie musterte ihn kurz, seine Miene, aus der charmante Wahrheitsliebe sprach, und erwiderte mit jener Unanfechtbarkeit, die er bewunderte: «Sag, was du willst. Erzähle meine Geschichte so, wie es dir am … natürlichsten erscheint.» Und sie hielt ihm die Stirn zum Kuss hin.

2

Der nächste Tag war strahlend schön, wie Felix prophezeit hatte. So wie erst der Winter schlagartig zum Frühling geworden war, hatte sich nun der Frühling schlagartig zum Sommer gewandelt. Dies bemerkte auch das junge Mädchen, das aus einem großen, schlichten Haus mitten auf dem Land trat und durch den großzügigen Garten schlenderte, der das Haus von einer schlammigen Landstraße trennte. Die blühenden Sträucher und regelmäßig angeordneten Pflanzen badeten in einer Fülle von Licht und Wärme; der durchlässige Schatten der großen Ulmen – es waren herrliche Bäume – schien von Stunde zu Stunde dichter zu werden, und die ihr zutiefst vertraute Stille trug willig das Läuten einer fernen Kirchenglocke herüber. Das junge Mädchen lauschte der Glocke, war aber nicht für den Kirchgang gekleidet. Sie war barhäuptig und trug ein weißes Musselinmieder mit einer bestickten Einfassung, der Rock des Kleides war aus farbigem Musselin. Die junge Dame war etwa zwei- oder dreiundzwanzig Jahre alt, und wiewohl eine junge Person ihres Geschlechts, die an einem Sonntagmorgen im Frühling barhäuptig in einem Garten spazieren geht, von Natur aus kein unangenehmer Anblick sein kann, hätte man diese unschuldige Sabbatschänderin nicht gerade als hübsch bezeichnet. Sie war groß und blass, dünn und ein wenig linkisch, das blonde Haar fiel vollkommen glatt herab, und die dunklen Augen wirkten merkwürdigerweise gleichzeitig stumpf und ruhelos und entsprachen damit natürlich so gar nicht dem Idealbild der «schönen Augen», die wir uns immer strahlend und ruhig vorstellen. Die Türen und Fenster des großen Hauses standen weit offen, um den reinigenden Sonnenschein einzulassen, und er legte sich in großzügigen Flecken auf den Boden der breiten, hohen Veranda, die der Villa an zwei Seiten vorgebaut war – einer Veranda, auf der symmetrisch angeordnet Schaukelstühle mit Strohgeflecht und ein halbes Dutzend jener kleinen, zylindrischen Hocker aus grünem und blauem Porzellan standen, die auf eine Beziehung der Bewohner zum fernöstlichen Handel schließen lassen. Es war ein altes Haus – alt insofern, als es achtzig Jahre zählte. Es war aus Holz erbaut, in sauberem, hellem, verblasstem Grau gestrichen und an der Eingangsseite in regelmäßigen Abständen mit flachen, weiß lackierten Holzpilastern verziert. Diese Pfeiler schienen eine Art klassischen Giebel zu tragen, den in der Mitte ein großes, dreigeteiltes Fenster mit verwegen geschnitztem Rahmen und in den beiden Winkeln verglaste runde Öffnungen zierten. Eine große weiße Tür, ausgestattet mit einem auf Hochglanz polierten Messingklopfer, präsentierte sich der ländlich wirkenden Straße, zu der ein breiter, mit abgetretenen und zerbrochenen, aber blitzsauberen Ziegeln gepflasterter Weg führte. Hinter dem Wohnhaus lagen Wiesen und Obstgärten, eine Scheune und ein Teich, und gegenüber, ein Stückchen die Straße hinunter, stand ein kleineres, weiß gestrichenes Haus mit grünen Fensterläden, einem kleinen Garten auf der einen Seite und einem Obstgarten auf der anderen. All dies leuchtete in der Morgenluft, weshalb einem die schlichten Details des Bildes so deutlich ins Auge sprangen wie die einzelnen Posten einer Rechnung.

Nun kam eine zweite junge Dame aus dem Haus, ging über die Veranda hinunter in den Garten und trat zu dem erwähnten jungen Mädchen. Diese zweite junge Dame war ebenfalls dünn und blass, aber älter; sie war kleiner und hatte dunkles, weich fallendes Haar. Ihre Augen glichen nicht denen der anderen, sie waren beweglich und blank, aber keineswegs ruhelos. Sie trug eine Strohhaube mit weißen Bändern und einen langen, roten indischen Schal, der ihr vorn bis zu den Füßen reichte. In der Hand hielt sie einen kleinen Schlüssel.

«Gertrude», sagte sie, «bist du ganz sicher, dass du nicht zur Kirche gehen willst?»

Gertrude sah sie kurz an, riss von einem Flieder einen kleinen Zweig ab, roch daran und warf ihn weg. «Ich bin mir niemals einer Sache ganz sicher!», antwortete sie.

Die andere junge Dame blickte an ihr vorbei zu dem fernen Weiher, der schimmernd zwischen seinen langgezogenen, föhrenbestandenen Ufern lag. Dann sagte sie sehr leise: «Das ist der Schlüssel zum Esszimmerschrank. Es ist besser, du nimmst ihn, falls jemand etwas haben möchte.»

«Wer sollte etwas haben wollen?», fragte Gertrude. «Ich bin allein im Haus.»

«Es könnte jemand kommen», sagte ihre Gefährtin.

«Meinst du Mr. Brand?»

«Ja, Gertrude. Vielleicht möchte er ein Stück Kuchen.»

«Ich mag keine Männer, die immer Kuchen essen!», erklärte Gertrude und zupfte an dem Fliederbusch.

Ihre Gefährtin warf ihr einen Blick zu, dann sah sie auf den Boden. «Ich glaube, Vater erwartet, dass du in die Kirche kommst. Was soll ich ihm sagen?»

«Sag, ich habe arge Kopfschmerzen.»

«Wäre das die Wahrheit?», fragte die Ältere und blickte wieder geradeaus zum Weiher.

«Nein, Charlotte», sagte die jüngere Dame schlicht.

Charlotte verlagerte ihren sanften Blick auf das Gesicht ihrer Gefährtin. «Ich habe den unguten Eindruck, du bist ruhelos.»

«Ich fühle mich wie immer», erwiderte Gertrude im selben Tonfall wie eben.

Charlotte wandte sich ab, blieb aber noch einen Moment stehen. Dann schaute sie an ihrem Kleid nach unten. «Findest du nicht, dass mein Schultertuch irgendwie zu lang ist?», fragte sie.

Gertrude ging halb um sie herum und besah sich das Schultertuch. «Ich glaube, du trägst es nicht richtig», sagte sie.

«Wie soll ich es denn tragen, Liebes?»

«Ich weiß nicht. Anders. Du musst es anders über die Schultern legen, um die Ellbogen. Es muss von hinten anders aussehen.»

«Wie denn?», fragte Charlotte.

«Das kann ich nicht beschreiben», sagte Gertrude und zupfte den Schal hinten ein wenig nach außen. «Bei mir selbst könnte ich es schon machen, aber ich kann es nicht erklären.»

Mit einer Bewegung der Ellbogen straffte Charlotte wieder, was die Berührung ihrer Gefährtin gelockert hatte. «Gut, irgendwann musst du es mir einmal zurechtlegen. Jetzt spielt es keine Rolle. Im Grunde finde ich ohnehin», fügte sie hinzu, «dass es keine Rolle spielt, wie man von hinten aussieht.»

«Ich würde sagen, das spielt sogar die größere Rolle»,

befand Gertrude. «Da siehst du nämlich nicht, wer dich beobachtet. Du bist nicht auf der Hut. Du kannst nicht versuchen, hübsch auszusehen.»

Charlotte fand diese Erklärung höchst bedenklich. «Ich finde nicht, dass man überhaupt versuchen sollte, hübsch auszusehen», erwiderte sie ernst.

Ihre Gefährtin schwieg. Dann sagte sie: «Na ja, wahrscheinlich hilft es sowieso nicht viel.»

Charlotte sah sie kurz an, dann gab sie ihr einen Kuss. «Ich hoffe, es geht dir besser, wenn wir zurückkommen.»

«Aber es geht mir bestens, liebe Schwester!», sagte Gertrude.

Charlotte ging den breiten Ziegelweg zum Gartentor hinunter; ihre Gefährtin schlenderte langsam zum Haus zurück. Am Törchen kam Charlotte ein junger Mann entgegen, ein großer, blonder junger Mann mit einem Zylinder und Zwirnhandschuhen. Er sah gut aus, wenn er auch ein wenig zu beleibt war. Er lächelte freundlich.

«Oh, Mr. Brand!», rief die junge Dame.

«Ich wollte nachsehen, ob Ihre Schwester nicht in die Kirche gehen will», sagte der junge Mann.

«Sie sagt, sie geht nicht, aber ich bin sehr froh, dass Sie gekommen sind. Ich glaube, wenn Sie ein wenig mit ihr reden würden …» Charlotte senkte die Stimme. «Sie wirkt so unruhig.»

Mr. Brand lächelte aus großer Höhe auf die junge Dame herab. «Ich werde mich sehr gern mit ihr unterhalten. Dafür würde ich fast jedem Gottesdienst fernbleiben, mag er noch so fesselnd sein.»

«Das müssen Sie selbst wissen», sagte Charlotte leise, als könnte ein Einverständnis mit diesem Angebot gefährlich sein. «Aber ich komme noch zu spät.»

«Ich wünsche Ihnen eine angenehme Predigt», sagte der junge Mann.

«O ja, Mr. Gilman ist immer angenehm», antwortete Charlotte. Und sie machte sich auf den Weg.

Mr. Brand trat in den Garten, und als Gertrude das Törchen ins Schloss fallen hörte, drehte sie sich um und schaute ihn an. Ein paar Sekunden sah sie zu, wie er herankam, dann wandte sie sich ab. Doch fast sofort hielt sie wieder inne und stellte sich ihm. Er nahm den Hut ab und wischte sich im Näherkommen die Stirn. Dann setzte er den Hut wieder auf und streckte ihr die Hand entgegen. Ohne den Hut sah man, dass seine Stirn sehr breit und glatt war und das Haar üppig, aber ziemlich farblos. Die Nase war zu groß, der Mund und die Augen waren zu klein, trotzdem war er, wie gesagt, ein ansehnlicher junger Mann. In seinen kleinen, reinblauen Augen lag ein unwiderstehlich sanfter, ernster Ausdruck; er war allem Anschein nach, wie man so sagt, ein Ausbund an Tugend. Während er näher kam, stand das junge Mädchen auf dem Gartenweg und blickte auf seine Zwirnhandschuhe.

«Ich hatte gehofft, Sie würden in die Kirche gehen», sagte er. «Ich wollte Sie begleiten.»

«Ich bin Ihnen sehr verbunden», antwortet Gertrude. «Ich gehe nicht in die Kirche.»

Sie hatte ihm die Hand gegeben, und er hielt sie einen Moment fest. «Haben Sie einen besonderen Grund dafür?»

«Ja, Mr. Brand», sagte das junge Mädchen.

«Darf ich fragen, welchen?»

Sie sah ihn lächelnd an, und in ihrem Lächeln lag, wie ich schon angedeutet habe, eine gewisse Stumpfheit. Doch mischte sich in diese Stumpfheit etwas Süßes, Vieldeutiges. «Weil der Himmel so blau ist!», sagte sie.

Er blickte in den herrlichen Himmel und sagte dann, ebenfalls lächelnd: «Ich habe von jungen Damen gehört, die zu Hause blieben, weil das Wetter schlecht war, aber doch nie, weil es gut war. Ihre Schwester, die ich am Gartentor getroffen habe, meinte, Sie seien niedergeschlagen.»

«Niedergeschlagen? Ich bin niemals niedergeschlagen.»

«Aber manchmal doch sicher», erwiderte Mr. Brand, als fände er diese Selbsteinschätzung beklagenswert.

«Ich bin niemals niedergeschlagen», wiederholte Gertrude. «Aber manchmal bin ich böse. Wenn ich böse bin, bin ich gut gelaunt. Gerade eben war ich böse zu meiner Schwester.»

«Was haben Sie ihr denn angetan?»

«Ich habe etwas gesagt, was sie verwirrt hat – absichtlich.»

«Warum haben Sie das getan, Miss Gertrude?», fragte der junge Mann.

Wieder begann sie zu lächeln. «Weil der Himmel so blau ist!»

«Jetzt sagen Sie etwas, was mich verwirrt», erklärte Mr. Brand.

«Wenn ich das tue, bin ich mir dessen immer bewusst», sprach Gertrude weiter. «Aber noch viel mehr verwirren andere Leute mich, und sie scheinen es gar nicht zu merken.»

«Sehr interessant», sagte Mr. Brand lächelnd.

«Sie haben mir geraten, Ihnen von meinen ... meinen Kämpfen zu erzählen», fuhr das junge Mädchen fort.

«Reden wir darüber. Ich habe viel zu sagen.»

Gertrude wandte sich einen Augenblick ab, dann aber gleich wieder ihm zu. «Gehen Sie lieber in die Kirche», bat sie.

«Sie wissen», drängte der junge Mann, «dass ich vor allem eines zu sagen habe.»

Gertrude sah ihn kurz an. «Bitte nicht jetzt.»

«Wir sind ganz allein», fuhr er fort und nahm seinen Hut ab, «ganz allein in der schönen Stille dieses Sonntags.»

Gertrude blickte um sich, sah die platzenden Knospen, die schimmernde Ferne, den blauen Himmel, der ihr als Entschuldigung für ihre Regelverstöße gedient hatte. «Eben deshalb möchte ich nicht, dass Sie mit mir reden. Tun Sie mir den Gefallen, gehen Sie in die Kirche.»

«Darf ich reden, wenn ich zurückkomme?», fragte Mr. Brand.

«Wenn Sie dann noch in der Stimmung sind», antwortete sie.

«Ich weiß nicht, ob Sie böse sind», sagte er, «aber Sie sind auf jeden Fall rätselhaft.»

Sie hatte sich abgewandt und hielt sich die Ohren zu. Er blickte sie kurz an, dann ging er langsam in Richtung Kirche.

Sie wanderte eine Weile ziellos und absichtslos durch den Garten. Die Kirchenglocke hatte aufgehört zu läuten, es war vollkommen still. Manchmal genoss diese junge Dame das Gefühl, allein zu sein, in vollen Zügen – die Abwesenheit der ganzen Familie, das leere Haus. Heute waren anscheinend auch die Dienstboten zur Kirche gegangen; an den offenen Fenstern war niemand zu sehen, auch hinter dem Haus gab es keine dicke Negerin mit rotem Turban, die den Kübel in den großen Brunnen unter dem Schindeldach versenkte. Und die Eingangstür des großen, unbewachten Hauses stand offen, mit der Vertrauensseligkeit der guten alten Zeit – oder, was die Sache besser trifft, der nicht ganz so guten, nicht ganz so alten Blütezeit Neuenglands. Gertrude trat langsam ein und schritt von einem leeren Raum zum andern – große, pastellfarbene, weiß getäfelte Zimmer, geschmückt mit dünnbeinigen Mahagonimöbeln und sehr hoch hängenden altmodischen Stichen an den Wänden, hauptsächlich mit biblischen Sujets. Dieses wohlige Gefühl, allein zu sein, von dem ich bereits gesprochen habe, das Haus für sich zu haben, pflegte Gertrudes Fantasie wachzukitzeln, sie hätte nicht sagen können, warum, und ebenso wenig kann es ihr bescheidener Chronist. Es schien ihr immer, als müsste sie etwas Besonderes tun – als müsste sie die Gelegenheit beim Schopf packen, und während sie umherstreifte und überlegte, was sie tun konnte, war die Gelegenheit meist schon vorüber. Heute überlegte sie angestrengter denn je. Schließlich zog sie ein Buch aus dem Regal. Es gab keine Bibliothek im Haus, aber in allen Zimmern standen Bücher. Keines war verboten, und Gertrude war auch nicht zu Hause geblieben, um zu unerlaubten Fächern hinaufsteigen zu können. Sie griff nach einem besonders eindrucksvollen Buch – einem Band aus «Tausendundeiner Nacht» – und setzte sich damit draußen unter den Portikus. Dort las sie eine Viertelstunde lang die Geschichte der Liebe zwischen dem Prinzen Kamar-es-Saman und der Prinzessin Budur.[11] Als sie schließlich aufblickte, glaubte sie den Prinzen Kamar-es-Saman vor sich stehen zu sehen. Ein schöner junger Mann verbeugte sich sehr tief vor ihr, es war die grandioseste Verbeugung, die sie je gesehen hatte. Er schien aus den Wolken herabgefallen zu sein. Er war wunderschön. Er lächelte – lächelte auf eine Art und Weise, als bezwecke er etwas mit seinem Lächeln. Fassungslos vor Verblüffung, blieb Gertrude einen Augenblick lang still sitzen, dann erhob sie sich. Sie vergaß sogar, den Finger im Buch zu lassen. Der junge Mann sah sie immer noch an, den Hut in der Hand, und lächelte und lächelte. Es war sehr seltsam.

«Würden Sie mir freundlicherweise sagen», begann der geheimnisvolle Besucher endlich, «ob ich die Ehre habe, mit Miss Wentworth zu sprechen?»

«Ich bin Gertrude Wentworth», murmelte die junge Frau.

«Dann ... dann ... habe ich die Ehre ... das Vergnügen ... Ihr Cousin zu sein.»

Der junge Mann erschien ihr so sehr wie eine Vision, dass diese Verlautbarung alles noch unwirklicher machte. «Welcher Cousin? Wer sind Sie?», fragte Gertrude.

Er trat ein paar Schritte zurück und sah am Haus hoch, dann blickte er sich um, betrachtete den Garten und die Aussicht. Er brach in Gelächter aus. «Ich merke schon, es muss Ihnen komisch vorkommen», sagte er. Immerhin hatte sein Gelächter etwas Reales. Gertrude beäugte ihn von Kopf bis Fuß. Ja, er war auffallend hübsch, doch sein Lächeln glich fast einer Grimasse. «Es ist sehr still hier», fuhr er fort und kam wieder näher. Und da sie ihn statt einer Antwort nur ansah, fügte er hinzu: «Sind Sie ganz allein?»

«Alle sind zur Kirche gegangen», erklärte Gertrude.

«Das habe ich befürchtet!», rief der junge Mann. «Jetzt hoffe ich, Sie fürchten sich nicht vor mir.»

«Sie sollten mir sagen, wer Sie sind», antwortete Gertrude.

«Ich fürchte mich nämlich vor Ihnen!», sagte der junge Mann. «Ich hatte alles ganz anders geplant. Ich hatte erwartet, dass eine Dienerin meine Karte hineinbrächte und Sie alle die Köpfe zusammensteckten und herausfänden, wer ich bin, bevor Sie mich einließen.»

Gertrude hatte rasch und gründlich nachgedacht und war zu einem Ergebnis gelangt, und dieses Ergebnis schien eine Antwort zu sein, eine wunderbare, köstliche Antwort auf ihren unbestimmten Wunsch, irgendetwas möge ihr widerfahren. «Ich weiß … ich weiß», sagte sie, «Sie sind aus Europa.»

«Wir sind vor zwei Tagen angekommen. Sie haben also von uns gehört? Sie glauben, dass es uns gibt?»

«Wir wissen, dass wir in Frankreich irgendwie Verwandte haben.»

«Und haben Sie sich jemals gewünscht, uns kennenzulernen?», fragte der junge Mann.

Gertrude schwieg einen Moment. «Ich wollte Sie kennenlernen.»

«Dann bin ich froh, dass ich auf Sie gestoßen bin. Wir wollten Sie auch kennenlernen, deshalb sind wir gekommen.»

«Mit dieser Absicht?»

Der junge Mann sah sich um, noch immer lächelnd. «Nun ja, mit dieser Absicht. Klingt das, als wollten wir Ihnen zur Last fallen?», fügte er hinzu. «Ich glaube, das tun wir nicht, wirklich nicht. Wir ziehen nur ziemlich gern umher und waren froh über einen Vorwand.»

«Und Sie sind soeben angekommen?»

«In Boston, vor zwei Tagen. Im Gasthof habe ich mich nach Mr. Wentworth erkundigt. Das muss Ihr Vater sein. Die Leute haben für mich herausgefunden, wo er wohnt, sie hatten schon viel von ihm gehört. Ich beschloss, ohne große Umstände einfach hierherzukommen. Also hat man mir an diesem herrlichen Morgen den Weg gewiesen und mir befohlen, immer geradeaus zu gehen, aus der Stadt hinaus. Ich kam zu Fuß, weil ich die Landschaft sehen wollte. Ich bin gelaufen und gelaufen, und hier bin ich nun! Es sind ziemlich viele Meilen.»

«Es sind siebeneinhalb Meilen», sagte Gertrude leise. Jetzt, da dieser hübsche junge Mann sich als etwas wirklich Existierendes entpuppt hatte, merkte sie, dass sie ein wenig zitterte; sie war zutiefst aufgewühlt. Sie hatte noch nie im Leben mit einem Ausländer gesprochen, aber oft gedacht, wie herrlich das doch sein müsste. Hier war nun einer, den die sonntägliche Stille extra für ihren Privatgebrauch hervorgezaubert hatte, und er war so brillant, so höflich und lächelte ständig! Dennoch fand sie Zeit und Kraft, sich zu fassen, sich vor Augen zu führen, dass sie eine gewisse förmliche Gastlichkeit zeigen musste. «Wir freuen uns ... freuen uns sehr, Sie kennenzulernen», sagte sie. «Möchten Sie nicht ins Haus kommen?» Und sie ging auf die offene Tür zu.

«Sie haben also keine Angst vor mir?», fragte der junge Mann, nun wieder mit einem sorglosen Lachen.

Sie überlegte kurz, dann sagte sie: «Wir haben keine Angst ... hier.»

«Ah, comme vous devez avoir raison!»,[12] rief der junge Mann und sah sich anerkennend um. Zum ersten Mal hörte Gertrude jemanden so viele französische Wörter sprechen. Es beeindruckte sie sehr. Ihr Begleiter folgte ihr und beobachtete seinerseits leicht erregt dieses hochgewachsene, interessant aussehende Mädchen in seinem hellen, gekräuselten Musselin. In der Halle hielt er inne, vor einer breiten, weißen Treppe mit weißem Geländer. «Was für ein freundliches Haus!», rief er. «Drinnen ist es heller als draußen.»

«Hier ist es noch freundlicher», sagte Gertrude und ging ihm in den Salon voraus, einen hohen, sauberen, fast leer wirkenden Raum. Hier blieben sie stehen und blickten einander an – der junge Mann lächelte mehr denn je, Gertrude, sehr ernst, versuchte zu lächeln.

«Ich glaube, Sie kennen meinen Namen noch nicht», sagte er. «Ich heiße Felix Young. Ihr Vater ist mein Onkel. Meine Mutter war seine Halbschwester und älter als er.»

«Ja», erwiderte Gertrude, «sie wurde katholisch und hat in Europa geheiratet.»

«Das wissen Sie also», sagte der junge Mann. «Sie hat geheiratet und ist gestorben. Die Familie Ihres Vaters mochte den Ehemann nicht. Sie bezeichneten ihn als Ausländer, aber er war es nicht. Mein armer Vater wurde zwar in Sizilien geboren, aber seine Eltern waren Amerikaner.»

«In Sizilien?», murmelte Gertrude.

«Es stimmt schon», sagte Felix Young, «sie haben in Europa gelebt. Aber sie waren sehr patriotisch gesinnt. Und das sind wir auch.»

«Und Sie sind Sizilianer», sagte Gertrude.

«Nein, kein Sizilianer! Schauen Sie: Ich wurde in einem kleinen Ort – einem liebenswerten Örtchen – in Frankreich geboren, meine Schwester in Wien.»

«Sie sind also Franzose», sagte Gertrude.

«Gott bewahre!», rief der junge Mann. Gertrude hielt den Blick geradezu drängend auf ihn gerichtet. Wieder begann er zu lachen. «Aber ich will gern Franzose sein, wenn Ihnen das gefällt.»

«Sie sind doch eine Art Ausländer», sagte Gertrude.

«Eine Art – ja, das stimmt wohl. Aber wer könnte sagen, welche Art Ausländer genau? Wir sind noch nicht dazu gekommen, diese Frage zu klären. Solche Menschen gibt es nämlich. Die ihr Land, ihre Religion, ihren Beruf nicht zu benennen wissen.»

Gertrude stand da und starrte ihn an; sie hatte ihn nicht gebeten, Platz zu nehmen. Von solchen Menschen hatte sie noch nie gehört, aber sie wollte mehr darüber hören. «Wo leben Sie denn?», fragte sie.

«Auch das können Leute wie wir nicht sagen!», erwiderte Felix. «Ich fürchte, sie sind in Ihren Augen nicht viel besser als Vagabunden. Ich habe irgendwo gelebt – und überall. Ich glaube wirklich, ich habe schon in jeder europäischen Großstadt gewohnt.» Gertrude stieß einen langen, leisen, zarten Seufzer aus. Daraufhin lächelte der junge Mann sie wieder an, und sein Lächeln ließ sie leicht erröten. Vor diesem Erröten flüchtete sie sich in die Frage, ob er nach seinem langen Marsch nicht hungrig oder durstig sei. Sie hatte die Hand schon in der Tasche und tastete nach dem kleinen Schlüssel, den ihre Schwester ihr gegeben hatte. «Ach, meine liebe junge Dame», sagte er und faltete andeutungsweise die Hände, «wenn Sie mir als milde Gabe ein Glas Wein reichen könnten?»

Gertrude lächelte, nickte und ging rasch aus dem Zimmer. Kurz darauf kam sie mit einer riesigen Karaffe in der einen Hand zurück, in der anderen trug sie einen Teller mit einem großen, runden, glasierten Kuchen. Als Gertrude den Kuchen aus dem Schrank genommen hatte, war ihr eine Sekunde peinlich bewusst geworden, dass es sich hier um den Imbiss handelte, von dem ihre Schwester gedacht hatte, Mr. Brand werde ihn gern einnehmen. Ihr Verwandter aus Übersee besah sich gerade die verblassten, weit oben hängenden Stiche. Als sie hereinkam, wandte er sich um und lächelte sie an, als träfen sie sich wie alte, eine Weile getrennte Freunde. «Sie servieren es mir selbst?», fragte er. «Da werde ich ja göttergleich verwöhnt!» Sie hatte schon viele Gäste bewirtet, aber das hatte noch niemand gesagt. Diese Bemerkung beflügelte ihren Schritt, als sie zu einem kleinen Tisch mit kuriosen roten Gläsern ging – Gläsern mit aufgemalten goldenen Zweiglein, die Charlotte jeden Morgen eigenhändig abzustauben pflegte. Gertrude fand die Gläser sehr hübsch und war sich glücklich der Tatsache bewusst, dass der Wein gut war, denn es handelte sich um ihres Vaters berühmten

Madeira. Felix Young fand ihn hervorragend. Er fragte sich, warum er immer gehört hatte, in Amerika gebe es keinen Wein. Sie schnitt ihm ein gewaltiges Dreieck aus dem Kuchen und musste wieder an Mr. Brand denken. Felix saß da, das Glas in der einen und das riesige Kuchenstück in der anderen Hand, und aß, trank, lächelte, plauderte. «Ich habe großen Hunger», sagte er. «Müde bin ich gar nicht, ich bin nie müde. Aber ich habe großen Hunger.»

«Sie müssen zum Dinner[13] bleiben», schlug Gertrude vor. «Um zwei Uhr. Dann sind alle aus der Kirche zurück, und Sie lernen auch die anderen kennen.»

«Wer sind die anderen?», fragte der junge Mann. «Beschreiben Sie sie mir.»

«Das sehen Sie dann selbst. Jetzt sind Sie dran. Erzählen Sie mir von Ihrer Schwester.»

«Meine Schwester ist die Baronin Münster», berichtete Felix.

Als Gertrude hörte, dass seine Schwester eine Baronin war, stand sie auf und ging langsam vor ihm auf und ab. Sie schwieg einen Augenblick. Sie dachte nach. «Warum ist sie nicht mitgekommen?», fragte sie.

«Sie ist mitgekommen, sie ist in Boston im Hotel.»

«Dann fahren wir hin und besuchen sie», sagte Gertrude und sah ihn an.

«Sie bittet darum, dass Sie das nicht tun», erwiderte der junge Mann. «Sie lässt Sie herzlich grüßen. Sie hat mich als Gesandten vorausgeschickt. Sie möchte ihrerseits kommen und Ihrem Vater ihre Aufwartung machen.»

Gertrude spürte, dass sie wieder zitterte. Eine Baronin Münster, die einen fabelhaften jungen Mann als «Gesandten» schickte und dann wie die Königin von Saba zu Salomon[14] zu dem schweigsamen Mr. Wentworth kam, um ihm ihre «Aufwartung» zu machen – solch eine Gestalt war für Gertrudes Fantasie ebenso eindrucksvoll wie erstaunlich. Einen Augenblick lang wusste sie kaum, was sie sagen sollte. «Wann kommt sie denn?», fragte sie schließlich.

«Sobald Sie es gestatten – morgen. Sie ist schon sehr ungeduldig», antwortete Felix in dem Bemühen, liebenswürdig zu sein.

«Morgen, ja», antwortete Gertrude. Sie wollte noch mehr erfahren, wusste aber nicht recht, was sich über eine Baronin Münster berichten ließ. «Ist sie ... ist sie ... verheiratet?»

Felix war mit Kuchen und Wein fertig; er erhob sich und richtete seinen strahlenden, ausdrucksvollen Blick auf das junge Mädchen. «Sie ist mit einem deutschen Prinzen verheiratet – Prinz Adolf von Silberstadt-Schreckenstein. Er ist nicht der Landesherr, sondern ein jüngerer Bruder des Fürsten.»

Gertrude starrte ihren Informanten mit leicht geöffnetem Mund an. «Ist sie eine ... Prinzessin?», fragte sie schließlich.

«O nein», erwiderte der junge Mann, «Ihre Stellung ist etwas seltsam. Es ist eine morganatische Ehe.»

«Morganatisch?» Das waren lauter neue Begriffe und neue Wörter für die arme Gertrude.

«So nennt man die Heirat zwischen dem Sprössling aus einem Herrscherhaus und ... und einer gewöhnlichen Sterblichen. Sie haben Eugenia zur Baronin gemacht, die arme Frau, aber mehr konnten sie nicht tun. Jetzt wollen sie die Ehe auflösen. Prinz Adolf ist, unter uns gesagt, ein Trottel, aber sein Bruder, der Fürst, ein kluger Mann, hat so seine Pläne für ihn. Eugenia stellt sich natürlich quer. Nicht dass sie sich viel aus ihm macht, das glaube ich nicht – sie ist eine sehr kluge Frau, sie wird Ihnen bestimmt gefallen –, aber sie will es ihnen doch erschweren. Zurzeit ist alles *en l'air*[15].»

Der heitere, lässige Ton, in dem ihr Besucher diese dunkle, romantische Geschichte erzählte, kam Gertrude sehr befremdlich vor, aber es schwang darin auch etwas für sie Schmeichelhaftes mit, eine Anerkennung ihrer Weisheit und Würde. In ihrem Innern kämpften ein Dutzend Eindrücke miteinander, und es dauerte nicht lang, da brach sich der vorherrschende in Worten Bahn: «Die andere Seite möchte die Ehe auflösen?», fragte sie.

«Es sieht so aus.»

«Und gegen ihren Willen?»

«Gegen ihr Recht.»

«Sie muss sehr unglücklich sein!», rief Gertrude.

Der Besucher sah sie an und lächelte, hob die Hand an den Hinterkopf und ließ sie dort einen Augenblick liegen. «So sagt sie», antwortete er. «Das ist ihre Geschichte. Sie hat mich gebeten, sie Ihnen zu erzählen.»

«Erzählen Sie mir noch mehr», bat Gertrude.

«Nein, das will ich ihr überlassen, sie kann das besser.»

Wieder tat Gertrude einen kleinen, erregten Seufzer. «Nun, wenn sie unglücklich ist, bin ich froh, dass sie zu uns gekommen ist.»

Das Gespräch hatte sie so gefesselt, dass sie die Schritte im Portikus gar nicht wahrgenommen hatte, dabei war es ein Schritt, den sie immer erkannte. Sie hörte ihn in der Diele und blickte daraufhin aus dem Fenster. Da kamen sie alle aus der Kirche zurück – ihr Vater, ihre Schwester, ihr Bruder und die Verwandten, die sonntags immer zum Dinner erschienen. Mr. Brand war als Erster ins Haus getreten, er war vor den anderen gekommen, weil er augenscheinlich noch immer in der Stimmung war, zu sagen, was er vor einer Stunde nicht hatte sagen dürfen. Auf der Suche nach Gertrude betrat er den Salon. Er hielt zwei kleine Bücher in der Hand. Als er Gertrudes Gast sah, blieb er zögernd stehen und sah ihn an.

«Ist das ein Verwandter?», fragte Felix.

Gertrude begriff, dass sie Felix vorstellen musste, aber in ihren Ohren und folglich auch auf ihren Lippen klang noch nach, was er ihr erzählt hatte. «Das ist der Prinz», sagte sie, «der Prinz von Silberstadt-Schreckenstein.»

Felix brach in Gelächter aus, und Mr. Brand stand da und machte große Augen, während die anderen, die nun auch ins Haus gekommen waren, hinter ihm in der offenen Tür erschienen.

3

Am Abend beim Dinner berichtete Felix Young seiner Schwester, der Baronin Münster, von seinen Eindrücken. Sie merkte, dass er in denkbar bester Laune heimgekommen war, aber in ihren Augen war diese Tatsache kein Grund zum Jubel. Sie hatte nur begrenztes Vertrauen in das Urteilsvermögen ihres Bruders; seine Angewohnheit, alles durch eine rosarote Brille zu sehen, ließ noch die schönsten Farbtöne fragwürdig erscheinen. Doch eine Schilderung der reinen Fakten war ihm wohl zuzutrauen, und so forderte sie ihn leidlich gespannt auf, ihr zu berichten. «Sie haben dich zumindest nicht von der Tür gewiesen», sagte sie. «Du warst gut zehn Stunden weg.»

«Von der Tür gewiesen!», rief Felix. «Sie haben mich in ihr Herz geschlossen, sie haben das gemästete Kalb geschlachtet[16]!»

«Ich verstehe, was du sagen willst: Sie sind eine Ansammlung von Engeln.»

«Genau», sagte Felix. «Sie sind eine Ansammlung von Engeln – ganz einfach.»

«C'est bien vague»,[17] bemerkte die Baronin. «Wie sind sie denn?»

«Anders als alles, was du jemals gesehen hast.»

«Ich bin dir wirklich verbunden, aber das ist kaum weniger präzise. Mal im Ernst: Sie haben sich gefreut, dich kennenzulernen?»

«Sie waren entzückt. Es war der grandioseste Tag meines Lebens. Noch nie wurde ich so umschwärmt. Ich versichere dir, ich war der Hahn im Korb. Liebe Schwester», sagte der junge Mann, *«nous n'avons qu'à nous tenir*;[18] jetzt werden wir feine Pinkel!»

Madame Münster sah ihn an, und ihr Blick zeigte ein leicht zustimmendes Funkeln. Sie nippte an ihrem Wein, dann sagte sie: «Beschreib sie. Entwirf mir ein Bild.»

Felix trank sein Glas leer. «Gut. Es liegt auf dem Land, inmitten von Wiesen und Wäldern, ein wildromantisches Haus, und dennoch nicht weit von hier. Nur – was ist das für ein Weg dorthin, meine Liebe! Stell dir einen Gletscher in den Alpen vor, und nun das Ganze in Schlamm. Allerdings wirst du nicht viel Zeit auf dem Weg verbringen, denn sie wünschen sich, dass du kommst und für immer bleibst.»

«Ach», sagte die Baronin. «Sie wünschen sich, dass ich komme und für immer bleibe? *Bon.*»

«Es ist äußerst ländlich, ungemein natürlich, und über allem schwebt dieses seltsame weiße Licht, dieser ferne blaue Himmel. Es gibt da dieses große Holzhaus – eine Art dreistöckiger Bungalow, es sieht aus wie eine Nürnberger Puppenstube, nur in Groß. Der Gentleman dort hat mir einen Vortrag darüber gehalten und es als ehrwürdiges Herrenhaus bezeichnet, dabei sieht es aus, als wäre es erst letzte Nacht erbaut worden.»

«Ist es schön? Ist es vornehm?», fragte die Baronin.

Felix warf ihr einen Blick zu und lächelte. «Es ist vor allem blitzsauber! Keinerlei Prunk, keinerlei Schmuck, keine Heerscharen von Dienstboten, und Stühle mit fast geraden Rückenlehnen. Aber man könnte vom Fußboden essen und sich auf die Treppenstufen setzen.»

«Wie erstrebenswert! Und die Bewohner halten sich natürlich ebenfalls kerzengerade.»

«Liebe Schwester», erwiderte Felix, «die Bewohner sind allesamt reizend.»

«Worin äußert sich das?»

«In der Art, wie sie sich geben. Wie soll ich es nur beschreiben? Es liegt dort etwas Ursprüngliches in der Luft, etwas Patriarchalisches; es ist der *ton*[19] des Goldenen Zeitalters.»

«Und haben sie außer ihrem *ton* nichts Goldenes? Keine sichtbaren Spuren von Reichtum?»

«Ich würde sagen, es handelt sich um Reichtum ohne sichtbare Spuren. Eine ehrliche, einfache Lebensweise, nichts zum Vorzeigen, und sehr wenig – wie soll ich es ausdrücken? –, woran sich die Sinne erfreuen, aber beträchtliche *faisance*[20] und viel Geld, das unsichtbar und in aller Stille für Stiftungen gespendet, für den Gebäudeunterhalt und zum Bezahlen von Arztrechnungen ausgegeben wird. Und vielleicht auch für die Mitgift von Töchtern.»

«Und die Töchter?», erkundigte sich Madame Münster. «Wie viele sind es?»

«Zwei, Charlotte und Gertrude.»

«Sind sie hübsch?»

«Eine von ihnen», sagte Felix.

«Welche?»

Der junge Mann schwieg und sah seine Schwester an. «Charlotte», sagte er schließlich.

Sie betrachtete ihn ihrerseits. «Ich verstehe. Du hast dich in Gertrude verliebt. Sie sind also offenbar Puritaner durch und durch, alles andere als lebenslustig.»

«Nein, lebenslustig sind sie nicht», gab Felix zu. «Sie sind nüchtern, sie sind sogar streng. Sie sind vom nachdenklichen Schlag; sie nehmen alles schwer. Ich glaube, da stimmt irgendetwas nicht, entweder plagt sie eine düstere Erinnerung oder eine bedrückende Aussicht. Epikureer sind sie jedenfalls nicht. Der Onkel, Mr. Wentworth, ein ungeheuer prinzipienfester alter Knabe, sieht aus, als erlitte er gerade ein Martyrium, nicht im Feuerofen, sondern in der Eiskammer. Aber wir werden sie schon aufheitern, wir werden ihnen guttun. Das wird sie zwar etwas durcheinanderbringen, aber sie sind ja ausnehmend lieb und freundlich. Und sie sind empfänglich. Sie finden einen klug, sie finden einen bemerkenswert.»

«Das klingt so weit ganz gut», sagte die Baronin. «Aber sind wir dann an diese drei Leute gefesselt, an Mr. Wentworth und die beiden jungen Frauen – wie sagtest du, heißen sie – Deborah und Hephzibah[21]?»

«Aber nein, da ist noch ein drittes kleines Mädchen, eine Cousine, ein sehr hübsches Geschöpf, eine waschechte kleine Amerikanerin. Und obendrein gibt es den Sohn des Hauses.»

«Gut», sagte die Baronin. «Kommen wir also zu den Herren. Was ist mit dem Sohn des Hauses?»

«Ich fürchte, dass der sich gern einen ansäuselt.»

«Also immerhin ein Epikureer! Wie alt ist er denn?»

«Ein zwanzigjähriger Junge, ein hübscher Bursche, aber

leider etwas gewöhnlich. Und dann gibt es noch Mr. Brand, einen sehr großen jungen Mann, eine Art Laienpriester. Die Familie scheint viel von ihm zu halten, aber ich bin aus ihm nicht recht klug geworden.»

«Und zwischen diesen beiden Extremen, dem mysteriösen Geistlichen und dem trunksüchtigen Jugendlichen, gibt es nichts?», fragte die Baronin.

«O doch, da ist noch Mr. Acton. Ich glaube, Mr. Acton wird dir gefallen», sagte der junge Mann und nickte seiner Schwester zu.

«Bedenke, dass ich sehr wählerisch bin», sagte die Baronin. «Hat er gute Manieren?»

«In deiner Gegenwart bestimmt. Er ist ein Mann von Welt, er war in China.»

Madame Münster lachte leise. «Ein chinesischer Mann von Welt! Der muss ja interessant sein.»

«Ich habe den Eindruck, dass er dort ein Vermögen gemacht hat», sagte Felix.

«Das ist immer interessant. Ist er jung, gut aussehend, klug?»

«Er ist noch keine vierzig, hat eine leichte Glatze und ist geistreich. Ich vermute», fügte der junge Mann hinzu, «dass er die Baronin Münster bewundern wird.»

«Gut möglich», sagte die genannte Dame. Ihr Bruder war sich nie sicher, wie sie etwas aufnahm, aber kurz darauf erklärte sie, er habe ihr eine sehr hübsche Beschreibung geliefert, morgen wolle sie selbst hinfahren und alles in Augenschein nehmen.

Sie stiegen also in eine prächtige Barouche[22], ein Gefährt, an dem die Baronin abgesehen vom Mietpreis und von der Tatsache, dass der Kutscher einen Strohhut trug, nichts auszusetzen hatte. (Aus Silberstadt war Madame Münster

Livreen in Gelb und Rot gewohnt.) Sie fuhren aufs Land hinaus, und die Baronin lehnte sich weit zurück, schwenkte ihren spitzengesäumten Sonnenschirm, blickte nach rechts und links und musterte alles, was am Wegesrand auftauchte. Nach einer Weile bezeichnete sie alles samt und sonders als *affreux*. Ihr Bruder meinte, es handle sich offensichtlich um eine Landschaft, in welcher der Vordergrund von geringerer Bedeutung sei als die *plans reculés*[23], worauf die Baronin versetzte, dann bestehe die Landschaft anscheinend nur aus Vordergrund. Felix hatte mit seinen neuen Freunden eine Zeit vereinbart, zu der er seine Schwester bringen sollte, nämlich nachmittags um vier Uhr. Als die Barouche vorfuhr, schien ihn das große, schnörkellose Haus freundlich anzusehen; davor warfen die hohen, schlanken Ulmen ihre allmählich länger werdenden Schatten. Die Baronin stieg aus. Ihre amerikanischen Verwandten hatten unter dem Portikus Posten bezogen. Felix winkte ihnen mit dem Hut zu, und ein hochgewachsener, schlanker Herr mit hoher Stirn und glattrasiertem Gesicht kam ihnen ans Gartentor entgegen. Charlotte Wentworth ging an seiner Seite, Gertrude kam langsamer hinterher. Beide jungen Damen trugen raschelnde Seidenkleider. Felix geleitete seine Schwester durchs Gartentor. «Sei recht freundlich», sagte er zu ihr. Doch diese Ermahnung war überflüssig. Eugenia war gewillt, sich so huldvoll zu geben, wie nur Eugenia es sein konnte. Felix kannte keine größere Freude, als seine Schwester rückhaltlos zu bewundern, und die Gelegenheit hierzu ergab sich zwar häufig, aber nicht selbstverständlich. Wenn sie zu gefallen wünschte, war sie für ihn wie für alle anderen die reizendste Frau der Welt. Dann vergaß er, dass sie jemals anders sein konnte, dass sie manchmal schwierig und launisch war und er mitunter Angst vor ihr hatte.

Jetzt, als sie an seinem Arm in den Garten schritt, spürte er, dass sie sich wünschte, ja sich vornahm zu gefallen, und das machte ihn sehr glücklich. Eugenia würde gefallen.

Der hochgewachsene Herr kam ihnen entgegen; er wirkte sehr streng und ernst. Aber diese Strenge hatte nichts Engherziges. Ganz im Gegenteil, Mr. Wentworths Gebaren bekundete ein Gefühl für die große Verantwortung, die Feierlichkeit des Anlasses und die Schwierigkeit, einer so vornehmen und gleichzeitig so unglücklichen Dame die hinlängliche Hochachtung zu zeigen. Felix hatte schon tags zuvor die für ihn typische Blässe bemerkt, und nun stellte er fest, dass das edel geschnittene, weiße Gesicht seines Onkels etwas geradezu Leichenähnliches hatte. Doch mit seinem Einfühlungsvermögen und seiner raschen Auffassungsgabe hatte der kluge junge Mann längst begriffen, dass diese scheinbar lebensgefährlichen Symptome kein Grund zur Besorgnis waren. Seine wache Fantasie hatte einen flüchtigen Blick auf die Funktionsweise von Mr. Wentworths Seelenleben geworfen und erkannt, dass sich bei diesem unendlich gewissenhaften Mann die ausgeprägte Regsamkeit des Gewissens durch verschiedene Anzeichen körperlicher Schwäche verriet.

Die Baronin ergriff die Hand ihres Onkels, stand da mit ihrem hässlichen Gesicht und blickte ihn mit ihrem schönen Lächeln an. «War es recht von mir zu kommen?», fragte sie.

«Sehr recht, sehr recht», sagte Mr. Wentworth feierlich. Er hatte sich im Kopf eine kleine Rede zurechtgelegt, doch die löste sich soeben in nichts auf. Ihm war angst und bange. Noch nie hatte ihn eine Frau so angeblickt, mit einem so unverwandten, eindringlichen Lächeln, und es verwirrte und bedrückte ihn, dass die Frau, die so lächelte und ihm schon jetzt deutlich zu spüren gab, dass sie noch andere unerhörte Eigenschaften besaß, seine Nichte war, das Kind von seines Vaters Tochter. Schon die Vorstellung, dass seine Nichte eine deutsche Baronin sein sollte, die «in morganatischer Ehe» mit einem Prinzen verheiratet war, hatte ihm viel zu denken gegeben. War das rechtens, war das angemessen, war das zulässig? Er schlief schon immer schlecht, aber in der Nacht zuvor hatte er noch viel länger wach gelegen als sonst und sich diese Fragen gestellt. Das seltsame Wort «morganatisch» hatte ihm unablässig in den Ohren geklungen, es erinnerte ihn an eine gewisse Mrs. Morgan, die er einmal kennengelernt hatte und die eine dreiste, unangenehme Frau gewesen war. Er fühlte sich verpflichtet, den Blick der Baronin, solange sie ihn ansah und derart lächelte, mit seinen eigenen, peinlich genau fixierten, gewollt frostigen Sehorganen zu erwidern, doch im vorliegenden Fall gelang es ihm nicht, seine Pflicht bis zuletzt zu erfüllen. Er wandte den Blick ab und sah zu seinen Töchtern hinüber. «Wir freuen uns sehr, Sie begrüßen zu dürfen», hatte er gesagt. «Gestatten Sie, dass ich Ihnen meine Töchter vorstelle – Miss Charlotte Wentworth, Miss Gertrude Wentworth.»

Die Baronin hatte noch nie so unscheinbare Menschen gesehen. Immerhin gab Charlotte ihr einen Kuss, ergriff ihre Hand und sah sie sehr lieb und feierlich an. Gertrude hingegen wirkte fast düster, dabei hätte die Tatsache, dass sich Felix mit seinem herrlichen Lächeln an sie wandte und sie wie eine alte Freundin begrüßte, für sie eine Quelle der Freude sein können. Als sie die Baronin küsste, hatte sie Tränen in den Augen. Madame Münster nahm die beiden jungen Frauen an der Hand und betrachtete sie von oben bis unten. Charlotte fand, dass sie sehr eigenartig aussah und ungewöhnlich gekleidet war, sie hätte nicht sagen können, ob gut oder schlecht. Jedenfalls war sie froh, dass sie ihre Seidenkleider angezogen hatten – besonders Gertrude. «Hübsche Cousinen habe ich», sagte die Baronin und blickte von der einen zur anderen. «Ihre Töchter sehen sehr gut aus, Sir.»

Charlotte errötete kurz; noch nie hatte sich jemand in ihrer Hörweite laut und ausdrücklich zu ihrer Erscheinung geäußert. Gertrude blickte zur Seite – allerdings nicht auf Felix. Sie war hocherfreut. Nicht das Kompliment freute sie; dessen Aufrichtigkeit bezweifelte sie, denn sie fand sich sehr hässlich. Sie hätte gar nicht sagen können, woher ihre Zufriedenheit rührte; diese hatte irgendwie mit der Sprechweise der Baronin zu tun und wurde durch den Zweifel des jungen Mädchens nicht etwa abgeschwächt, sondern seltsamerweise noch vertieft.

Mr. Wentworth schwieg. Dann fragte er höflich: «Möchten Sie nicht ins Haus kommen?»

«Das sind nicht alle; Sie haben noch mehr Kinder», sagte die Baronin.

«Ich habe noch einen Sohn», antwortete Mr. Wentworth.

«Und warum kommt er mich nicht begrüßen?», rief Eugenia. «Offenbar ist er nicht so charmant wie seine Schwestern.»

«Ich weiß es nicht. Ich werde mich darum kümmern», erklärte der alte Mann.

«Er fürchtet sich ein wenig vor Damen», sagte Charlotte leise.

«Er ist sehr hübsch», sagte Gertrude so laut sie konnte.

«Wir wollen hineingehen und ihn suchen. Wir werden ihn schon aus seiner *cachette*[24] holen.» Und die Baronin nahm den Arm von Mr. Wentworth, der sich nicht bewusst war, ihn ihr angeboten zu haben, und sich fragte, während sie aufs Haus zugingen, ob er ihn ihr hätte anbieten sollen und ob es sich für sie schickte, ihn zu nehmen, wenn er ihn ihr nicht angeboten hatte. «Ich möchte Sie näher kennenlernen», unterbrach die Baronin diese Gedankengänge, «und ich möchte, dass Sie mich kennenlernen.»

«Es ist nur natürlich, dass wir einander gut kennen sollten», versetzte Mr. Wentworth. «Wir sind nahe Verwandte.»

«Jaja, es kommt ein Augenblick im Leben, da man unweigerlich zu den natürlichen Banden zurückkehrt – zu den natürlichen Neigungen. Das haben Sie gewiss auch schon erkannt!»

Mr. Wentworth hatte tags zuvor von Felix gehört, Eugenia sei sehr klug, sehr scharfsinnig, und diese Auskunft hatte ihn in eine ziemlich angespannte Stimmung versetzt. Dies also war nun die Klugheit, vermutete er, jetzt ging es los mit dem Scharfsinn. «Ja, die natürlichen Neigungen sind sehr stark», murmelte er.

«Bei manchen Menschen», erklärte die Baronin. «Nicht bei allen.» Neben ihr ging Charlotte; wieder ergriff Eugenia, ununterbrochen lächelnd, ihre Hand. «Und Sie, Cousine, woher haben Sie Ihren hinreißenden Teint?», fuhr sie fort, «diese Lilien und Rosen?» Umgehend gewannen die Rosen auf dem Gesicht der armen Charlotte die Oberhand über die Lilien, sie beschleunigte ihren Schritt und erreichte den Portikus. «Dies ist das Land des schönen Teints», fuhr die Baronin an Mr. Wentworth gewandt fort. «Ich bin überzeugt, hierzulande ist die Haut zarter getönt. Sie ist auch in England sehr schön oder in Holland, neigt aber zu einer gewissen Derbheit. Sie ist dort ein wenig zu rot.»

«Sie werden bald feststellen, dass dieses Land den von Ihnen erwähnten in vieler Hinsicht überlegen ist», entgegnete Mr. Wentworth. «Ich war in England und Holland.»

«Was, Sie waren in Europa?», rief die Baronin. «Warum

haben Sie mich nicht besucht? Aber so ist es am Ende besser», sagte sie. Sie betraten das Haus. Eugenia hielt inne und sah sich um. «Ich sehe, Sie haben Ihr Haus – Ihr schönes Haus – im holländischen Stil eingerichtet!»

«Das Haus ist sehr alt», bemerkte Mr. Wentworth. «General Washington[25] hat einmal eine Woche hier gewohnt.»

«Oh, von Washington habe ich gehört», rief die Baronin. «Mein Vater hat mir immer von ihm erzählt.»

Mr. Wentworth schwieg ein paar Sekunden, dann sagte er: «Ich habe festgestellt, dass er in Europa durchaus bekannt ist.»

Felix war mit Gertrude im Garten zurückgeblieben. Er stand vor ihr und lächelte, genau wie am Tag zuvor. Ihr war, als hätte sie nur geträumt, was am Tag zuvor geschehen war. Er war da gewesen und hatte alles verändert; die anderen hatten ihn gesehen, hatten mit ihm gesprochen – aber dass er wiederkommen würde, dass er zu ihrer Zukunft gehören würde, zu ihrem kleinen, traulichen, nachdenklichen Leben – dazu brauchten ihre Sinne erneut einen greifbaren Beweis. Nun hatten sie ihn, und ihre Sinne schienen sich darüber zu freuen. «Was halten Sie von Eugenia?», fragte Felix. «Ist sie nicht reizend?»

«Sie ist beeindruckend», sagte Gertrude. «Aber ich weiß noch nicht recht. Es geht mir mit ihr wie mit einer Sängerin, die ein Lied singt. Man weiß erst Bescheid, wenn das Lied zu Ende ist.»

«Oh, das Lied ist nie zu Ende», rief der junge Mann lachend. «Finden Sie sie nicht hübsch?»

Gertrude war von der Schönheit der Baronin Münster enttäuscht gewesen; sie hatte aus unerfindlichen Gründen erwartet, sie werde jenem bezaubernden Porträt der Kaiserin Josephine[26] gleichen, das als Kupferstich in einem der Salons hing und das die jüngere Miss Wentworth immer sehr bewundert hatte. Aber die Baronin sah ganz und gar nicht so aus, ganz und gar nicht. Indes – wenn sie auch anders war, so war sie doch wundervoll, und Gertrude fühlte sich indirekt zurechtgewiesen. Trotzdem war es seltsam, dass Felix so ausdrücklich von der Schönheit seiner Schwester sprach. «Ich werde sie bestimmt hübsch finden», sagte Gertrude. «Es muss sehr interessant sein, wenn man sie richtig kennt. Ich habe nicht das Gefühl, als würde mir das jemals gelingen.»

«Ach, Sie werden Sie noch gut kennenlernen, Sie werden dicke Freundinnen werden», erklärte Felix, als wäre dies das Einfachste auf der Welt.

«Sie ist sehr anmutig», sagte Gertrude mit einem Blick auf die Baronin, die sich bei ihrem Vater eingehängt hatte. Es war ihr eine Lust zu sagen, dass jemand anmutig war.

Felix hatte sich suchend umgesehen. «Und Ihre kleine Cousine von gestern», sagte er, «die so wunderhübsch war – was ist aus der geworden?»

«Die ist im Salon», antwortete Gertrude. «Ja, sie ist sehr hübsch.» Sie fühlte sich verpflichtet, ihn geradewegs ins Haus zu führen, wo er in der Nähe ihrer Cousine wäre. Doch dann zögerte sie kurz und blieb, wo sie war. «Ich habe nicht geglaubt, dass Sie zurückkommen», sagte sie.

«Nicht zurückkommen!», rief Felix lachend. «Sie haben also nicht gemerkt, wie beeindruckt mein zartbesaitetes Herz war?»

Sie fragte sich, ob er von dem Eindruck sprach, den ihre Cousine Lizzie hinterlassen hatte. «Nun ja», sagte sie, «ich habe nicht geglaubt, dass wir Sie jemals wiedersehen würden.»

«Und was, glaubten Sie, hätte aus mir werden sollen, wenn ich fragen darf?»

«Ich weiß nicht. Ich dachte, Sie würden sich in nichts auflösen, irgendwie zerschmelzen.»

«Was für ein Kompliment an meine Gediegenheit! Ich zerschmelze des Öfteren», sagte Felix, «aber es bleibt immer etwas von mir übrig.»

«Ich habe an der Tür auf Sie gewartet, weil auch die anderen gewartet haben», fuhr Gertrude fort. «Aber es hätte mich nicht gewundert, wenn Sie nicht aufgetaucht wären.»

«Sie wären doch hoffentlich enttäuscht gewesen», sagte Felix und sah sie an.

Sie sah ihn ebenfalls kurz an und schüttelte den Kopf. «Nein ... nein.»

«Ah, *par exemple*[27]!», rief der junge Mann. «Sie würden es verdienen, dass ich Sie niemals verlasse.»

Als sie ins Wohnzimmer gingen, stießen sie auf Mr. Wentworth, der gerade allerlei Vorstellungsfloskeln von sich gab. Vor der Baronin stand ein junger Mann, der häufig errötete, ab und zu ein wenig lachte und sein Gewicht ständig von einem Fuß auf den andern verlagerte – ein dünner, schüchterner junger Mann mit fein geschnittenen Zügen, die denen von Mr. Wentworth glichen. Hinter ihm hatten sich zwei andere Herren von ihren Stühlen erhoben, und etwas abseits stand an einem Fenster ein auffallend hübsches junges Mädchen. Sie strickte an einem Strumpf, und während sich ihre Finger flink bewegten, schaute sie mit weit offenen, leuchtenden Augen auf die Baronin.

«Und wie heißt Ihr Sohn?», fragte Eugenia und lächelte den jungen Mann an.

«Mein Name ist Clifford Wentworth, Ma'am», sagte er mit zitternder Stimme.

«Warum sind Sie nicht nach draußen gekommen, um mich

zu empfangen, Mr. Clifford Wentworth?», fragte die Baronin mit ihrem schönen Lächeln.

«Ich dachte, Sie brauchen mich nicht», sagte der junge Mann, der sich vor Verlegenheit wand.

«Einen *beau cousin*[28] braucht man immer – wenn man einen hat! Aber wenn Sie in Zukunft sehr nett zu mir sind, will ich es vergessen.» Damit verlagerte Madame Münster ihr Lächeln auf die anderen Anwesenden. Zuerst galt es dem offenen Antlitz und der langberockten Gestalt von Mr. Brand, dessen Blick wiederum unverwandt auf Mr. Wentworth gerichtet war, als wollte er ihn bitten, eine widernatürliche Situation nicht zu sehr in die Länge zu ziehen. Mr. Wentworth nannte seinen Namen. Eugenia schenkte ihm einen bezaubernden Blick und sah sich dann den anderen Herrn an.

Dieser war ein Mann von eher unterdurchschnittlicher Größe und ebensolchem Gewicht, mit aufgeweckten, wachsamen, angenehmen dunklen Augen, spärlichem, dünnem, dunklem Haar und einem kleinen Schnurrbart. Er hatte mit den Händen in den Taschen dagestanden; als Eugenia ihn ansah, zog er sie heraus. Aber er blickte nicht wie Mr. Brand ausweichend und eindringlich auf ihren Gastgeber. Er erwiderte Eugenias Blick; er schien Gefallen daran zu finden, ihn erwidern zu dürfen. Madame Münster spürte sofort, dass von den anwesenden Personen in Wirklichkeit er die wichtigste war. Sie war sich sehr wohl bewusst, dass sie in dem kleinen, wohlwollenden Nicken, mit dem sie Mr. Wentworths Vorstellung «Mein Cousin Mr. Acton» entgegennahm, ein wenig von diesem Eindruck verriet.

«Ihr Cousin – nicht meiner?», fragte die Baronin.

«Das hängt einzig von Ihnen ab», erklärte Mr. Acton lachend.

Die Baronin sah ihn kurz an und bemerkte, dass er sehr weiße Zähne hatte. «Sagen wir, es hängt von Ihrem Verhalten ab», schlug sie vor. «Ich warte lieber. Ich habe genug Cousins. Es sei denn, ich kann auch Anspruch auf die Verwandtschaft mit dieser bezaubernden jungen Dame erheben», fügte sie hinzu und zeigte auf das junge Mädchen am Fenster.

«Das ist meine Schwester», sagte Mr. Acton. Gertrude Wentworth legte den Arm um das junge Mädchen und führte sie nach vorn. Nicht dass sie viel Unterstützung nötig gehabt hätte. Sie kam leichten, raschen Schritts auf die Baronin zu und wickelte dabei gelassen und selbstsicher ihren Strumpf um die Nadeln. Sie hatte dunkelblaue Augen und dunkelbraunes Haar und war wunderschön.

Eugenia küsste sie, wie sie die anderen jungen Frauen geküsst hatte, dann hielt sie sie kurz mit gestreckten Armen von sich und betrachtete sie. «Das ist ja ein ganz anderer Typ», sagte sie und sprach das Wort französisch aus. «Das ist eine andere Silhouette, Onkel, ein ganz anderes Gepräge als das Ihrer Töchter. Das hier, Felix», fuhr sie fort, «ist sehr viel mehr so, wie wir uns den amerikanischen Typus immer vorgestellt haben.»

Während dieser Präsentation lächelte das junge Mädchen jeden der Reihe nach von der Seite an, und Felix noch einmal extra. «Ich kann hier nur einen Typus erkennen», rief Felix lachend. «Den anbetungswürdigen!»

Dieses Bonmot wurde mit Stillschweigen quittiert, aber Felix, der rasch lernte, hatte bereits begriffen, dass das häufige Schweigen seiner neuen Freunde nicht unbedingt ein Zeichen von Distanzierung oder Verärgerung war. Man hätte es eher ein erwartungsvolles, befangenes Schweigen nennen können. Alle umstanden seine Schwester, als erwarteten sie die Enthüllung einer besonderen Fähigkeit, einer ungewöhnlichen Begabung. Ihr Verhalten schien zu besagen, dass sie sie für eine Art Konversationsscharlatan hielten, intellektuell ebenso vernebelt wie glänzend. Diese Haltung verlieh den nun folgenden Worten Madame Münsters eine leicht ironische Wirkung. «Das ist also Ihr Kreis», sagte sie zu ihrem Onkel. «Das ist Ihr *salon*. Das sind Ihre *habitués*[29], ja? Es freut mich, dass ich Sie alle zusammen antreffe.»

«Ach», sagte Mr. Wentworth, «sie gehen hier ein und aus. So müssen auch Sie es halten.»

«Vater», unterbrach ihn Charlotte Wentworth, «für diese beiden brauchen wir andere Regeln.» Und sie wandte der aufregenden Besucherin ihr liebes, ernstes Gesicht zu, das so schüchtern wie sanft wirkte. «Wie heißen Sie?»

«Eugenia Camilla Dolores», antwortete die Baronin lächelnd. «Aber Sie müssen nicht alle Namen sagen.»

«Dann werde ich Eugenia sagen, wenn Sie gestatten. Sie müssen hierherkommen und bei uns wohnen.»

Die Baronin legte Charlotte sehr sanft die Hand auf den Arm, hielt sich aber zurück. Sie fragte sich, ob es möglich war, bei diesen Leuten zu «wohnen». «Das wäre reizend – ganz reizend», sagte sie, und ihr Blick wanderte über die Gesellschaft und durch den Raum. Sie wollte Zeit gewinnen, bevor sie sich festlegte. Ihr Blick fiel auf den jungen Mr. Brand, der mit verschränkten Armen dastand, die Hand am Kinn, und sie ansah. «Der Herr ist offenbar so etwas wie ein Geistlicher», sagte sie zu Mr. Wentworth, wobei sie ein wenig die Stimme senkte.

«Er ist Pfarrer», antwortete Mr. Wentworth.

«Protestant?», fragte Eugenia.

«Ich bin Unitarier[30], Madam», erwiderte Mr. Brand mit Nachdruck.

«Aha, ich verstehe», sagte Eugenia. «Etwas Neues.» Von dieser Form der Gottesverehrung hatte sie noch nie gehört.

Mr. Acton lachte auf, und Gertrude sah ängstlich zu Mr. Brand hinüber.

«Sie kommen von sehr weit her», sagte Mr. Wentworth.

«Sehr weit, sehr weit», bestätigte die Baronin mit einem anmutigen Kopfschütteln – einem Kopfschütteln, das alles Mögliche bedeuten konnte.

«Das ist ein Grund, sich bei uns niederzulassen», sagte Mr. Wentworth mit der ihm eigenen Nüchternheit, die freilich, das spürte die intelligente Eugenia sehr wohl, sein Ansinnen nicht weniger nobel machte.

Sie blickte ihn an und glaubte in seinem kalten, stillen Gesicht für Sekunden eine entfernte Ähnlichkeit mit ihrer Mutter zu sehen, an die sie sich nur vage erinnerte. Eugenia war eine Frau der plötzlichen Gefühlsaufwallungen, und eine solche spürte sie jetzt ganz unerwartet in sich aufsteigen. Wieder sah sie in die Runde; sie wusste, dass in all den auf sie gerichteten Augen Bewunderung zu lesen war. Sie lächelte alle an.

«Ich bin gekommen, um zu sehen … zu versuchen … zu fragen», sagte sie. «Offenbar ist es mir gelungen. Ich bin sehr müde, ich möchte mich gern ausruhen.» In ihren Augen standen Tränen. Die lichte Einrichtung, die freundlichen, ruhigen Menschen, das schlichte, ernste Leben – all diese Eindrücke überwältigten sie mit Wucht, und sie merkte, dass sie einem Gefühl nachgab, das so echt war, wie sie es selten erlebte. «Ich würde gern hier wohnen», sagte sie. «Bitte nehmen Sie mich auf.»

Obgleich sie lächelte, lagen Tränen in ihrer Stimme wie in ihren Augen.

«Liebe Nichte», sagte Mr. Wentworth leise.

Charlotte streckte die Arme aus und zog die Baronin an sich, und Robert Acton wandte sich ab und schob verstohlen die Hände in die Taschen.

4

Wenige Tage nachdem die Baronin Münster sich ihren amerikanischen Verwandten vorgestellt hatte, kam sie mit ihrem Bruder und nahm ihren Wohnsitz in dem bereits erwähnten kleinen weißen Haus, das Mr. Wentworths eigenem Wohnhaus gegenüberlag. Mr. Wentworth hatte ihr mit seinen Töchtern einen Gegenbesuch abgestattet und ihr bei dieser Gelegenheit dieses gemütliche Cottage angeboten. Der Vorschlag war das Ergebnis eines vierundzwanzigstündigen Familienrats, in dessen Verlauf die beiden fremdländischen Besucher eingehend diskutiert und haarklein analysiert wurden. Das Gespräch spielte sich, wie ich schon sagte, im Familienkreis ab, aber am Abend nachdem Madame Münster in die Stadt zurückgekehrt war, gehörten zu diesem Kreis – wie bei vielen anderen Anlässen auch – Robert Acton und seine hübsche Schwester. Wären Sie dabei gewesen, hätten Sie wahrscheinlich nicht den Eindruck gewonnen, dass die Ankunft dieser glanzvollen Fremdlinge als ein erfrischendes, ein gerade für dieses stille Haus erfreuliches Ereignis betrachtet wurde, als eine Quelle künftiger Kurzweil und Unterhaltung. Dies entsprach nicht Mr. Wentworths Umgang mit den von Menschen verursachten Vorkommnissen. Dass in das wohlgeordnete Denken der Wentworths plötzlich ein Element einbrach, welches im gewohnten Pflichtprogramm nicht vorgesehen war, erforderte eine Anpassung seiner Grundregel, nämlich des Verantwortungsgefühls. Ein Ereignis nackt und bloß im Lichte des damit möglicherweise verbundenen Vergnügens zu betrachten war eine Denkweise, die Felix Youngs amerikanischen Verwandten völlig fremd war und von der sie sich auch nur schwer vorstellen konnten, dass andere Teile der menschlichen Gesellschaft ihr ernsthaft anhingen. Die Ankunft von Felix und seiner Schwester erfüllte sie mit Zufriedenheit, aber es war eine sonderbar freudlose, starre Zufriedenheit. Sie bedeutete ein Mehr an Pflichten und an Ausübung eher abstruser Tugenden, aber weder Mr. Wentworth noch Charlotte noch Mr. Brand, ein leidenschaftlicher Förderer anspruchsvollen Nachdenkens unter diesen trefflichen Menschen, sprachen in diesem Zusammenhang freiweg von einem Mehr an Freude und Vergnügen. Diese Aufgabe übernahm schließlich Gertrude Wentworth, ein eigenartiges Mädchen – wiewohl sich ihre Eigenheiten im vollen Ausmaß erst zeigten, als sich, sehr ausgeklügelt, in diesen vielleicht allzu liebenswürdigen Fremden ein Vorwand für sie fand. Gertrude hatte jedoch mit einem Berg von Hindernissen zu kämpfen, sowohl subjektiven, wie die Metaphysiker sagen, als auch objektiven, und ihren Kampf zu schildern ist keineswegs das unbedeutendste Anliegen dieser kleinen Geschichte. Das größte Problem an dieser jählings auf neue Menschen ausgeweiteten Anteilnahme von Mr. Wentworth und seinen Töchtern war das Anwachsen des Bereichs, auf dem man Fehler machen konnte, und die – man möchte fast sagen – Doktrin von der bedrückenden Bedeutung aller Fehler und Irrtümer gehörte zu den Traditionen, die in der Familie Wentworth besonders hochgehalten wurden.

«Ich glaube nicht, dass sie in diesem Haus wohnen will», sagte Gertrude. Von nun an wurde Madame Münster nie anders als mit dem Personalpronomen bezeichnet. Charlotte und Gertrude erlangten eine beträchtliche Geläufigkeit darin, sie persönlich mit «Eugenia» anzusprechen, aber wenn sie über sie redeten, sagten sie fast immer «sie».

«Meint sie, es ist nicht gut genug für sie?», rief die kleine Lizzie Acton. Sie stellte immer unpassende Fragen, die genau genommen keine Antwort erforderten und auf die sie auch keine andere Antwort erwartete als das leise, unschuldig-spöttische Lachen, das sie ausnahmslos selbst lieferte.

«Sie hat doch ihre Bereitschaft deutlich bekundet», sagte Mr. Wentworth.

«Das war nur Höflichkeit», erwiderte Gertrude.

«Ja, sie ist sehr höflich ... wirklich sehr höflich», sagte Mr. Wentworth.

«Sie ist allzu höflich», erklärte sein Sohn mit dem für ihn typischen leisen Knurren, das aber nichts Schlimmes bedeutete, sondern nur irgendwie lustig sein sollte. «Es ist geradezu peinlich.»

«Was man von Ihnen nicht behaupten kann, Sir», sagte Lizzie Acton mit ihrem kleinen Lachen.

«Na ja, ich habe nicht vor, ihr gut zuzureden», fuhr Clifford fort.

«Mir wäre es egal, wenn du das tust!», rief Lizzie.

«An dich wird sie dabei nicht denken, Clifford», sagte Gertrude ernst.

«Hoffentlich nicht», rief Clifford.

«Sie wird an Robert denken», fuhr Gertrude im selben Ton fort.

Robert Acton errötete, aber es gab keinen Grund dazu, denn alle sahen Gertrude an – alle außer Lizzie, die, den hübschen Kopf schiefgelegt, nachdenklich ihren Bruder betrachtete.

«Warum unterstellst du ihr ein Motiv, Gertrude?», fragte Mr. Wentworth.

«Ich unterstelle ihr kein Motiv, Vater», sagte Gertrude. «Ich sage nur, sie wird an Robert denken, und genau das wird sie tun.»

«Gertrude schließt von sich auf andere!», rief Acton lachend. «Nicht wahr, Gertrude? Natürlich denkt die Baronin an mich. Sie denkt von morgens bis abends an mich.»

«Sie wird es hier sehr gemütlich haben», sagte Charlotte mit dem Stolz der Hausfrau. «Sie kann das große Nordostzimmer haben. Und das französische Bett», fügte sie hinzu, denn ihr war ständig bewusst, dass die Dame aus dem Ausland kam.

«Das wird ihr nicht gefallen», sagte Gertrude, «nicht einmal dann, wenn du kleine Schondeckchen auf die Stühle steckst.»

«Wieso nicht, meine Liebe?», fragte Charlotte, die einen Hauch Ironie witterte, diese aber nicht übelnahm.

Gertrude war von ihrem Stuhl aufgestanden und ging durchs Zimmer; ihr steifes Seidenkleid, das sie zu Ehren der Baronin angezogen hatte, machte auf dem Teppich ein Geräusch. «Ich weiß nicht», erwiderte sie. «Sie braucht etwas mehr ... etwas mehr Privates.»

«Wenn Sie für sich sein will, kann sie in ihrem Zimmer bleiben», bemerkte Lizzie Acton.

Gertrude hielt im Gehen inne und sah sie an. «Das ist nicht behaglich», antwortete sie. «Sie braucht beides, Ruhe und Behaglichkeit.»

Wieder lachte Robert Acton. «Was für ein Bild, liebe Cousine!»

Charlotte hielt ihren ernsten Blick fest auf die Schwester gerichtet; sie fragte sich, woher plötzlich diese seltsamen

Ansichten kamen. Auch Mr. Wentworth beobachtete seine jüngere Tochter.

«Ich weiß nicht, was für ein Leben sie geführt hat», sagte er, «aber bestimmt hat sie niemals ein kultivierteres, erquicklicheres Zuhause gehabt.»

Gertrude stand da und sah sie alle an. «Sie ist die Frau eines Fürsten», sagte sie.

«Hierzulande sind wir alle Fürsten», antwortete Mr. Wentworth, «und ich wüsste nicht, dass es in der näheren Umgebung einen Palast zu mieten gäbe.»

«Cousin William», unterbrach ihn Robert Acton, «wollen Sie nicht etwas wirklich Großzügiges tun? Überlassen Sie ihnen doch für drei Monate das kleine Haus auf der anderen Straßenseite.»

«Du gehst sehr großzügig mit dem Eigentum anderer Leute um!», rief seine Schwester.

«Robert ist auch mit seinen eigenen Sachen großzügig», bemerkte Mr. Wentworth sachlich und sah seinen Verwandten kühl und nachdenklich an.

«Gertrude», fuhr Lizzie fort, «ich hatte den Eindruck, dass dir das neue Familienmitglied sehr gut gefiel.»

«Welches neue Familienmitglied?»

«Ich meine nicht die Baronin», erwiderte das junge Mädchen mit einem Lachen. «Du rechnest sicher damit, ihn sehr oft zu treffen.»

«Felix? Ich hoffe, ihn häufig zu treffen», sagte Gertrude schlicht.

«Warum willst du ihn dann von deinem Haus fernhalten?»

Gertrude sah Lizzie Acton an, dann blickte sie zur Seite.

«Möchtest du denn, dass ich mit dir in einem Haus wohne, Lizzie?», fragte Clifford.

«Das wirst du hoffentlich nie. Ich hasse dich!», lautete die Antwort der jungen Dame.

«Vater», sagte Gertrude und blieb lächelnd vor Mr. Wentworth stehen. Ihr Lächeln wirkte stets besonders liebenswert, weil es sich so selten zeigte. «Lass sie in dem kleinen Haus über der Straße wohnen. Das wäre wunderbar.»

Robert Acton hatte sie beobachtet. «Gertrude hat recht», sagte er. «Gertrude ist das klügste Mädchen der Welt. Wenn Sie gestatten, empfehle ich dringend, die beiden dort wohnen zu lassen.»

«Dort gibt es nichts, was so hübsch ist wie das Nordostzimmer», wandte Charlotte ein.

«Sie wird es sich schon hübsch einrichten. Lasst sie nur machen!», rief Acton.

Bei diesem Kompliment errötete Gertrude und sah ihn an; es war, als hätte ein weniger vertrauter Mensch *ihr* das Kompliment gemacht. «Bestimmt richtet sie es hübsch ein. Das wird hochinteressant, etwas, wo man hingehen kann. Es wird ein fremdländisches Haus werden.»

«Brauchen wir denn ein fremdländisches Haus?», fragte Mr. Wentworth. «Findest du es so wünschenswert, dass hier, auf diesem geruhsamen Erdenfleck, ein fremdländisches Haus entsteht?»

«Sie reden, als wolle die arme Baronin eine Weinstube oder einen Spielsalon eröffnen», sagte Acton lachend.

«Das wäre ganz wunderbar», versicherte Gertrude noch einmal und legte die Hand auf die Stuhllehne hinter ihrem Vater.

«Wenn sie einen Spielsalon eröffnen würde?», fragte Charlotte todernst.

Gertrude sah sie kurz an, dann sagte sie einfach: «Ja, Charlotte.»

«Gertrude wird vorwitzig», bemerkte Clifford Wentworth mit seinem humorigen jungen Knurren. «Das kommt davon, wenn man sich mit Ausländern einlässt.»

Mr. Wentworth blickte zu seiner Tochter hoch, die neben ihm stand; er zog sie sacht nach vorn. «Du musst vorsichtig sein», sagte er. «Du musst aufpassen. Eigentlich müssen wir alle vorsichtig sein. Dies bedeutet eine gewaltige Veränderung; wir sind nun seltsamen Einflüssen ausgesetzt. Ich sage nicht, dass sie schlecht sind. Ich verurteile sie nicht im Voraus. Aber vielleicht machen sie es nötig, dass wir uns ganz besonders klug und beherrscht verhalten. Die Stimmung wird sich verändern.»

Gertrude schwieg einen Moment, aus Respekt vor der Rede ihres Vaters. Doch was sie dann sagte, war keineswegs eine Antwort darauf. «Ich möchte sehen, wie sie leben. Bestimmt haben sie einen anderen Tagesablauf. Sie werden alle möglichen Kleinigkeiten anders machen. Wenn wir sie besuchen, wird es sein, als besuchten wir Europa. Sie wird ein Boudoir haben. Sie wird uns zum Dinner einladen – einem sehr späten Dinner. Sie wird in ihrem Zimmer frühstücken.»

Wieder starrte Charlotte ihre Schwester an. Offenbar ging Gertrudes Fantasie mit ihr durch. Sie hatte immer gewusst, dass Gertrude viel Fantasie besaß, und war sehr stolz darauf gewesen. Doch gleichzeitig hatte sie stets das Gefühl gehabt, dass dies eine gefährliche Gabe war, die zu Pflichtvergessenheit führte, und nun hatte sie den Eindruck, diese Gabe drohe ihre Schwester zu einer fremden Person zu machen, die plötzlich auftrat, als kehrte sie von einer Reise zurück und berichtete von den seltsamen und vielleicht auch unerfreulichen Dingen, die sie gesehen hatte. Charlottes eigene Fantasie unternahm keinerlei Reisen, sie bewahrte sie sozusagen in ihrer Tasche auf, zusammen mit anderen Requisiten in diesem Behältnis: einem Fingerhut, einer kleinen Schachtel mit Pfefferminzplätzchen und einem Stück Englischpflaster[31]. «Ich glaube nicht, dass sie ein Dinner zubereitet oder ein Frühstück», sagte Miss Wentworth. «Ich glaube nicht, dass sie überhaupt irgendetwas selbst tun kann. Ich müsste ihr jede Menge Dienstboten beschaffen, und dann würde sie die nicht leiden können.»

«Sie hat ein Mädchen», sagte Gertrude, «eine Französin. Sie hat sie erwähnt.»

«Ob das Mädchen wohl ein gefälteltes Häubchen und rote Schuhe trägt?», fragte Lizzie Acton. «In dem Theaterstück, in das ich mit Robert gehen durfte, kam eine Zofe vor. Die trug rosa Strümpfe und war sehr böse.»

«Das war eine Soubrette», erklärte Gertrude, die noch nie im Leben im Theater gewesen war. «So etwas nennt man eine Soubrette[32]. Für uns ist das eine großartige Gelegenheit, Französisch zu lernen.» Charlotte gab ein leises, ohnmächtiges Stöhnen von sich. Vor ihrem inneren Auge entwickelte sich das Bild einer verruchten, theatralischen Person mit rosa Strümpfen und roten Schuhen, die verblüffend zungenfertig eine unverständliche Sprache plapperte und durch das Allerheiligste dieses großen, reinlichen Hauses huschte. «Das ist einer der Gründe, die dafürsprechen, dass sie hierherkommen», fuhr Gertrude fort. «Aber wir können auch Eugenia bitten, mit uns Französisch zu reden, oder Felix. Ich werde gleich damit beginnen – beim nächsten Mal.»

Mr. Wentworth hatte dafür gesorgt, dass sie neben ihm stand, und richtete nun wieder seinen ernsten, kühlen, teilnahmslosen Blick auf sie. «Ich möchte, dass du mir etwas versprichst, Gertrude», sagte er.

«Ja, was denn?», fragte sie lächelnd.

«Reg dich nicht auf. Lass nicht zu, dass diese ... diese Vorkommnisse zum Anlass für Aufregungen werden.»

Sie blickte kurz auf ihn hinunter, dann schüttelte sie den Kopf. «Ich glaube, das kann ich nicht versprechen, Vater. Ich bin schon aufgeregt.»

Mr. Wentworth schwieg eine Weile. Alle schwiegen, als hätten sie etwas Waghalsiges, Unheilvolles vernommen.

«Ich glaube, es ist besser, sie ziehen in das andere Haus», sagte Charlotte ruhig.

«Ja, sie sollen im anderen Haus bleiben», fügte Mr. Wentworth mehrdeutig hinzu.

Gertrude wandte sich ab, dann sah sie zu Robert Acton hinüber. Cousin Robert und sie waren enge Freunde; sie sah ihn oft so an, anstatt etwas zu sagen. Doch diesmal kam es ihm vor, als diene ihr Blick als Ersatz für eine ungewöhnlich umfangreiche Menge unterdrückter Äußerungen; unter anderem bat ihr Blick ihn zu sagen, dass der Plan ihres Vaters – wenn es sich denn um einen Plan handelte –, im Interesse ruhiger Nerven die Gelegenheiten zum Umgang mit den ausländischen Verwandten zu verringern, keine Wirkung zeitigen werde. Doch Acton gratulierte Mr. Wentworth umgehend zu seiner Großzügigkeit. «Das ist sehr nett von Ihnen», sagte er, «dass Sie ihnen das kleine Haus geben. Damit haben Sie die beiden anständig behandelt, und was auch geschieht, darüber werden Sie immer froh sein.» Mr. Wentworth war großzügig, und er wusste das. Dies zu wissen, zu spüren und registriert zu sehen machte ihm Freude, und diese Freude ist die einzige augenfällige Schwäche, die der Erzähler dieser Vorgänge ihm anzulasten vermag.

«Da drüben hätte ich allerhöchstens drei Tage zu Besuch bleiben können», bemerkte Madame Münster zu ihrem

Bruder, nachdem sie das kleine weiße Haus in Besitz genommen hatten. «Es wäre viel zu intim gewesen, entschieden zu intim. Frühstück, Dinner und Tee en famille – eine Katastrophe, wenn ich das drei Tage hätte aushalten müssen.» Auch gegenüber ihrem Mädchen Augustine, einer intelligenten Person, die in vielem ihr Vertrauen genoss, machte sie diese Bemerkung. Felix erklärte, er würde gern im Schoße der Familie Wentworth leben; sie seien die freundlichsten, schlichtesten, liebenswertesten Menschen auf Erden, und er finde sie alle ungeheuer sympathisch. Die Baronin gab ihm recht, sie seien schlicht und freundlich und durch und durch nette Leute; auch sie habe sie sehr gern. Die Mädchen seien vollendete Damen, man könne gar nicht damenhafter sein als Charlotte Wentworth, trotz ihres ein wenig ländlichen Aussehens. «Aber ob sie die beste Gesellschaft auf Erden sind», sagte die Baronin, «ist doch eine ganz andere Frage, und wenn ich *porte-à-porte*[33] mit ihnen leben wollte, könnte ich mich ja gleich wieder in die Klosterschule zurückwünschen, eine Bombasinschürze[34] tragen und in einem Schlafsaal schlafen.» Dennoch war die Baronin bester Laune, sie hatte sich sehr gefreut. Mit ihrer lebhaften Auffassungsgabe und ihrer kultivierten Fantasie vermochte sie alles zu genießen, was typisch war, alles, was auf seine Art gut war. Das Haus Wentworth schien ihr auf seine Art vollkommen zu sein – wunderbar friedlich und makellos, durchdrungen von einer gewissermaßen taubengrauen Frische, die jene Ruhe und Güte ausstrahlte, die sie mit dem Quäkertum verband, und es schien dennoch auf einem materiellen Wohlstand zu gründen, den man am sparsamen kleinen Hof von Silberstadt-Schreckenstein bei gewissen Details vergeblich gesucht hätte. Sie erkannte sofort, dass ihre amerikanischen Verwandten über Geld wenig sprachen und nachdachten, und schon dies beeindruckte Eugenia in ihren Überlegungen. Zugleich fiel ihr auf, dass Charlotte oder Gertrude, wenn sie ihren Vater um eine beträchtliche Summe baten, diese immer sofort erhielten, und das beeindruckte sie noch mehr. Doch noch eine andere baldige Beobachtung beeindruckte Eugenia. Die Baronin gelangte durch eigene Anschauung zu der Überzeugung, dass Robert Acton zu jeder Tages- und Nachtzeit in die Tasche greifen würde, wenn ihn seine hohlköpfige kleine Schwester darum bäte. Die Männer in diesem Land waren offensichtlich sehr entgegenkommend, sagte sich die Baronin. Als sie erklärt hatte, sie suche Ruhe und Abgeschiedenheit, war das keineswegs komplett gelogen; nichts, was die Baronin sagte, war komplett gelogen. Vielleicht muss man aber gerechterweise hinzufügen, dass auch nichts, was sie sagte, komplett der Wahrheit entsprach. Einer Freundin in Deutschland schrieb sie, es sei für sie eine Rückkehr zur Natur, es sei, wie wenn man frische Milch trinke, und sie liebe frische Milch. Sich selbst gestand sie natürlich ein, dass es ein bisschen langweilig werden würde, aber nichts zeigte deutlicher ihre gute Laune als die Tatsache, dass sie glaubte, es werde ihr nichts ausmachen, wenn es ein bisschen langweilig würde. Wenn sie von der Veranda des ihr überlassenen Häuschens über die lautlosen Felder, steinigen Weiden, glatten Teiche und zerzausten kleinen Obstgärten blickte, schien es ihr, als habe sie noch nie im Leben eine so tiefe Stille erlebt; es war ein geradezu sinnliches, zartes Vergnügen. Alles war sehr gut, sehr unschuldig und unversehrt, von dort musste etwas Gutes kommen. Augustine allerdings, die grenzenloses Zutrauen in die Weisheit und Weitsicht ihrer Herrin hatte, war ziemlich verwirrt und niedergeschlagen. Sie war immer bereit, sich in alles zu fügen, sobald sie es verstand, aber verstehen wollte sie es, und diesmal ließ ihr Verstand sie im Stich. Was wollte die Baronin nur *dans cette galère*[35]? Welchen Fisch hoffte sie aus diesen toten Gewässern an Land zu ziehen? Es war offensichtlich ein geheimnisvolles Unterfangen. Augustine vertraute ihr, aber das Gefühl, im Dunkeln zu tappen, zeigte sich deutlich auf dem Gesicht dieser hageren, nüchternen, blässlichen Person mittleren Alters, die mit Gertrude Wentworths Vorstellung von einer Soubrette wenig gemein hatte; es zeigte sich durch einen höchst ironischen, finsteren Blick, wie ihn nie zuvor jemand auf die unaufdringlichen Beweise Wentworth'schen Friedens und Wohlstands geworfen hatte. Zum Glück konnte Augustine Skepsis mit Arbeit bekämpfen. Sie gab ihrer Herrin recht – oder vielmehr, sie überflügelte ihre Herrin geradezu in der Ansicht, dass das kleine weiße Haus armselig kahl war. *«Il faudra lui faire un peu de toilette»,*[36] sagte Augustine. Und sie fing an, Portieren in die Türen zu hängen, Wachskerzen aufzustellen, die sie nach einiger Suche an unerwarteten Orten gefunden hatte, und über Sofas und Stuhllehnen asymmetrisch Tücher zu drapieren. Die Baronin hatte einen reichlichen Vorrat an Kleiderstoffen in die Neue Welt mitgebracht, und als die beiden Miss Wentworth zu Besuch herüberkamen, wunderten sie sich ein wenig über die allzu auffällig verstreute Garderobe. In der Tür zum Salon hingen gardinengleich indische Schals, und auf den Sitzgelegenheiten lagen in kunterbuntem Durcheinander merkwürdige Stoffe, die Gertrudes Urbild von einem Opernmantel entsprachen. An den Fenstern waren rosafarbene Seidenrouleaus angebracht, was den Raum in ein befremdliches Dämmerlicht tauchte, und auf dem Kaminsims lag ein kurioses Samtband, bedeckt mit einer groben, schmutzig aussehenden Spitze. «Ich habe es mir ein bisschen gemütlich gemacht», sagte die Baronin zur großen Verwirrung von Charlotte, der schon der Vorschlag auf der Zunge gelegen hatte, sie könne gern kommen und ihr helfen, diese überflüssigen Vorhänge abzunehmen. Doch was Charlotte als geradezu sträflich vernachlässigtes Überbleibsel missdeutete, erkannte Gertrude sofort als höchst einfallsreiche, interessante, romantische Absicht. «Wahrhaftig, was ist ein Leben ohne Vorhänge?», fragte sie sich insgeheim, und ihr schien, als sei ihr bisheriges, gänzlich volantfreies Dasein unsäglich indiskret gewesen.

Felix war kein junger Mann, der sich allzu viele Gedanken machte – am wenigstens über die Begleitumstände seiner Lebensfreude. Seine Fähigkeit, sich über alles zu freuen, war so groß, so unbewusst inbrünstig, dass sie alle Verlegenheit und Sorge sozusagen beiseiteschob. Er war von Natur aus fröhlich, und Neuigkeiten und Veränderung waren ihm schon an sich ein Vergnügen. Da solche ziemlich häufig seinen Weg gekreuzt hatten, war sein Dasein angenehmer verlaufen, als es den Anschein hatte. Er hatte ein denkbar glückliches Naturell. Er war kein ruheloser, besorgter und ehrgeiziger Geist im ständigen Wettlauf mit dem tyrannischen Schicksal, sondern ein argloses Gemüt, das das Unglück überlistete und ihm mit der leichten, natürlichen Bewegung einer im Wind schwankenden Blume auswich und sich entzog. Felix fand in allen Dingen etwas Erfreuliches, und all seine Fähigkeiten spielten dabei eine Rolle – seine Fantasie, seine Intelligenz, seine Neigungen und seine Sinne. Seiner Meinung nach waren Eugenia und er sehr freundlich aufgenommen worden; die Kombination aus väterlicher Großzügigkeit und gesellschaftlicher Rücksichtnahme, die Mr. Wentworths Verhalten prägte, hatte etwas durchaus Ergreifendes. Es war zum Beispiel außerordentlich nett von ihm, ihnen ein Haus zu überlassen. Felix war ausgesprochen erfreut darüber, ein eigenes Haus zu haben, und das kleine weiße Cottage unter den Apfelbäumen – das *chalet*, wie Madame Münster es immer nannte – schien ihm viel mehr sein Eigen zu sein als jede Wohnung in der vierten *étage* mit Blick in einen Hof und einer überfälligen Miete. Felix hatte in seinem Leben viel Zeit damit verbracht, in Höfe hinunterzuschauen; er hatte seine wohl etwas durchgewetzten Ellbogen in luftiger Höhe auf das Fensterbrett gestützt und den dünnen Rauch seiner Zigarette in die Atmosphäre aufsteigen lassen, wo das Geschrei von der Straße erstarb und die vibrierenden Glockenschläge aus alten Türmen zu spüren waren. Er hatte noch nie etwas so unendlich Ländliches erlebt wie diese Felder in Neuengland, und er fand großen Gefallen an ihrer idyllischen Herbheit. Noch nie hatte er sich so luxuriös sicher gefühlt, und auf die Gefahr hin, ihn als ziemlich erbärmlichen Abenteurer erscheinen zu lassen, muss ich gestehen, dass die Tatsache, jeden Tag bei seinem Onkel tafeln zu dürfen, einen unwiderstehlichen Reiz auf ihn ausübte. Der Reiz war deshalb so unwiderstehlich, weil seine Einbildungskraft diesen schlichten Gunstbeweis in einem rosigen Licht erscheinen ließ. Er wusste die ihm vorgesetzte Kost durchaus zu würdigen. Sie hatte eine gewisse frische Fülle, die ihm den Gedanken nahelegte, so müssten die Menschen in sagenhaften Urzeiten gelebt haben, die ihre Tische im Gras deckten, sich von Einhörnern nachschenken ließen und ohne Küchenherd auskamen. Am meisten aber genoss Felix, dass er eine Familie gefunden hatte, dass er unter lauter liebenswürdigen, großzügigen Menschen saß, die er mit Vornamen anreden durfte. Noch nie waren seine Äußerungen auf so viel charmante Aufmerksamkeit gestoßen. Die Situation glich einem großen, sauberen, feinkörnigen Zeichenpapier, das nur darauf wartete, effektvoll mit Aquarellfarbe benetzt und bespritzt zu werden. Er hatte bisher keine Verwandten gehabt und noch nie so uneingeschränkt Umgang mit unverheirateten jungen Damen gepflegt. Er war sehr gern mit Frauen zusammen, und es war neu für ihn, dass man es auf diese Weise genießen konnte. Anfangs wusste er seine Gemütsverfassung nicht recht einzuschätzen. Er meinte, ohne Unterschied in drei Mädchen gleichzeitig verliebt zu sein. Er sah, dass Lizzie Acton besonders hübsch war, hübscher als Charlotte und Gertrude, aber das machte sie den anderen kaum überlegen. Sein Entzücken kam von etwas, was allen dreien gemeinsam war – unter anderem von einer körperlichen Zartheit, die es nur angemessen erscheinen ließ, dass sie sich immer in dünne Stoffe und helle Farben kleideten. Aber sie waren auch in anderer Hinsicht zart, und er empfand es als höchst erfreulich, dass diese Zartheit im Umgang mit ihnen sozusagen spürbar wurde. Er hatte zum Glück viele tugendhafte Damen kennengelernt, auch wenn ihm die Beziehungen zu diesen (vor allem zu den unverheirateten) nun vorkamen, als hätte er verglaste Gemälde betrachtet. Jetzt erkannte er, wie hinderlich das Glas gewesen war, wie sehr es verfälschte und störte, wie es andere Gegenstände spiegelte und einen zwang, unablässig den Blickwinkel zu wechseln. Er brauchte sich nicht zu fragen, ob Charlotte, Gertrude und Lizzie Acton im richtigen Licht standen; sie standen immer im richtigen Licht. Er mochte alles an ihnen. Er war sich zum Beispiel nicht zu schade, einen schlanken Fuß und hohen Rist zu würdigen. Er mochte ihre hübschen Nasen, ihre erstaunten Blicke und ihre zögernde, so gar nicht rechthaberische Sprechweise; er genoss das Bewusstsein, dass es ihm vollkommen freistand, stundenlang irgendwo mit einer von ihnen allein zu sein, und dass eine mögliche Vorliebe für die eine oder andere als Gefährtin in der Einsamkeit kein großes Problem darstellte. Charlotte Wentworths freundliche, ernste Züge waren genauso liebenswert wie Lizzie Actons wunderbar ausdrucksvolle blaue Augen, und Gertrudes immerwährende Bereitschaft, spazieren zu gehen und zuzuhören, war so bezaubernd wie alles andere Genannte, schon weil sie einen so anmutigen Gang hatte. Nach einer Weile lernte Felix Unterschiede zu machen; aber selbst dann wünschte er sich oft noch unvermittelt, sie wären nicht alle so traurig. Sogar Lizzie Acton mit ihrem lieblichen harmlosen Geplapper und ihrem Gelächter wirkte traurig. Sogar Clifford Wentworth, der doch so jung war und einen Buggy[37] mit riesigen Rädern und eine kleine Fuchsstute mit den hübschesten Beinen der Welt sein Eigen nannte – sogar dieser vom Glück begünstigte Knabe neigte dazu, den Blick unangenehm berührt abzuwenden und sich manchmal wegzuschleichen wie jemand, der ein schlechtes Gewissen hat. Der Einzige in ihrem Kreis, der nach Felix' Beobachtung keinen Trübsinn erkennen ließ, war Robert Acton.

Manch einer mag vielleicht befürchten, dass sich Madame Münster nach Beendigung der erwähnten häuslichen Verschönerungsmaßnahmen der Gefahr des *ennui*[38] gegenübersah. Aber bis jetzt hatte sie noch nicht Alarm geschlagen. Die Baronin war eine ruhelose Seele, und man kann sagen, sie übertrug ihre Ruhelosigkeit auf jede gegebene Situation. Bis zu einem bestimmten Punkt konnte man sich darauf verlassen, dass diese Ruhelosigkeit sie unterhielt. Sie erwartete immer, dass etwas geschah, und solange diese Erwartung noch nicht enttäuscht wurde, war sie schon für sich genommen ein erlesenes Vergnügen. Darzulegen, was die Baronin jetzt erwartete, würde einiges Geschick erfordern; es muss reichen, dass sie in ihrer Umgebung etwas fand, was ihre Fantasie beschäftigte. Sie redete sich ein, dass sie von ihren neuen Verwandten entzückt war, sie machte sich vor, dass es sie wie ihren Bruder mit heiliger Genugtuung erfüllte, eine Familie gefunden zu haben. Mit Sicherheit genoss sie in vollen Zügen die freundliche Verehrung ihrer Verwandten. Sie hatte seit jeher viel Bewunderung erfahren, und ihre Sammlung gedrechselter Komplimente war ansehnlich; aber noch nie hatte sie so viel wirkliche Macht besessen, noch nie war sie so viel wert gewesen wie jetzt, denn zum ersten Mal fehlte es dem kleinen Kreis um sie an einem echten Maßstab. Die Erkenntnis, dass die braven Leute in ihrer Umgebung hinsichtlich ihrer bemerkenswerten Person keinerlei Vergleichsmöglichkeiten hatten, gab ihr das Gefühl fast grenzenloser Macht. Freilich, so sagte sie sich, wenn die anderen aus diesem Grund nichts entdeckten, was gegen sie sprach, übersahen sie vielleicht auch einige ihrer überragenden Vorzüge. Aber sie beendete ihre Überlegungen immer mit dem Gedanken, darum werde sie sich schon kümmern.

Charlotte und Gertrude schwankten etwas ratlos zwischen dem Wunsch, Madame Münster die gehörige Aufmerksamkeit zukommen zu lassen, und ihrer Furcht, aufdringlich zu erscheinen. Das kleine Haus im Obstgarten war bisher in den Sommermonaten von engen Freunden der Familie bewohnt worden oder von armen Verwandten, die in Mr. Wentworth einen Vermieter fanden, der sich gewissenhaft um Reparaturen kümmerte, aber nicht an den Zahltag dachte. Bei dieser Lage der Dinge standen die Türen des kleinen und die des großen Hauses, die nur durch zwei schlichte Gärten getrennt waren, ohne Wenn und Aber offen für stündliche Besuche. Aber die Misses Wentworth gewannen den Eindruck, dass Eugenia für die primitive Sitte des «Vorbeischauens» nichts übrig hatte, sie konnte sich offensichtlich nicht vorstellen, ohne Portier zu leben. «Ihr Haus betritt man wie ein Gasthaus – nur dass keine Kellner herbeieilen», sagte sie zu Charlotte. Und sie fügte hinzu, das sei ganz bezaubernd. Gertrude erklärte ihrer Schwester, dass sie das genaue Gegenteil meine; es gefalle ihr gar nicht. Charlotte fragte, warum sie dann die Unwahrheit sage, und Gertrude erwiderte, wahrscheinlich gebe es einen guten Grund dafür, den sie entdecken würden, wenn sie sie erst besser kennten. «Es kann keinen guten Grund dafür geben, die Unwahrheit zu sagen», versetzte Charlotte. «Ich hoffe nicht, dass sie so denkt.»

Am Anfang wollten sie natürlich alles tun, um ihr beim Einrichten zu helfen. Charlotte war es vorgekommen, als hätten sie eine Menge zu besprechen, aber die Baronin neigte offensichtlich nicht zu Besprechungen.

«Schreib ihr ein Briefchen und bitte um die Erlaubnis, sie zu besuchen. Ich glaube, so etwas gefällt ihr», sagte Gertrude.

«Warum sollte ich ihr die Mühe machen, mir zu antworten?», fragte Charlotte. «Dann muss sie ja einen Brief schreiben und herüberschicken.»

«Ich glaube nicht, dass sie sich irgendwelche Mühe machen wird», sagte Gertrude tiefgründig.

«Was wird sie dann tun?»

«Genau darauf bin ich neugierig», sagte Gertrude und hinterließ bei ihrer Schwester den Eindruck, dass eine solche Neugierde etwas Morbides hatte.

Sie besuchten die Baronin schließlich, ohne vorher korrespondiert zu haben, und stießen in dem bereits eingerichteten kleinen Salon mit seinem schmeichelnden Licht und den Volants auf Robert Acton.

Eugenia war überaus huldvoll, warf ihnen aber vor, sie würden sie grausam vernachlässigen. «Sie sehen ja, Mr. Acton musste sich meiner erbarmen», sagte sie. «Mein Bruder geht stundenlang zum Zeichnen aus dem Haus, auf den ist kein Verlass. So wollte ich schon Mr. Acton schicken, um Sie zu mir zu bitten, damit ich in den Genuss Ihrer Weisheit komme.»

Gertrude warf ihrer Schwester einen Blick zu. Er sollte besagen: «Das also hätte sie getan.» Charlotte antwortete, sie hofften, die Baronin werde immer bei ihnen speisen, das würde die Familie sehr freuen und gleichzeitig der Baronin die Mühe ersparen, eine eigene Köchin anzustellen.

«Aber ich brauche unbedingt eine eigene Köchin!», rief die Baronin. «Ein alte Negerin mit einem gelben Turban. Daran hängt mein ganzes Herz. Ich möchte aus dem Fenster schauen und sehen, wie sie da auf der Wiese sitzt, im Hintergrund die krummen, dunklen kleinen Apfelbäume, und eine Schürze voller Mais schält. Das ist Lokalkolorit, verstehen Sie. Hier gibt es nicht viel davon – Sie nehmen es mir doch nicht übel, wenn ich das sage? –, deshalb muss man aus dem, was man vorfindet, das Beste machen. Ich speise sehr gern mit Ihnen, wenn ich darf, aber ich möchte auch in der Lage sein, Sie ab und zu einzuladen. Und ich möchte in der Lage sein, Mr. Acton einzuladen», fügte die Baronin hinzu.

«Dann müssen Sie zu mir kommen und mich dort einladen», sagte Acton. «Sie müssen mich besuchen und erst einmal bei mir essen. Ich möchte Ihnen mein Haus zeigen und Sie mit meiner Mutter bekannt machen.»

Zwei Tage später erschien er erneut zu einer Stippvisite bei Madame Münster. Er war ständig in diesem anderen Haus;

er spazierte von seinem Haus über die Felder dorthin und hatte, was das «Vorbeischauen» anbetraf, offenbar weniger Skrupel als seine Cousinen. Diesmal traf er Mr. Brand an, der der charmanten Fremden soeben seine Aufwartung machte, doch kaum war Acton gekommen, sagte der junge Theologe kein Wort mehr. Er saß mit gefalteten Händen auf seinem Stuhl und starrte die Gastgeberin unverwandt, ernst und fasziniert an. Die Baronin unterhielt sich mit Robert Acton, wandte sich aber während des Gesprächs Mr. Brand zu, der seinen Blick nicht von ihr ließ. Die beiden Männer brachen zusammen auf; sie gingen zu Mr. Wentworth. Mr. Brand sagte noch immer kein Wort, aber als sie in Mr. Wentworths Garten angelangt waren, blieb er stehen und blickte eine Weile auf das weiße Häuschen zurück. Dann sah er seinen Begleiter an und sagte mit leicht schiefgeneigtem Kopf und zusammengekniffenen Augen: «Das ist es wohl, was man Konversation nennt, echte Konversation.»

«Ich nenne so etwas eine sehr kluge Frau», erwiderte Acton lachend.

«Die Sache ist hochinteressant», fuhr Mr. Brand fort. «Ich wünschte nur, sie würde Französisch sprechen, das entspräche dem Ganzen noch mehr. Es muss genau der Stil sein, von dem man immer hört, von dem man immer liest, der Konversationsstil von Madame de Staël oder Madame Récamier.[39]»

Auch Acton blickte auf Madame Münsters Domizil zwischen den Stockrosen und Apfelbäumen. «Ich hingegen würde gern wissen», sagte er lächelnd, «was Madame Récamier dazu bewogen hat, an diesem Ort zu wohnen.»

5

Jeden Nachmittag ging Mr. Wentworth, Spazierstock und Handschuhe in der Hand, seine Nichte besuchen. Ein paar Stunden später kam sie ins große Haus zum Tee. Sie hatte das Angebot, dort regelmäßig zu dinieren, stillschweigend ignoriert; der erfreuliche Anblick einer alten Negerin mit rotem Turban, die unter den Apfelbäumen Erbsen palte, verschaffte ihr alle erdenkliche Befriedigung. Charlotte, die die alte Negerin geliefert hatte, dachte, das müsse ein seltsamer Haushalt sein, denn Eugenia hatte ihr erzählt, Augustine dirigiere alles, einschließlich der alten Negerin – Augustine, die natürlich von der läuternden englischen Sprache nicht die geringste Ahnung hatte. Die einzige unmoralische Regung, die ich Charlotte Wentworth einigermaßen begründet unterstellen könnte, ist eine leise Enttäuschung, als sie merkte, dass die häuslichen Zustände im Cottage trotz dieser vorschriftswidrigen Voraussetzungen anscheinend nicht schreiend ekelerregend waren – zumindest von Eugenias Standpunkt aus gesehen. Die Baronin fand es unterhaltsam, zum Tee zu gehen, sie zog sich immer wie für ein Dinner um. Der Tisch war mit ungewöhnlichen, pittoresken Speisen gedeckt, und nach dem Mahl setzten sich alle auf die große Veranda und plauderten oder wanderten bei Sternenlicht durch den Garten, in den Ohren das Zirpen jener seltsamen Insekten, die zwar angeblich auf der ganzen Welt zum Zauber einer Sommernacht gehören, unter diesem westlichen Himmel aber, so schien es der Baronin, einen unvergleichlich vollen Klang entfalteten.

Obwohl also Mr. Wentworth seine Nichte stets pünktlich besuchen kam, vermochte er sich nicht an sie zu gewöhnen. Der Gedanke, dass sie wirklich das Kind seiner Halbschwester war, stellte seine Vorstellungskraft auf eine harte Probe. Die Schwester war eine Gestalt aus seinen frühen Jahren gewesen; schon mit zwanzig ging sie für immer aus dem Haus und schloss dann eigensinnig in fremden Landen eine wenig wünschenswerte Ehe. Seine Tante Mrs. Whiteside, die sie nach Europa auf die Grand Tour mitgenommen hatte, wusste nach ihrer Rückkehr über Mr. Adolphus Young, mit dem sich das halsstarrige Mädchen auf Gedeih und Verderb verbunden hatte, so viel Beklagenswertes zu berichten, dass sich dies wie eisiger Reif auf das familiäre Zusammengehörigkeitsgefühl legte – insbesondere im Fall der Halbbrüder. Catherine hatte in der Folge nichts getan, um die Familienmitglieder zu besänftigen; nicht einmal einen Brief hatte sie geschrieben und ihnen zu verstehen gegeben, dass sie ihre erloschene Zuneigung zur Kenntnis genommen habe, sodass man in Bostoner Kreisen zu der Ansicht gelangt war, dieser jungen Dame könne man keine größere Wohltat erweisen, als sie zu vergessen und Vermutungen, inwieweit ihre Anomalie sich in ihren Nachkommen fortgepflanzt haben mochte, zu unterlassen. In all den Jahren hatte Mr. Wentworth, dem vage Meldungen über die Existenz dieser jungen Leute zu Ohren gekommen waren, seinen Gedanken nicht gestattet, bei ihnen zu verweilen. Die Gedanken hatten mit dem eigenen Umkreis genug zu tun, und obwohl so manche Sorge sein Gewissen belastete, zählte der Verdacht, er sei ein unnatürlicher Onkel, mit Recht nicht dazu. Jetzt, da er seine Neffen und Nichten vor sich sah, erkannte er, dass sie die Frucht von Einflüssen und Umständen waren, die sich völlig von jenen unterschieden, unter welchen seine eigene Nachkommenschaft zu leidlicher Reife gelangt war. Er verstieg sich nicht zu der Behauptung, diese Einflüsse seien in böser Absicht geltend gemacht worden, aber manchmal fürchtete er, diese vornehme, feine, damenhafte Nichte werde er nie gernhaben können. Ihre Fremdartigkeit lähmte und verwirrte ihn. Sie sprach in gewisser Weise eine andere Sprache. Ihre Worte hatten etwas Seltsames an sich. Er hatte das Gefühl, dass ein anderer Mann an seiner Stelle sich ihrem Tonfall anpassen würde, ihr Fragen stellen, mit ihr scherzen und auf ihre schelmischen Bemerkungen, die ihn manchmal erschreckten, da sie doch an einen Onkel gerichtet waren, eingehen könnte. Doch dazu war Mr. Wentworth nicht imstande. Er vermochte sich nicht einmal zu dem Versuch durchzuringen, ihre Stellung in der Welt zu beurteilen. Sie war die Frau eines ausländischen Adligen, der sich von ihr lossagen wollte. Das klang eigenartig, aber dem alten Mann fehlte es an Kriterien für ein Urteil. Eigentlich hätte er diese als Mann von Welt und gewissermaßen öffentliche Person unter seinen eigenen Erfahrungen finden sollen, aber dort gab es nichts, und er wagte kaum, sich einzugestehen – und erst recht nicht, Eugenia durch möglicherweise allzu arglose Fragen zu verraten –, wie mager bestückt sein Archiv war.

Da lag ihm sein Neffe schon eher, wie er es ausgedrückt hätte, auch wenn er nicht wusste, ob Felix wirklich ganz ungefährlich war. Er war so klug und hübsch und gesprächig, dass man einfach eine gute Meinung von ihm haben musste, und dennoch schien es, als habe ein junger Mann, der gleichzeitig so fröhlich und so entschieden war, etwas irgendwie Unverschämtes, fast Lasterhaftes an sich – oder als müsse dem so sein. Man merkte, dass Felix, auch wenn er keineswegs als seriöser junger Mann gelten konnte, irgendwie mehr aufzuweisen hatte – mehr Gewicht, mehr Inhalt, mehr Tiefe – als mancher andere, spürbar seriöse junge Mann. Während Mr. Wentworth über diese Anomalie nachgrübelte, bewunderte ihn sein Neffe uneingeschränkt. Er sah in ihm einen sehr feinen, großzügigen, vornehmen alten Herrn mit einem äußerst schönen, asketisch geformten Kopf, den zu zeichnen ihm sehr vielversprechend erschien. Felix machte keineswegs ein Geheimnis daraus, dass er den Pinsel schwang, und es war nicht sein Fehler, wenn niemand begriff, dass er bereit war, zu höchst vernünftigen Bedingungen höchst eindrucksvolle Porträts zu schaffen. «Er ist ein Künstler – mein Cousin ist ein Künstler», sagte Gertrude, und sie teilte dies jedem mit, der es hören wollte. Sie teilte es gewissermaßen auch sich selbst mit, mahnend und erinnernd; zwischendurch, an entlegenen Orten, sagte sie immer wieder zu sich, dass Felix diesen heiligen Rang innehatte. Gertrude hatte noch nie einen Künstler gesehen; sie hatte von solchen Leuten nur gelesen. Es schien ihr eine romantische, geheimnisvolle Gattung zu sein, deren Leben aus erfreulichen Zufällen bestand, wie sie anderen Menschen nie zustoßen. Und ihr Sinnieren über dieses Thema erhielt nur neuen Antrieb, wenn Felix erklärte (wie er dies wiederholt tat), in Wirklichkeit sei er gar kein Künstler. «Ich habe mich nie ernsthaft darauf eingelassen», sagte er. «Ich habe nie studiert, habe keine Ausbildung. Ich mache von allem ein bisschen und nichts davon gut. Ich bin nur ein Amateur.»

Das Bild vom Amateur gefiel Gertrude noch besser als das vom Künstler; das Wort hatte für ihre Begriffe einen noch feinsinnigeren Beiklang. Sie wusste aber, dass es ein unauffälligeres Wort war. Mr. Wentworth benutzte es gern. Es war ihm zwar nicht eigentlich geläufig, kam ihm aber zupass, da es ihm half, Felix einzuordnen, der als ein äußerst kluger, regsamer, anscheinend ehrbarer und dennoch in keinem anerkannten Beruf tätiger junger Mann eine lästige

Anomalie war. Natürlich waren die Baronin und ihr Bruder – sie wurde immer an erster Stelle genannt – bei Mr. Wentworth, seinen Töchtern und deren gelegentlichen Gästen ein beliebtes Gesprächsthema.

«Und der junge Mann, Ihr Neffe, was hat der für einen Beruf?», fragte ein alter Herr, Mr. Broderip aus Salem, der achtzehnhundertneun Mr. Wentworths Klassenkamerad am Harvard College gewesen war, als er ihn in seinem Büro in der Devonshire Street besuchte. (Mr. Wentworth pflegte wegen seines vorgerückten Alters nur noch dreimal die Woche ins Büro zu gehen, wo er als Vermögensverwalter eine Menge höchst vertraulicher Geschäfte zu tätigen hatte.)

«Nun ja, er ist ein Amateur», antwortete Felix' Onkel mit gefalteten Händen und zufrieden, dass er das sagen konnte. Und Mr. Broderip kehrte nach Salem zurück mit dem Eindruck, dass es sich hierbei vermutlich um einen «europäischen» Begriff für einen Börsenmakler oder Getreideexporteur handelte.

«Ich würde gern Ihren Kopf zeichnen, Sir», sagte Felix eines Abends in Anwesenheit aller anderen zu seinem Onkel – auch Mr. Brand und Robert Acton waren da. «Ich glaube, ich könnte etwas sehr Schönes daraus machen. Es ist ein interessanter Kopf, er ist sehr mittelalterlich.»

Mr. Wentworth blickte ernst; er war verlegen, als wäre die ganze Gesellschaft in sein Zimmer getreten und hätte ihn vor dem Spiegel ertappt. «Der Herr hat ihn geschaffen», sagte er. «Ich glaube nicht, dass es dem Menschen ansteht, ihn umzuarbeiten.»

«Natürlich hat ihn der Herr geschaffen», erwiderte Felix lachend, «und er hat ihn sehr gut geschaffen. Aber das Leben hat ihn noch verbessert. Es ist ein äußerst interessanter Kopftypus. Er ist wunderbar ausgezehrt und ausgemergelt.

Der Teint ist herrlich bleich.» Und Felix blickte in die Runde, als wolle er deren Aufmerksamkeit auf diese interessanten Details lenken. Mr. Wentworth wurde sichtlich noch blasser. «Ich würde Sie als alten Prälaten oder alten Kardinal zeichnen, oder als Ordensprior.»

«Als Prälaten, als Kardinal?», murmelte Mr. Wentworth. «Meinen Sie damit katholische Priester?»

«Ich denke an einen alten Geistlichen, der ein reines, enthaltsames Leben geführt hat. Ich nehme an, dass dies bei Ihnen der Fall war, Sir, man sieht es an Ihrem Gesicht», fuhr Felix fort. «Sie waren sehr ... sehr maßvoll in allem. Glauben Sie nicht auch, dass man das einem Gesicht immer ansieht?»

«Sie sehen mehr im Gesicht eines Menschen, als ich darin suchen würde», sagte Mr. Wentworth kühl.

Die Baronin klapperte mit ihrem Fächer und lachte perlend. «Es ist gefährlich, so genau hinzusehen», rief sie. «Unser Onkel hat ein paar Jugendsünden auf dem Gewissen.» Mr. Wentworth blickte sie peinlich berührt und verlegen an, und wenn man Spuren eines reinen und enthaltsamen Lebens in seinem Gesicht finden wollte, so zeichneten sie sich in diesem Moment wohl besonders deutlich ab. «Sie sind ein *beau vieillard*[40], lieber Onkel», sagte Madame Münster und lächelte mit ihren ausländischen Augen.

«Das ist vermutlich ein Kompliment», sagte der alte Mann.

«Bestimmt bin ich nicht die erste Frau, die Ihnen eins macht», rief die Baronin.

«Doch, ich glaube schon», sagte Mr. Wentworth ernst. Und an Felix gewandt fügte er im selben Ton hinzu: «Bitte porträtieren Sie mich nicht. Meine Kinder haben eine Daguerrotypie von mir, das genügt vollkommen.»

«Ich kann nicht versprechen», antwortete Felix, «dass ich Ihren Kopf nicht in irgendein Werk einarbeite.»

Mr. Wentworth sah erst ihn an und danach alle anderen, dann stand er auf und trat langsam beiseite.

«Felix», sagte Gertrude in das nun folgende Schweigen, «Ich möchte, dass Sie mich porträtieren.»

Charlotte fragte sich, ob Gertrude recht daran tat, sich das zu wünschen, und sie blickte zu Mr. Brand hinüber, der Instanz, die ihr dies am sichersten bestätigen konnte. Was immer Gertrude tat oder sagte, Charlotte blickte immer auf Mr. Brand. Es war ein bewährter Vorwand dafür, Mr. Brand anzusehen – immer im Interesse von Gertrudes Wohlergehen, wie Charlotte dachte. Sie hoffte und bangte tatsächlich immer, dass Gertrude recht handelte, denn auf ihre bescheidene, stille Art war Charlotte eine heroische Schwester.

«Wir würden uns freuen, wenn wir ein Porträt von Ihnen hätten, Miss Gertrude», sagte Mr. Brand.

«Ein so reizendes Modell würde ich mit dem größten Vergnügen malen», erklärte Felix.

«Hältst du dich für so hübsch, meine Liebe?», fragte Lizzie Acton mit der gewohnten harmlosen Keckheit und biss an ihrem Strickzeug einen Knoten ab.

«Es ist nicht, weil ich mich für schön halte», antwortete Gertrude mit einem Blick in die Runde. «Ich halte mich keineswegs für schön.» Sie sprach bewusst bedächtig, und Charlotte kam es sehr seltsam vor, dass sie dieses Thema so öffentlich erörterte. «Ich stelle mir vor, es muss unterhaltsam sein, dazusitzen und sich malen zu lassen. Das habe ich mir immer schon gedacht.»

«Bedauerlich, dass du nichts Besseres zum Nachdenken gefunden hast, meine Tochter», sagte Mr. Wentworth.

«Sie sind sehr schön, Cousine Gertrude», erklärte Felix.

«Das ist ein Kompliment», sagte Gertrude. «Ich stecke alle Komplimente, die ich bekomme, in eine kleine Spardose mit einem Schlitz auf der Seite. Die schüttle ich, und dann klappern sie. Es sind noch nicht viele, nur zwei oder drei.»

«Nein, es ist kein Kompliment», widersprach Felix. «Schauen Sie, ich bemühe mich, es nicht als Kompliment zu formulieren: Anfangs habe ich Sie nicht für schön gehalten. Aber ganz allmählich hat sich das geändert.»

«Jetzt pass auf, dass deine Sparbüchse nicht platzt!», rief Lizzie.

«Ich finde, sich porträtieren zu lassen ist nur eine von vielen verschiedenen Formen der Eitelkeit», sagte Mr. Wentworth. «Legion heißt sie, denn es sind ihrer viele.»[41]

«Aber lieber Sir», rief Felix, «man kann doch nicht Eitelkeit nennen, was einem Mann Arbeit verschafft.»

«Man könnte sich malen lassen, während man schläft», schlug Mr. Brand vor, der auch etwas zur Diskussion beisteuern wollte.

«O ja, malen Sie mich, während ich schlafe», sagte Gertrude lächelnd zu Felix. Sie schloss kurz die Augen. Es war schon so weit gekommen, dass Charlotte nervös und fast ängstlich darauf wartete, was Gertrude als Nächstes sagen oder tun würde.

Am folgenden Tag begann Gertrude Modell zu sitzen – im Freien, am Nordende der Veranda. «Ich wollte, Sie würden mir verraten, was Sie von uns halten – wie wir in Ihren Augen wirken», sagte sie zu Felix, als er vor seiner Staffelei saß.

«Sie wirken in meinen Augen wie die besten Menschen der Welt», erklärte Felix.

«Das sagen Sie nur», antwortete Gertrude, «weil es Ihnen die Mühe erspart, sich etwas anderes auszudenken.»

Der junge Mann warf ihr über den Rand seiner Leinwand einen kurzen Blick zu. «Was sollte ich sonst sagen? Es wäre tatsächlich sehr mühsam, sich etwas anderes auszudenken.»

«Nun ja», sagte Gertrude, «Sie haben doch schon früher Menschen gekannt, die Sie mochten, oder?»

«Allerdings, Gott sei Dank!»

«Und die waren ganz anders als wir», fuhr Gertrude fort.

«Das beweist nur», sagte Felix, «dass es tausend unterschiedliche Gründe gibt, weshalb man mit jemandem gern zusammen ist.»

«Sind Sie gern mit uns zusammen?», fragte Gertrude.

«Sie genügen höchsten Ansprüchen!»

Gertrude schwieg einen Augenblick, dann sagte sie: «Es muss auch tausend unterschiedliche Gründe geben, warum jemand langweilig ist, und manchmal denke ich, wir liefern sie alle.»

Felix stand rasch auf und hob die Hand. «Wenn Sie diesen Gesichtsausdruck eine halbe Stunde halten könnten, bis ich ihn eingefangen habe!», sagte er. «Der ist außerordentlich hübsch.»

«Eine halbe Stunde lang hübsch aussehen – das ist viel verlangt von mir!», antwortete sie.

«Es wäre das Porträt einer jungen Frau, die ein Gelübde, einen Schwur getan hat, den sie jetzt bereut», sagte Felix, «und die in Ruhe darüber nachdenkt.»

«Ich habe nichts gelobt und nichts geschworen», sagte Gertrude sehr ernst, «ich habe nichts zu bereuen.»

«Liebe Cousine, das war nur bildlich gesprochen. Ich bin überzeugt, dass niemand in Ihrer trefflichen Familie etwas zu bereuen hat.»

«Und trotzdem bereuen wir ständig!», rief Gertrude. «Das

meine ich mit langweilig. Und Sie wissen das sehr wohl, Sie tun nur so, als wüssten Sie es nicht.»

Felix lachte kurz. «Die halbe Stunde verstreicht, und Sie werden immer hübscher. Man muss also aufpassen, was man sagt.»

«Mir können Sie alles sagen», antwortete Gertrude.

Felix sah sie an, wie wohl nur ein Künstler sein Modell ansieht, und malte ein Weilchen schweigend weiter.

«Ja, Sie scheinen mir anders zu sein als Ihr Vater und Ihre Schwester – als die meisten Menschen, mit denen Sie zusammen sind», bemerkte er.

«Zu behaupten, man sei man selbst», fuhr Gertrude fort, «ist, als würde man sagen – zumindest zwischen den Zeilen –, man sei besser. Ich bin nicht besser, ich bin viel schlechter. Aber auch die anderen behaupten, ich sei anders. Das macht sie unglücklich.»

«Da Sie mir vorwerfen, ich würde meine wahren Eindrücke verbergen, kann ich ruhig gestehen, dass ich glaube, unter Ihnen herrscht ganz allgemein die Neigung, sehr schnell unglücklich zu sein.»

«Sagen Sie das mal meinem Vater», versetzte Gertrude.

«Das würde ihn womöglich noch unglücklicher machen», rief Felix lachend.

«Bestimmt. Solche Menschen haben Sie wahrscheinlich noch nie erlebt.»

«Ach, liebe Cousine, woher wollen Sie wissen, was ich erlebt habe?», fragte Felix. «Wie soll ich Ihnen das erzählen?»

«Sie können mir vieles erzählen, wenn Sie nur wollen. Sie waren mit Menschen zusammen, wie Sie selbst einer sind – mit klugen, fröhlichen Menschen, die sich gern vergnügen. Wir vergnügen uns nicht gern.»

«Ja», erwiderte Felix, «ich gebe zu, das bekümmert mich

ein wenig. Ich habe den Eindruck, Sie gewinnen dem Leben nicht so viel Freude ab, wie es möglich wäre. Sie genießen es nicht ... Stört es Sie, wenn ich das sage?», fragte er und hielt inne.

«Bitte, reden Sie nur weiter», erwiderte das Mädchen ernst.

«Sie scheinen doch sehr gute Voraussetzungen zu haben, um genießen zu können. Sie haben Geld, sind freie Menschen und verfügen über das, was man in Europa ‹Prestige› nennt. Aber man kann sagen, Sie sehen das Leben nur als Mühsal.»

«Und man sollte es heiter, reizvoll und erfreulich finden, nicht wahr?», fragte Gertrude.

«Ich würde sagen, ja – wenn man das kann. Es stimmt, davon hängt alles ab», fügte Felix hinzu.

«Sie wissen, es gibt viel Leid auf Erden», sagte sein Modell.

«Ich habe einiges davon gesehen», erwiderte der junge Mann. «Aber alles drüben, jenseits des Ozeans. Hier sehe ich nichts davon. Dies hier ist ein Paradies.»

Gertrude sagte nichts; sie saß da, blickte auf die Dahlien und die Johannisbeerbüsche im Garten, während Felix weiterarbeitete. «Genießen», begann sie schließlich, «das Leben nicht als Mühsal begreifen – muss man dazu ein Unrecht begehen?»

Wieder brach Felix in sein langes, helles Lachen aus. «Spaß beiseite, nein, ich glaube nicht. Und unter anderem aus folgendem Grund: Ich habe den Eindruck, dass Sie sehr wohl fähig sind zu genießen, wenn man Ihnen die Gelegenheit gibt, dass Sie aber nicht fähig sind, ein Unrecht zu begehen.»

«Auf jeden Fall tun Sie unrecht daran, einer Frau einzureden, sie sei dazu nicht fähig. Wir sind dem Bösen nie näher, als wenn wir das glauben.»

«Sie sind hübscher denn je», bemerkte Felix ohne jeden Zusammenhang.

Inzwischen hatte sich Gertrude an diese Bemerkungen gewöhnt. Sie waren nicht mehr so aufregend wie am Anfang. «Was sollte man also tun?», fuhr sie fort. «Einladungen geben, ins Theater gehen, Romane lesen, lange aufbleiben?»

«Ich glaube, Freude erfährt man nicht durch das, was man erlebt oder nicht erlebt», antwortete ihr Gefährte. «Es ist vielmehr die grundsätzliche Einstellung zum Leben.»

«Die sieht, zumindest bei uns, das Leben als Prüfung. Das habe ich oft zu hören bekommen.»

«Nun ja, das ist schon recht. Aber es gibt noch eine andere Methode», fügte Felix lächelnd hinzu. «Man kann es als Gelegenheit begreifen.»

«Als Gelegenheit ... ja», sagte Gertrude. «Auf diese Weise würde es mehr Vergnügen machen.»

«Ich weiß kein anderes Argument dafür, als dass dies meine Methode war – aber das will nicht viel heißen.» Felix hatte Palette und Pinsel beiseitegelegt, nun lehnte er sich zurück und betrachtete mit verschränkten Armen sein Werk. «Ich bin ja ein sehr unbedeutender Mensch.»

«Sie haben viel Talent», sagte Gertrude.

«Nein, nein», erwiderte der junge Mann mit fröhlicher Gleichgültigkeit. «Ich habe nicht viel Talent. Es ist überhaupt nicht der Rede wert. Wenn es so wäre, wüsste ich es. Ich werde immer unbekannt bleiben. Von mir wird die Welt nie hören.»

Gertrude sah ihn merkwürdig berührt an. Sie dachte an die große Welt, die er kannte und sie nicht, und wie viele großartige Begabungen es dort geben musste, dass die Welt es sich leisten konnte, seine Fähigkeiten gering zu achten. «Überhaupt brauchen Sie dem, was ich sage, keine große Bedeutung beizumessen», fuhr er fort, «aber eins dürfen Sie mir glauben: Ich bin nicht viel mehr als ein gutmütiger Luftikus.»

«Ein Luftikus?», wiederholte sie.

«Ich bin eine Art Bohemien.»

«Ein Bohemien?» Gertrude kannte das französische Wort für «Böhme» nur als geografischen Begriff; die übertragene Bedeutung, die ihr Gegenüber ihm offenbar unterlegte, verstand sie nicht.[42] Aber das Wort gefiel ihr.

Felix hatte seinen Stuhl zurückgeschoben und war aufgestanden; langsam und mit einem Lächeln ging er auf sie zu. «Ich bin eine Art Abenteurer», sagte er, auf sie hinunterblickend.

Sie erhob sich und erwiderte sein Lächeln. «Ein Abenteurer?», wiederholte sie. «Dann würde ich gern von Ihren Abenteuern hören.»

Einen Moment lang glaubte sie, er würde ihre Hand ergreifen; aber dann versenkte er seine Hände plötzlich in den Taschen seines Malkittels. «Es gibt keinen Grund, warum Sie nicht davon hören sollten», sagte er. «Ich war ein Abenteurer, aber meine Abenteuer waren sehr unschuldig. Sie gingen alle gut aus, und es gibt wohl keines, das ich nicht erzählen dürfte. Alle waren erfreulich und wunderschön, es würde mir Spaß machen, sie in der Erinnerung noch einmal zu erleben. Setzen Sie sich doch bitte wieder, dann fange ich gleich an», sagte er mit seinem beschwörenden Lächeln.

Gertrude nahm wieder Platz, an diesem Tag und an so manchem weiteren. Während Felix seinen Pinsel führte, erzählte er ihr eine Menge Geschichten, und sie lauschte entzückt und gierig. Tiefernst hing sie an seinen Lippen. Manchmal meinte er aus ihrer verwunderten, feierlichen Miene schließen zu müssen, sie sei ungehalten, aber bei Felix hielt sich der Gedanke, was er hervorbringe, könne Missfallen erregen, nie länger als ein paar Sekunden. Man könnte das als kindisch bezeichnen, doch dieser Optimismus war eher Ausdruck von Hoffnung als von Überheblichkeit. Zu behaupten, er hätte ein reines Gewissen gehabt, beschreibt die Sache nicht richtig, denn auch das reinste Gewissen weiß etwas von Selbstzweifeln; doch das robuste Gemüt dieses jungen Mannes kannte nichts als ehrlich gute Absichten, die er nie in Frage stellte, wenn er nur möglichst genau ins Ziel traf. Er erzählte Gertrude, wie er mit dem Malerranzen auf dem Rücken durch Frankreich und Italien gewandert war und sich mit schmeichelhaften Porträts seiner Gastgeber das Nötigste verdient hatte. Er schilderte, wie er in einem kleinen, nicht gerade hochberühmten Quartett, das durch fremde Lande tingelte und in der Provinz Konzerte gab, Geige gespielt hatte. Er erzählte, dass er vorübergehend auch einer Truppe von Wanderschauspielern zur Zierde gereicht hatte, die sich der schwierigen Aufgabe gestellt hatte, vor französischem, deutschem, polnischem und ungarischem Publikum Shakespeare zu spielen.

Während dieser regelmäßigen Vorträge lebte Gertrude in einer Welt der Fantasie; ihr war, als läse sie einen Fortsetzungsroman. Etwas solch Herrliches hatte sie seit der hingebungsvollen Lektüre von «Nicholas Nickleby»[43] nicht mehr erlebt.

Eines Nachmittags ging sie ihre Verwandte Mrs. Acton besuchen, Roberts Mutter, die schwer krank war und das Haus nicht mehr verlassen konnte. Zurück wanderte sie allein über die Felder – eine Abkürzung, die sie alle häufig nahmen. Felix war mit ihrem Vater nach Boston gefahren; dieser wollte mit dem jungen Mann einige Freunde besuchen, alte Herren, die sich noch an seine Mutter erinnerten (sich an sie erinnerten, aber nicht über sie sprachen), einige von ihnen waren bereits zuvor mit ihren vornehmen Gattinnen aus der Stadt angereist, um in dem kleinen Haus unter den Apfelbäumen ihre Aufwartung zu machen, waren mit Kutschen angereist, bei denen die Baronin, welche ihre Gäste mit ausgesuchter Höflichkeit empfing, an die große, leichte, ratternde Barouche denken musste, in der sie selbst in diese Gegend gekommen war. Der Nachmittag ging zu Ende; am westlichen Himmel hing das herrliche Gemälde eines Neuengland-Sonnenuntergangs in Karmesinrot und Silber, und über den steinigen Weiden, die Gertrude überquerte, ganz mit ihren eigenen Gedanken beschäftigt, lag ein helles, durchsichtiges Glühen. Schon aus einiger Entfernung erblickte sie an einem geöffneten Gatter die Gestalt eines Mannes; er stand da, als warte er auf sie, und als sie näher kam, erkannte sie Mr. Brand. Sie hatte das Gefühl, ihn länger nicht gesehen zu haben, allerdings hätte sie nicht sagen können, wie lange schon, denn andererseits kam es ihr vor, als sei er erst kürzlich bei ihnen zu Hause gewesen.

«Darf ich Sie heimbegleiten?», fragte er. Und als sie bejahte, das dürfe er, wenn er möge, erzählte er, er habe sie schon aus einer halben Meile Entfernung gesehen und erkannt.

«Sie müssen sehr gute Augen haben», sagte Gertrude.

«Ja, ich habe sehr gute Augen, Miss Gertrude», sagte Mr. Brand. Sie merkte, dass er etwas im Sinn hatte, aber Mr. Brand hatte seit Langem ständig etwas im Sinn; das war sie schon gewohnt. Sie spürte jedoch, dass sein Ansinnen sie nun erneut zu beunruhigen, zu verwirren und aufzuregen vermochte. Schweigend wanderte er eine Weile neben ihr her, dann sprach er weiter: «Ich kann mühelos erkennen, dass Sie beginnen, mir aus dem Weg zu gehen. Aber vielleicht muss man keine besonders guten Augen haben, um das zu erkennen.»

«Ich gehe Ihnen nicht aus dem Weg», sagte Gertrude, ohne ihn anzusehen.

«Ich glaube, Sie sind sich dessen gar nicht bewusst», versetzte Mr. Brand. «Sie haben gar nicht gemerkt, dass ich da war.»

«Gut, aber jetzt sind Sie hier, Mr. Brand», sagte Gertrude mit einem kleinen Lachen. «Das merke ich sehr wohl.»

Er gab keine Antwort. Er ging einfach neben ihr her, langsam, weil sie über weiches Gras wandern mussten. Nach kurzer Zeit gelangten sie an ein weiteres Gatter, das geschlossen war. Mr. Brand legte die Hand darauf, machte aber keine Anstalten, es zu öffnen; er stand nur da und sah seine Begleiterin an. «Sie sind sehr beschäftigt – sehr in Anspruch genommen», sagte er.

Gertrude warf ihm einen kurzen Blick zu; er sah blass aus und wirkte erregt. Sie hatte Mr. Brand noch nie erregt erlebt und fürchtete, dass dieses Schauspiel in voller Länge ein überwältigender, fast quälender Anblick sein würde. «In Anspruch genommen wovon?», fragte sie. Dann wandte sie die Augen ab und blickte in den leuchtenden Himmel. Sie fühlte sich schuldig und unbehaglich, und gleichzeitig ärgerte sie sich über dieses Gefühl. Doch Mr. Brand, der sie da aus seinen kleinen, sanften Augen beharrlich ansah, stand stellvertretend für ein riesiges Gefüge aus halb vergessenen Verpflichtungen, die sich jetzt erneut in großer Deutlichkeit vor ihr abzeichneten.

«Sie haben neue Interessen, neue Beschäftigungen», fuhr er fort. «Allerdings keine neuen Pflichten, nicht dass ich wüsste. Die alten bleiben uns immer, Gertrude», setzte er hinzu.

«Öffnen Sie bitte das Tor, Mr. Brand», sagte sie und hatte dabei das Gefühl, feige und gereizt zu reagieren. Aber er öffnete das Gatter und ließ sie hindurchgehen, dann schloss er es hinter sich. Bevor sie sich abwenden konnte, hatte er die Hand ausgestreckt und hielt sie einen Moment lang am Handgelenk fest.

«Ich möchte Ihnen etwas sagen», erklärte er.

«Ich weiß, was Sie sagen wollen», antwortete sie. Und um ein Haar hätte sie hinzugefügt: «Ich weiß auch genau, wie Sie es sagen werden», aber diese Worte behielt sie für sich.

«Ich liebe Sie, Gertrude. Ich liebe Sie innig, ich liebe Sie mehr denn je.»

Sie hatte geahnt, dass er diese Worte genau so sagen würde; sie hatte sie schon früher zu hören bekommen. Sie besaßen keinen Reiz für sie. Und ebenso hatte sie sich schon früher gesagt, dass dies seltsam war. Es hieß doch, diesen Worten zu lauschen müsse für eine Frau köstlich sein; doch ihr erschienen sie oberflächlich und mechanisch. «Ich wollte, Sie würden das vergessen», erklärte sie.

«Wie könnte ich? Warum sollte ich?», fragte er.

«Ich habe Ihnen nichts versprochen, nichts gelobt», sagte sie mit leicht zitternder Stimme und blickte ihn an.

«Sie haben mir das Gefühl gegeben, dass ich einen gewissen Einfluss auf Sie habe. Sie haben sich mir geöffnet.»

«Ich habe mich Ihnen nie geöffnet, Mr. Brand!», rief Gertrude mit einiger Heftigkeit.

«Dann waren Sie nicht so aufrichtig, wie ich dachte – wie wir alle dachten.»

«Ich wüsste nicht, was irgendwelche anderen damit zu tun hätten!», rief das Mädchen.

«Ich meine Ihren Vater und Ihre Schwester. Sie wissen doch, der Gedanke, dass Sie mir Gehör schenken, macht sie glücklich.»

Sie lachte leise. «Das macht sie nicht glücklich», sagte sie. «Nichts macht sie glücklich. Hier ist niemand glücklich.»

«Ihr Cousin ist wohl sehr glücklich – Mr. Young», erwiderte Mr. Brand sanft, fast schüchtern.

«Umso besser für ihn!» Und wieder lachte Gertrude leise.

Der junge Mann sah sie einen Augenblick an. «Sie haben sich sehr verändert», sagte er.

«Das freut mich», erklärte Gertrude.

«Mich nicht. Ich kenne Sie seit Langem und habe Sie lieb gewonnen, so wie Sie waren.»

«Ich bin Ihnen sehr verbunden», sagte Gertrude. «Ich muss jetzt nach Hause.»

Nun lachte auch er leise. «Und wie Sie mir aus dem Weg gehen – da sehen Sie es!»

«Dann gehen Sie mir auch aus dem Weg», sagte das Mädchen.

Wieder sah er sie an, dann erwiderte er sehr sanft: «Nein, ich werde Ihnen nicht aus dem Weg gehen, aber jetzt lasse ich Sie allein. Ich denke, nach einer Weile wird Ihnen einiges von dem, was Sie vergessen haben, wieder einfallen. Sie werden bestimmt zu mir zurückkommen. Ich glaube fest daran.»

Diesmal erschien ihr seine Stimme sehr anrührend; aus seinen Worten klangen Stärke und heftiger Tadel, und Gertrude vermochte nicht zu antworten. Er wandte sich ab, stand mit den Ellbogen auf das Gatter gestützt da und blickte in den schönen Sonnenuntergang. Gertrude ließ ihn stehen und machte sich wieder auf den Heimweg, doch als sie das nächste Feld zur Hälfte überquert hatte, brach sie plötzlich in Tränen aus. Ihr war, als hätten sich diese Tränen schon lange in ihr angesammelt, und eine Weile war es fast ein Vergnügen, sie zu vergießen. Doch sie versiegten rasch. Gertrude hatte ein eher zähes Naturell, und sie weinte nie wieder.

6

Wenn Mr. Wentworth nachmittags seine Nichte besuchen ging, stieß er dort mitunter auf Robert Acton, der in ihrem kleinen Salon saß. Diese Tatsache beunruhigte Mr. Wentworth nicht im Geringsten, er kam nicht auf den Gedanken, mit seinem jungen Verwandten um Eugenias Gunst zu wetteifern. Madame Münsters Onkel hatte eine sehr hohe Meinung von Robert Acton, der ja in der Familie ganz allgemein Gegenstand großer, unaufdringlicher Wertschätzung war. Sie waren alle stolz auf ihn – sofern man Menschen des Stolzes bezichtigen konnte, die sich offenbar grundsätzlich nie und nimmer jenes Vergehens schuldig machten, das da heißt «sich mit fremden Federn schmücken». Sie brüsteten sich nie mit Robert Acton, prahlten nie genüsslich mit ihm, zitierten nie seine klugen Worte, erwähnten nie seine großzügigen Taten. Dennoch gehörte ein gewisser kühl-zärtlicher Glaube an seine grenzenlose Tugend zu ihrem ureigenen Rechtsbewusstsein, und womöglich beweist nichts ihre Hochachtung besser als die Tatsache, dass sie sein Tun niemals ausdrücklich bewerteten. Man lobte ihn ebenso wenig, wie man ihn tadelte, sah aber in ihm stillschweigend eine Zierde seines Kreises. Er war der Mann von Welt in der Familie. Er war in China gewesen und hatte allerlei Kuriositäten mitgebracht, er hatte ein Vermögen gemacht – oder vielmehr ein bereits ansehnliches Vermögen verfünffacht. Er zeichnete sich durch jene Verbindung aus Ehelosigkeit, «Besitz» und guter Laune aus, die selbst die zahmste Fantasie zum Blühen bringt, und es galt als sicher, dass er diese Vorzüge demnächst einer wohlanständigen jungen Dame seiner Gesellschaftsschicht andienen würde. Mr. Wentworth war nicht der Mann, der sich eingestanden hätte, dass er – abgesehen von seinen väterlichen Pflichten – ein einzelnes Individuum lieber hatte als alle anderen. Aber er hielt Robert Acton für äußerst vernünftig und kam damit einer eifernden Vorliebe, die sein Naturell ebenso ablehnte, wie es sich von etwas andeutungsweise Unkeuschem ferngehalten hätte, so nahe, wie ihm dies überhaupt möglich war. Acton war wirklich sehr vernünftig – und nicht nur das. In der Tat darf man Mr. Wentworth unterstellen, dass ganz am Rande dieser Vorliebe die unbestimmte, schattenhafte Ahnung hauste, der entscheidende Vorzug seines Cousins sei dessen beneidenswerte Fähigkeit, auf die Bestätigung durch vernünftige Menschen ziemlich heldenhaft zu pfeifen und mehr Mut und edles Draufgängertum zu zeigen, als die alltäglichen Ereignisse erforderten. Mr. Wentworth hätte niemals anzudeuten gewagt, Acton habe im Geringsten das Zeug zu einem Helden, aber daraus darf man ihm keinen Vorwurf machen, denn dies hätte auch Robert selbst nicht gewagt. Acton handelte stets äußerst umsichtig – angefangen bei seiner Selbsteinschätzung. Er wusste, dass er keineswegs der Mann von Welt war, als der er in heimischen Kreisen gehandelt wurde, aber, das muss man hinzufügen, er wusste auch, dass er den heimischen Kreisen nicht auf die Nase gebunden hatte, wie weit sein natürlicher Scharfsinn reichte. Er war versessen darauf, die Dinge von ihrer humorigen Seite zu betrachten, und hatte gemerkt, dass sich hierzu selbst in den winzigsten Zirkeln reichlich Gelegenheit bot. Diese Gelegenheiten zu nutzen war seit geraumer Weile – genauer gesagt seit seiner Rückkehr aus China vor anderthalb Jahren – die Hauptbetätigung dieses Gentlemans, dessen Leben zurzeit recht träge verlief. Er war durchaus bereit zu einer Heirat. Er liebte Bücher und er hatte eine hübsche Bibliothek, will sagen, er besaß wesentlich mehr Bücher als Mr. Wentworth. Auch Gemälde liebte er, selbst wenn man im scharfen Licht der zeitgenössischen Kritik zugeben muss, dass seine Wände mit einigen ziemlich misslungenen «Meisterwerken» geschmückt waren. Er hatte sein Wissen in Harvard erworben – und zwar mehr Wissen, als normalerweise sichtbar wurde. Er schätzte alte Verbindungen, deshalb erfüllte es ihn täglich mit Zufriedenheit, dass er so nahe an dieser Institution lebte und oft daran vorbeikam, wenn er nach Boston fuhr. An der Baronin Münster war er außerordentlich interessiert.

Sie war sehr offen zu ihm, oder zumindest wollte sie es sein. «Sie finden es sicher sehr seltsam, dass ich mich in diesem abgelegenen Teil der Welt niedergelassen habe!», sagte sie drei oder vier Wochen nachdem sie eingezogen war, zu ihm. «Bestimmt fragen Sie sich nach meinen Beweggründen. Sie sind ganz unschuldig.» Die Baronin war mittlerweile alteingesessen; die feinen Herrschaften aus Boston hatten sie besucht, und Clifford Wentworth hatte sie schon mehrmals in seinem Buggy spazieren gefahren.

Robert Acton saß neben ihr und spielte mit einem Fächer. Im Salon der Baronin lagen immer ein paar Fächer mit langen, verschiedenfarbigen Bändern herum, und immer spielte Acton mit einem von ihnen. «Nein, ich finde das überhaupt nicht seltsam», sagte er leise und lächelte. «Dass eine kluge Frau in Boston oder einem seiner Vororte auftaucht, bedarf keiner großmächtigen Erklärung. Boston ist eine sehr schöne Stadt.»

«Wenn Sie mich zum Widerspruch reizen wollen», sagte die Baronin, «*vous vous y prenez mal.*[44] In bestimmten Stimmungen gibt es nichts, dem ich nicht beipflichten würde. Boston ist ein Paradies, und wir befinden uns im Vorort des Paradieses.»

«Eben jetzt befinde ich mich keineswegs in einem Vorort, sondern im Paradies selbst», erwiderte Acton und rekelte sich ein bisschen auf seinem Sessel. Er rekelte sich keineswegs immer, und wenn, dann war er nicht so entspannt, wie er sich gab. In seiner Befangenheit nahm er gewissermaßen Zuflucht zu dieser scheinbaren Entspannung, und wie viele Menschen in einer solchen Situation übertrieb er ein wenig. Außerdem verbarg sich hinter dieser Lässigkeit ein aufmerksamer Beobachter. Acton war mehr als interessiert an dieser klugen Frau, deren Klugheit, was immer er sagen mochte, mit der Klugheit der Bostoner nichts gemein hatte. Sie erregte ihn irgendwie und hielt ihn in unbestimmter Anspannung. Er musste sich eingestehen, dass er noch nie eine solche Frau erlebt hatte, nicht einmal in China. Aus unerfindlichen Gründen schämte er sich für die Heftigkeit seiner Gefühle und wurde ihrer vordergründig Herr, indem er, ebenfalls oberflächlich, Madame Münster von der humorigen Seite betrachtete. Es stimmte nicht, er fand es keineswegs ganz natürlich, dass sie sich auf diese fromme Pilgerfahrt begeben hatte. Man sollte vielleicht vorausschicken, dass er zu sehr Bostoner war, um den Wunsch eines selbst im letzten Erdenwinkel lebenden Ausländers, diese Großstadt in Neuengland zu besuchen, als überspannt einzustufen. Für diese Anwandlung brauchte es selbstverständlich keine Rechtfertigung, und Madame Münster war obendrein glückliche Besitzerin von mehreren neuenglischen Verwandten. Doch in Wirklichkeit kam es ihm vor, als harmoniere Madame Münster nicht so recht mit ihrem kleinen Kreis; sie war bestenfalls eine sehr liebenswürdige, reizend verwirrende Ausnahme. Er wusste sehr wohl, dass es nicht anging, diese Überlegungen allzu ungeschönt Mr. Wentworth vorzutragen; niemals hätte er dem alten Herrn gegenüber geäußert, er frage sich, was die Baronin im Schilde führe. Überhaupt verspürte er kein großes Verlangen, sein unbestimmtes Misstrauen mit jemandem zu teilen. Das war sein Privatvergnügen, und es war das größte Vergnügen, das er bisher erlebt hatte, zumindest seit seiner Rückkehr aus China. Er wollte die Baronin für sich haben, was auch geschehen mochte. Er fand, er verdiene das Monopol auf sie, denn er hatte ihre Fähigkeit zu geselligem Umgang eindeutig am besten eingeschätzt. Und bald stellte sich heraus, dass die Baronin auf ein solches Monopol keine Steuer zu erheben gedachte.

Eines Tages (wieder saß er dort und spielte mit einem Fächer) bat sie ihn, er möge sie, falls sich die Gelegenheit ergebe, bei bestimmten Leuten dafür entschuldigen, dass sie ihre Besuche nicht erwidert habe. «Es sind ein halbes Dutzend Häuser», sagte sie, «eine Furcht einflößende Liste. Charlotte Wentworth hat sie mir mit beängstigend gestochener Schrift aufgeschrieben. Es gibt keinerlei Unklarheit, ich weiß genau, wo ich hingehen muss. Mr. Wentworth erklärt, dass mir die Kutsche immer zur Verfügung stehe, und Charlotte hat angeboten, mich zu begleiten, mit engen Handschuhen und steifem Unterrock. Trotzdem schiebe ich es seit drei Tagen vor mir her. Die Leute müssen mich für schrecklich unartig halten.»

«Sie bitten mich, Sie zu entschuldigen», entgegnete Acton,

«aber Sie sagen mir nicht, welchen Grund ich anführen kann.»

«Dafür bin ich nun wirklich nicht zuständig», erklärte die Baronin. «Das wäre ja, als würde ich Sie bitten, mir einen Blumenstrauß zu kaufen, und Ihnen das Geld dafür geben. Ich habe keinen Grund, außer dass es mir ... irgendwie ... einfach zu mühsam ist. Es hat so gar nichts Anregendes. Gilt das in Boston nicht als hinreichende Entschuldigung? Es heißt doch, man sei hier so ehrlich, man flunkere nicht. Und dann sollte Felix auch mitgehen, und der steht nie zur Verfügung. Ich sehe ihn nie. Er streift ständig über die Felder und zeichnet alte Scheunen, unternimmt meilenweite Wanderungen, porträtiert jemanden, rudert auf einem Weiher herum oder flirtet mit Gertrude Wentworth.»

«Man sollte meinen, es wäre unterhaltsam für Sie, andere Leute zu besuchen», sagte Acton. «Das Leben hier draußen ist wirklich sehr ruhig. Das muss doch langweilig sein für Sie.»

«Ach, Ruhe ... Ruhe!», rief die Baronin. «Genau die suche ich ja. Sie bedeutet Erholung. Deshalb bin ich hierhergekommen. Unterhaltung? Unterhaltung habe ich gehabt. Und was das Besuchen angeht – ich habe in meinem Leben schon sehr viele Leute besucht. Wenn es nicht unhöflich klänge, würde ich sagen, ich wünsche mir in aller Bescheidenheit, dass Ihre Leute mich hier in Ruhe lassen!»

Acton sah sie kurz an, und sie sah ihn an. Diese Frau hielt es bemerkenswert gut aus, angeschaut zu werden. «Sie sind also der Ruhe wegen hierhergekommen?», fragte er.

«So kann man sagen. Ich kam aus allerlei Gründen, die eigentlich keine Gründe sind, nicht wahr, und trotzdem in Wirklichkeit die besten sind: um wegzugehen, mich zu verändern, mit allem zu brechen. Aber wenn man einmal weggegangen ist, muss man auch irgendwo ankommen, und da habe ich mich gefragt, warum nicht hier.»

«Sie hatten ja Zeit unterwegs!», sagte Acton lachend.

Wieder blickte ihn Madame Münster an und erklärte dann lächelnd: «Und seit ich hier bin, hatte ich Zeit, mich zu fragen, weshalb ich kam. Aber ich stelle mir nie müßige Fragen. Hier bin ich, und mir scheint, Sie sollten mir einfach dankbar dafür sein.»

«Wenn Sie wieder gehen, werden Sie ja sehen, welche Hindernisse ich Ihnen in den Weg lege.»

«Sie wollen mir Hindernisse in den Weg legen?», fragte sie und rückte die Rosenknospe in ihrem Ansteckstäußchen zurecht.

«Das allergrößte. Dass ich nämlich so nett zu Ihnen war ...»

«... dass ich gar nicht mehr fortkann? Seien Sie sich da nicht so sicher. Ich habe drüben einige sehr liebenswerte Leute zurückgelassen.»

«Nun ja», sagte Acton, «aber nur um hierherzukommen, wo ich bin!»

«Von Ihrer Existenz wusste ich nichts. Entschuldigen Sie, dass ich mich so rüde ausdrücke, aber ehrlich gesagt war es so. Oder nein», fuhr die Baronin fort, «ich bin vielmehr gerade deshalb gekommen, um Ihnen – Leuten wie Ihnen – nicht zu begegnen.»

«Leuten wie mir?», rief Acton.

«Ich hatte irgendwie das Verlangen nach natürlichen Beziehungen, die ich hier, wie ich wusste, finden würde. Drüben hatte ich sozusagen nur künstliche. Begreifen Sie den Unterschied?»

«Der Unterschied spricht gegen mich», sagte Acton. «Ich bin vermutlich eine künstliche Beziehung.»

«Eine konventionelle», erklärte die Baronin, «eine sehr konventionelle.»

«Nun, es gibt eine Methode, vermittels derer die Beziehung zwischen einer Dame und einem Herrn immer natürlich wird», sagte Acton.

«Sie meinen, wenn sie ein Liebespaar werden? Das kann eine natürliche Beziehung sein oder auch nicht. Auf jeden Fall», erwiderte Eugenia, *«nous n'en sommes pas là!»*[45]

So weit waren sie noch nicht; doch als sie ein wenig später mit ihm auszufahren begann, sah es fast danach aus. Er holte sie mehrmals allein mit seinem hochrädrigen «Lieferwagen» ab, der von zwei anmutigen, leichtfüßigen Pferden gezogen wurde. Mit Clifford Wentworth auszufahren war etwas ganz anderes gewesen, der war ihr Cousin und viel jünger. Kein Mensch kam auf den Gedanken, sie könne mit Clifford flirten, einem schüchternen Jungen, der nach Meinung großer Teile der Bostoner guten Gesellschaft mit Lizzie Acton «verlobt» war. Nicht dass man sich die Baronin überhaupt als mögliche Partnerin für einen wie auch immer gearteten Flirt vorstellen konnte; schließlich war sie unzweifelhaft verheiratet. Jedermann wusste, dass es sich um eine «morganatische» Ehe handelte, aber vor lauter elementarem Abscheu gegen den Gedanken, dies könne weniger bedeuten als eine rechtmäßige Ehe, flüchtete sich das Gewissen der Gemeinde in den Glauben, es beinhalte womöglich mehr als das.

Acton wünschte, dass sie einen positiven Eindruck von der amerikanischen Landschaft erhielt, und kutschierte sie in entlegene Gegenden, wählte die schönsten Straßen und die besten Ausblicke. Wenn ein zufriedener Mensch ein guter Mensch ist, hätten sich Eugenias Tugenden nun in ihrem besten Licht zeigen müssen, denn sie empfand die schnelle Fahrt durch das wilde Land als nicht minder charmant denn ihren Begleiter, der das Gefährt auf schlechten Straßen von Zeit zu Zeit in eine Schräglage brachte wie eine fliegende Schwalbe und der, wie sie spürte, noch viele andere Dinge tun würde, wenn sie ihn darum bäte. Manchmal waren stundenlang fast keine Häuser zu sehen, nichts als Wälder, Flüsse, Seen und ein mit leuchtenden Bergen geschmückter Horizont. All das erschien der Baronin wie gesagt sehr wild und sehr schön, aber dieser Eindruck vertiefte auch die Ahnung ausgedehnter Möglichkeiten, die bei der Ankunft in der Neuen Welt in ihr gekeimt war.

Eines Tages – es war später Nachmittag – brachte Acton die Pferde auf einer Hügelkuppe mit einem weiten, herrlichen Ausblick zum Stehen. Er ließ sie lange ausruhen, während er dasaß und mit Madame Münster plauderte. Der Ausblick war herrlich, auch wenn nichts Menschliches in Sichtweite war. Man sah wilde Wälder und das Glitzern eines fernen Flusses und erahnte die Hälfte aller Berggipfel in Massachusetts. Die Straße war von einem breiten Grasstreifen begrenzt, und dahinter floss ein tiefer, klarer Bach. Im Gras wuchsen Wildblumen, und am Bachufer lag ein umgestürzter Baumstamm. Acton wartete eine Weile. Endlich kam ein bäuerlicher Wandersmann die Straße dahergestapft. Acton fragte ihn, ob er die Pferde halten könne – ein Freundschaftsdienst, den dieser seinem Mitbürger bereitwillig erwies. Dann bat er die Baronin abzusteigen, und die beiden wanderten über das Gras und setzten sich auf den Stamm am Bach.

«Ich könnte mir vorstellen, dass das hier Sie nicht an Silberstadt erinnert», sagte Acton. Aus bestimmten Gründen hatte er Silberstadt ihr gegenüber bisher nicht erwähnt. Er wusste, dass sie dort einen Ehemann hatte, und das war ihm unangenehm, außerdem war ihm berichtet worden, dieser Ehemann wolle sie verstoßen, eine Sachlage, die auch nur indirekt anzudeuten sich absolut verbot. Die Baronin selbst hatte allerdings schon öfter auf Silberstadt angespielt, und Acton fragte sich manchmal, warum ihr Mann sie loswerden wollte. Es war eine befremdliche Situation für eine Dame, dergestalt als verstoßene Ehefrau bekannt zu sein, und es verdiente Beachtung, dass die Baronin sie mit Anstand und Würde meisterte. Von Anfang an hatte sie den Eindruck vermittelt, dass das Problem zwei Seiten habe und dass ihre Seite, sollte sie sie jemals darzulegen geruhen, mit bewegenden Details gespickt wäre.

«Natürlich erinnert es mich nicht an die Stadt», sagte sie, «an die gemeißelten Giebel und gotischen Kirchen, an das wunderbare *Schloss*[46] mit seinem Graben und den gedrängt stehenden Türmen. Aber es ähnelt ein wenig manchen anderen Teilen des Fürstentums. Man könnte fast meinen, man sei in einem dieser prächtigen, alten deutschen Wälder oder in den sagenumwobenen Bergen, der Art von Landschaft, die man aus den Fenstern von Schreckenstein sieht.»

«Was ist Schreckenstein?», fragte Acton.

«Das ist ein großes Schloss, die Sommerresidenz des Fürsten.»

«Haben Sie dort einmal gelebt?»

«Ich habe vorübergehend dort gewohnt», sagte die Baronin. Acton schwieg; er blickte eine Weile auf die schlosslose Landschaft vor ihm.

«Es ist das erste Mal, dass Sie mich nach Silberstadt fragen», sagte sie. «Ich nehme an, Sie würden auch gern etwas über meine Ehe erfahren; die muss Ihnen sehr seltsam vorkommen.»

Acton warf ihr einen Blick zu. «Sie werden doch nicht erwarten, dass ich so etwas sage!»

«Ihr Amerikaner seid komisch», erklärte die Baronin. «Ihr fragt nie geradeheraus, offenbar gibt es vieles, worüber ihr nicht reden könnt.»

«Wir Amerikaner sind eben sehr höflich», sagte Acton, der seit seinem längeren Aufenthalt im Ausland ein etwas kompliziertes Nationalbewusstsein besaß, der es aber dennoch nicht mochte, wenn Amerikaner beschimpft wurden. «Wir wollen anderen Leuten nicht zu nahe treten», sagte er. «Aber über Ihre Ehe würde ich sehr gern etwas erfahren. Erzählen Sie mir, wie es dazu kam.»

«Der Prinz hat sich in mich verliebt», antwortete die Baronin schlicht. «Er hat sehr hartnäckig um mich geworben. Anfangs wollte er nicht, dass ich ihn heirate – im Gegenteil. Aber ich weigerte mich, ihn auf dieser Basis zu erhören. Also hat er mir einen Heiratsantrag gemacht – soweit ihm das möglich war. Ich war jung, und ich gestehe, ich war ziemlich geschmeichelt. Aber wenn es heute noch einmal darum ginge, würde ich ihn sicher nicht mehr nehmen.»

«Wie lange ist das her?», fragte Acton.

«Ach … einige Jahre», sagte Eugenia. «Eine Frau sollte man nie nach Daten fragen.»

«Nun ja, ich dachte, wenn eine Frau Geschichtliches erzählt …», antwortete Acton. «Und nun will er die Ehe auflösen?»

«Seine Familie will, dass er eine standesgemäße Ehe eingeht. Das ist die Idee seines Bruders. Sein Bruder ist sehr klug.»

«Das muss ja ein nettes Paar sein!», rief Robert Acton.

Die Baronin zuckte resignierend mit den Schultern. «*Que voulez-vous?*[47] Es sind Fürsten. Sie glauben, dass sie mich gut behandeln. Silberstadt ist ein absolut despotischer Kleinstaat, und der Regent kann die Ehe mit einem Federstrich annullieren. Trotzdem hat er mir versprochen, dies nicht ohne meine förmliche Einwilligung zu tun.»

«Und die haben Sie verweigert?»

«Bisher. Es ist demütigend, und ich möchte es ihnen zumindest schwer machen. Aber in meinem Schreibtisch liegt ein kleines Dokument, das ich nur zu unterzeichnen und dem Prinzen zu schicken brauche.»

«Dann ist alles vorbei?»

Die Baronin hob die Hand und ließ sie wieder fallen. «Natürlich werde ich meinen Titel behalten; zumindest steht es mir frei, ihn zu behalten, wenn ich will. Und ich denke, ich werde ihn behalten. Man muss schließlich einen Namen haben. Und meine Pension behalte ich ebenfalls. Sie ist sehr klein – erbärmlich klein, aber ich lebe davon.»

«Und Sie müssen nur dieses Papier unterschreiben?», fragte Acton.

Die Baronin warf ihm einen Blick zu. «Drängen Sie darauf?»

Er stand langsam auf und stellte sich mit den Händen in den Taschen vor sie hin. «Was gewinnen Sie, wenn Sie es nicht tun?»

«Man glaubt, ich könnte an Boden gewinnen. Wenn ich es hinausschiebe und mich nicht festlege, kehrt der Prinz womöglich zu mir zurück und setzt sich gegen seinen Bruder durch. Er liebt mich sehr, und sein Bruder hat ihn nur schrittweise so weit gebracht.»

«Sollte er zu Ihnen zurückkehren», sagte Acton, «würden Sie … würden Sie ihn wieder nehmen?»

Die Baronin erwiderte seinen Blick, sie errötete nur leicht. Dann erhob sie sich. «Es wäre mir eine Genugtuung zu antworten: ‹Jetzt bin ich am Zug. Ich breche mit Ihnen, Durchlaucht.›»

Sie gingen zu der Kutsche hinüber.

«Ja», sagte Robert Acton, «das ist eine merkwürdige Geschichte! Wie haben Sie ihn kennengelernt?»

«Ich war zu Besuch bei einer alten Dame, einer alten Gräfin in Dresden. Sie war mit meinem Vater befreundet gewesen. Mein Vater war gerade gestorben, und ich war sehr allein. Mein Bruder zog damals mit einer Theatertruppe durch die Lande.»

«Ihr Bruder hätte bei Ihnen bleiben und Sie davon abhalten sollen, irgendwelchen Fürsten zu vertrauen», bemerkte Acton.

Die Baronin schwieg einen Augenblick, dann sagte sie: «Er hat getan, was er konnte. Er hat mir Geld geschickt. Die alte Gräfin ermutigte den Prinzen, hat ihn regelrecht gedrängt. Mir scheint», fuhr Madame Münster ruhig fort, «dass ich mich – unter den gegebenen Umständen – richtig verhalten habe.»

Acton warf ihr einen Blick zu und stellte fest, was er auch schon früher festgestellt hatte, dass nämlich eine Frau noch schöner aussieht, wenn sie ihre Fehler oder Kümmernisse enthüllt hat. «Na», überlegte er laut, «das würde ich gern sehen, wie Sie Seine Durchlaucht sonst wohin schicken.»

Madame Münster bückte sich und pflückte ein Gänseblümchen von der Wiese. «Und meine Verzichtserklärung nicht unterzeichne?»

«Nun ja, ich weiß nicht ... ich weiß nicht», sagte Acton.

«Im einen Fall hätte ich meine Rache, im anderen meine Freiheit.»

Acton lachte kurz auf, während er ihr in die Kutsche half. «Auf jeden Fall sollten Sie auf Ihr Papier gut aufpassen», sagte er.

Ein paar Tage später lud er sie zu sich nach Hause ein.

Dieser Besuch war schon einmal geplant, infolge der Krankheit seiner Mutter aber verschoben worden. Sie war chronisch krank und saß seit Jahren tagein, tagaus äußerst geduldig in einem großen, geblümten Lehnstuhl am Fenster ihres Schlafzimmers. In letzter Zeit war sie eine Weile außerstande gewesen, jemanden zu empfangen, aber jetzt ging es ihr besser, und sie ließ der Baronin eine sehr höfliche Nachricht übermitteln. Acton hätte sich gewünscht, dass ihr Gast zum Dinner käme, aber Madame Münster begann lieber mit einem schlichten Kurzbesuch. Wenn sie zum Dinner käme, so hatte sie überlegt, würden auch Mr. Wentworth und seine Töchter eingeladen, und ihr schien, dass der besondere Charakter des Anlasses bei einem Tête-à-Tête mit ihrem Gastgeber am besten gewahrt bliebe. Inwiefern dieser Anlass einen besonderen Charakter haben sollte, erklärte sie niemandem. Nach außen hin war es einfach nur ein sehr netter Besuch. Acton holte sie ab und kutschierte sie bis vor seine Tür, was schnell geschehen war. Im Geiste befand die Baronin sein Haus für recht gediegen, in Worte gefasst erklärte sie, es sei bezaubernd. Es war groß, schlicht und braun gestrichen und stand in einem gepflegten Heckengarten; man näherte sich ihm vom Gartentor auf einer kurzen Auffahrt. Im Übrigen war es als Wohnhaus viel moderner als das von Mr. Wentworth, üppiger ausgestattet und kostbarer geschmückt. Die Baronin merkte, dass ihr Gastgeber sich eingehend mit dem Thema materiellen Wohlergehens beschäftigt hatte. Er besaß herrliche Chinoiserien, Trophäen von seinem Aufenthalt im Reich der Mitte: Pagoden aus Ebenholz und Vitrinen aus Elfenbein, gemeißelte Ungeheuer, die vor hübsch verzierten Handschirmen von Kaminsimsen grinsten und schielten, Porzellangeschirr, das hinter den Glastüren von Mahagonibüfetts schimmerte, und in den Ecken große Paravents, die mit straffer Seide bespannt und mit Mandarinen und Drachen bestickt waren. Diese Gegenstände waren auf alle Zimmer verteilt und boten Eugenia einen Vorwand zu einer ausführlichen Hausbesichtigung. Es gefiel ihr, sie fühlte sich wohl, sie fand es ein hübsches Domizil. Es hatte etwas Gemütliches und gleichzeitig Großzügiges, und obwohl es fast ein Museum war, wirkten die großen, kaum genutzten Räume frisch und sauber wie eine gepflegte Molkerei. Lizzie Acton erzählte ihr, dass sie all diese Pagoden und sonstigen Kuriositäten täglich mit eigener Hand abstaube, und die Baronin erwiderte, da sei sie ja offensichtlich so etwas wie ein guter Hausgeist. Lizzie sah überhaupt nicht nach einer jungen Dame aus, die jemals etwas abstaubte; sie trug so hübsche Kleider und hatte so zarte Finger, dass man sie sich nur schwer bei einer mit Schmutz verbundenen Arbeit vorstellen konnte. Sie begrüßte Madame Münster bei ihrer Ankunft, sagte aber nichts oder fast nichts, und wieder dachte die Baronin – es hatte schon vordem Anlässe hierzu gegeben –, dass amerikanische Mädchen keine Manieren hatten. Sie mochte dieses kleine amerikanische Mädchen nicht und war auf die Erkenntnis gefasst, dass es ihr nicht gelungen war, sich Miss Acton zu empfehlen. Lizzie erschien ihr rechthaberisch und offen bis zum Vorwitz, und die Vorstellung, dass sie scheinbar Unvereinbares wie eine Vorliebe für Hausarbeit und das Tragen modischer, pariserisch anmutender Kleider zu verbinden wusste, deutete auf eine gefährliche Energie hin. Die Baronin empfand es als ärgerlich, dass es in diesem Land offenbar eine Rolle spielte, ob ein kleines Mädchen eine Null war oder nicht; bisher hatte Eugenia nämlich nicht den moralischen Zwang verspürt, sich die Wertschätzung irgendwelcher Jüngferchen zu sichern. Man mag es als Anzeichen von

Lizzies Vorwitz werten, dass sie sich sehr bald zurückzog und die Baronin ihrem Bruder auslieferte. Acton sprach viel über seine Chinoiserien, er kannte sich aus mit Porzellan und Antiquitäten. Auf ihrem Weg durchs Haus machte die Baronin gewissermaßen mehrmals Station. Sie setzte sich überall hin, gestand, sie sei ein wenig müde, und erkundigte sich mit einer merkwürdigen Mischung aus Aufmerksamkeit und Gleichgültigkeit nach den verschiedenen Objekten. Wäre jemand da gewesen, dem sie es hätte sagen können, so hätte sie erklärt, sie sei in ihren Gastgeber verliebt, aber Acton selbst konnte sie das wohl kaum erklären, nicht einmal streng vertraulich. Trotzdem machte es ihr Vergnügen – es war das reizvolle Vergnügen am Ungewohnten –, mit der bewundernswerten Intensität, die sie in Gefühlsdingen aufbrachte, zu erspüren, dass er sehr geradlinig war, dass selbst seine witzige Ironie immer etwas Zielgerichtetes hatte. Seine Rechtschaffenheit wirkte ein wenig so, als trage man einen Blumenstrauß mit sich herum, dessen Duft zwar höchst angenehm ist, der einem aber manchmal auch lästig ist. Auf jeden Fall konnte man ihm rundherum vertrauen, und außerdem war er nicht ganz unbedarft, das wäre denn doch zu viel gewesen, er war nur relativ unbedarft, und das genügte der Baronin vollauf.

Lizzie erschien wieder und meldete, ihre Mutter würde sich nun glücklich schätzen, Madame Münster zu empfangen, und die Baronin folgte ihr in Mrs. Actons Zimmer. Im Gehen überlegte Eugenia, dass es nicht ihre aufgesetzte Keckheit war, weswegen sie die junge Dame nicht leiden konnte, denn auf diesem Gebiet hätte sie sie leicht schlagen können. Es war kein Konkurrenzstreben von Seiten des Mädchens, eher eine lachende, kindlich-spöttische Gleichgültigkeit gegenüber den Ergebnissen eines Vergleichs. Mrs.

Acton war eine abgezehrte fünfundfünfzigjährige Frau mit einem lieben Gesicht, die von Kissen gestützt dasaß und auf eine Gruppe von Hemlocktannen hinausblickte. Sie war sehr bescheiden, sehr schüchtern und sehr krank; sie weckte in Eugenia Dankbarkeit dafür, dass sie selbst nicht so war – nicht so krank und vielleicht auch nicht so bescheiden. Auf einem Stuhl neben ihr lag ein Band mit Emersons[48] Essays. Es war aufregend für die arme Mrs. Acton, sich in ihrer Hilflosigkeit einer klugen ausländischen Dame gegenüberzusehen, die bessere Manieren hatte als jede andere Dame – als ein ganzes Dutzend von Damen –, die sie je erlebt hatte.

«Ich habe viel von Ihnen gehört», sagte sie leise zu der Baronin.

«Von Ihrem Sohn, nicht wahr?», fragte Eugenia. «Er hat mir auch ungeheuer viel von Ihnen erzählt. Ja, das würde Ihnen gefallen, wie er von Ihnen spricht», erklärte die Baronin. «Wie eben ein solcher Sohn von einer solchen Mutter sprechen muss!»

Mrs. Acton saß da und starrte sie an; dergleichen gehörte wohl zu Madame Münsters «Manieren». Aber auch Robert Acton starrte sie an, denn er war sich absolut sicher, dass er seine Mutter ihrem illustren Gast gegenüber kaum erwähnt hatte. Er sprach nie über diese stille mütterliche Erscheinung – eine zu solcher Zartheit vergeistigte Erscheinung, dass sie sich für ihn fast schon aufgelöst hatte, schlicht in ein subjektives Gefühl von Dankbarkeit. Und Acton sprach selten über seine Gefühle. Die Baronin wandte ihm ihr Lächeln zu und merkte sofort, dass er sie beim Flunkern beobachtet hatte. Sie hatte sich danebenbenommen. Aber was waren das für Menschen, denen eine solche Flunkerei nicht gefiel? Wenn sie verstimmt waren, dann war es die Baronin auch, und nachdem sie einige höfliche Fragen und leise

Antworten ausgetauscht hatten, verabschiedete sie sich von Mrs. Acton. Sie bat Robert, sie nicht nach Hause zu begleiten; sie könne allein in die Kutsche steigen, das sei ihr lieber. Das klang herrisch, und sie hatte den Eindruck, er wirke enttäuscht. Während sie mit ihm vor der Tür stand – die Kutsche drehte auf dem Kiesweg ihre Runden – stellte ebendieser Gedanke ihre Gemütsruhe wieder her.

Als sie ihm zum Abschied die Hand reichte, sah sie ihn kurz an. «Ich bin schon fast entschlossen, dieses Schriftstück abzuschicken», sagte sie.

Er wusste, dass sie auf das Dokument anspielte, das sie ihre Verzichtserklärung genannt hatte, und er half ihr wortlos in die Kutsche. Erst kurz bevor sich das Gefährt in Gang setzte, sagte er: «Wenn Sie es dann tatsächlich abgeschickt haben, werden Sie es mich hoffentlich wissen lassen!»

7

Felix Young malte Gertrudes Porträt fertig und bannte anschließend auch die Gesichtszüge vieler anderer Mitglieder des Zirkels, dessen Dreh- und Angelpunkt er zurzeit war, auf die Leinwand. Leider muss ich gestehen, dass er ein entschieden schmeichlerischer Maler war und seinen Modellen eine romantische Grazie verlieh, die diesen mit der Bezahlung von hundert Dollar an einen jungen Mann, bei dem das Modellsitzen so unterhaltsam war, leicht und billig erworben schien. Denn Felix wurde für seine Bilder bezahlt, da er kein Geheimnis aus der Tatsache machte, dass ihn damals, als er seine Schritte gen Westen lenkte, neben liebevoller Neugier der Wunsch beseelt hatte, seine wirtschaftliche Lage zu verbessern. Er malte auch das Porträt seines Onkels, ganz so, als hätte Mr. Wentworth sich diesem Experiment niemals widersetzt, und da er sein Ziel nur durch Ausübung sanfter Gewalt erreichte, muss man gerechterweise hinzufügen, dass er sich von dem alten Mann weiter nichts geben ließ als seine Zeit. Eines Sommermorgens schob er seinen Arm unter den von Mr. Wentworth – nur sehr wenige Arme hatten sich jemals unter den von Mr. Wentworth geschoben – und führte ihn durch den Garten über die Straße in das Atelier, das er sich in dem Häuschen zwischen den Apfelbäumen behelfsmäßig eingerichtet hatte. Der gesetzte Herr war mehr und mehr fasziniert von seinem gewandten Neffen, dessen frische, herausfordernde Jugend ein Resümee befremdlich zahlreicher Erfahrungen zu sein schien. Bestimmt wusste Felix sehr viel; er hätte gern erfahren, was er über manche Themen dachte, zu denen er selbst sich zwar in konventionellen Worten zu äußern verstand, von denen er aber nur wenig Ahnung hatte. Felix hatte eine selbstsichere, fröhlich-forsche Art, menschliche Handlungsweisen zu beurteilen, um die ihn Mr. Wentworth im Lauf der Zeit beneidete; sie schien die Kritik leicht zu machen. Sich eine Meinung zu bilden – sagen wir über das Verhalten eines Menschen – war für Mr. Wentworth fast, als stochere man mit einem auf gut Glück gewählten Schlüssel in einem Schloss herum. Er selbst ging anscheinend mit einem Riesenbund solch unbrauchbarer Geräte am Gürtel durch die Welt. Sein Neffe hingegen öffnete jede Tür mit einer einzigen Drehung seines Handgelenks so geschickt wie ein Pferdedieb. Er fühlte sich dem ungeschriebenen Gesetz verpflichtet, demzufolge ein Onkel immer klüger sein muss als ein Neffe, auch wenn er dieses Bild nur wahren konnte, indem er Felix' rascher, leichter, pausenloser Rede mit bedeutungsvollem Schweigen lauschte. Doch es kam der Tag, da er inkonsequent wurde und seinen Neffen nahezu um Rat fragte.

«Haben Sie jemals mit dem Gedanken gespielt, sich in den Vereinigten Staaten anzusiedeln?», fragte er eines Morgens, während Felix meisterhaft seinen Pinsel handhabte.

«Mein lieber Onkel», sagte Felix, «entschuldigen Sie, wenn Ihre Frage mir ein Lächeln abnötigt. Erstens habe ich noch nie mit einem Gedanken gespielt. Mitunter spielen die Gedanken mit mir, aber ich habe leider niemals ernsthaft einen Plan geschmiedet. Ich weiß, was Sie sagen wollen, oder vielmehr, ich weiß, was Sie denken, denn sagen würden Sie es wohl nicht: dass das äußerst frivol und leichtsinnig von mir ist. Das stimmt, aber so bin ich nun einmal; ich nehme die Dinge, wie sie kommen, und irgendwie folgt immer eins aufs andere. Zweitens würde ich mir niemals vornehmen, mich anzusiedeln. Ich kann mich nicht ansiedeln, lieber Onkel, ich bin kein Siedler. Ich weiß, das erwartet man hier von Fremden; die siedeln sich immer an. Aber um Ihre Frage zu beantworten: Nein, ich habe nie mit diesem Gedanken gespielt.»

«Sie beabsichtigen also, nach Europa zurückzukehren und ihr ungeregeltes Leben wieder aufzunehmen?», erkundigte sich Mr. Wentworth.

«Ich kann nicht behaupten, dass ich es beabsichtige. Aber es ist sehr wahrscheinlich, dass ich nach Europa zurückgehe. Schließlich bin ich Europäer. Ich fühle mich als solcher, verstehen Sie. Es hängt hauptsächlich von meiner Schwester ab. Sie ist noch mehr Europäerin als ich; hier ist sie wie ein Bild ohne Rahmen. Und was das ‹Wiederaufnehmen› anbelangt, lieber Onkel, so habe ich meine ungeregelte Lebensweise eigentlich nie aufgegeben. Was könnte für mich ungeregelter sein als dies?»

«Als was?», fragte Mr. Wentworth blass und ernst.

«Na, als alles! So in Ihrer Mitte zu leben, dieses charmante, ruhige, ernste Familienleben, sich mit Charlotte und Gertrude zu verbrüdern, zwanzig junge Damen zu besuchen und mit ihnen spazieren zu gehen, mit Ihnen abends auf der Veranda zu sitzen und den Grillen zu lauschen und um zehn Uhr zu Bett zu gehen.»

«Ihre Schilderung ist sehr lebendig», sagte Mr. Wentworth, «aber ich sehe in dem, was Sie beschreiben, nichts Unschickliches.»

«Ich auch nicht, lieber Onkel. Es ist ganz herrlich, und es würde mir nicht gefallen, wenn es unschicklich wäre. Ich versichere Ihnen, unschickliche Dinge mag ich nicht, obwohl Sie mir das wahrscheinlich unterstellen», fuhr Felix fort und malte weiter.

«Ich habe Sie dessen nie bezichtigt.»

«Ja, tun Sie es bitte nicht», sagte Felix, «im Grunde bin ich nämlich ein schrecklicher Philister.»

«Ein Philister?», wiederholte Mr. Wentworth.

«Man könnte auch sagen, ein schlichter, gottesfürchtiger Mann.» Mr. Wentworth blickte ihn skeptisch an, wie ein ratloser Weiser, und Felix fuhr fort: «Ich hoffe zuversichtlich, dass ich ein ehrwürdiges und geehrtes Alter erreiche. Ich gedenke lange zu leben. Das kann ich vielleicht nicht unbedingt einen Plan nennen, aber es ist ein heißer Wunsch, ein rosiger Traum. Ich werde ein munterer, vielleicht sogar leichtsinniger alter Mann sein.»

«Es ist natürlich», sagte der Onkel salbungsvoll, «dass man ein angenehmes Leben zu verlängern wünscht. Wir haben vielleicht eine selbstsüchtige Abneigung dagegen, unsere Freuden zu beenden. Aber vermutlich wollen Sie doch heiraten», fügte er hinzu.

«Auch dies, lieber Onkel, ist eine Hoffnung, ein Wunsch, ein Traum», sagte Felix. Ganz flüchtig kam ihm der Gedanke, dies könne der Auftakt dazu sein, dass Mr. Wentworth ihm die Hand einer seiner bewundernswerten Töchter anbiete. Doch aus Anstand und Bescheidenheit und dank eines zweckdienlichen Sinns für die harte Wirklichkeit auf Erden verbannte Felix diese Überlegungen aus seinem Kopf. Freilich, sein Onkel war der Inbegriff der Güte, aber von dort bis zur Billigung – und erst recht zum Vorschlag – einer Vereinigung zwischen einer jungen Dame mit vermutlich glänzender Mitgift und einem bettelarmen Künstler ohne Aussicht auf Ruhm war es ein langer Weg. Felix war sich in letzter Zeit einer genüsslichen Vorliebe für das – möglichst ungestörte – Zusammensein mit Gertrude Wentworth bewusst geworden, doch fürs Erste hatte er diese junge Dame in die kühl funkelnde Kategorie «unerreichbare Besitztümer» abgeschoben. Sie war nicht die erste Frau, für die er eine unrealistische Bewunderung hegte. Er war in Herzoginnen und Gräfinnen verliebt gewesen und hatte sich ein paarmal mit der Behauptung, die Passivität von Frauen werde überschätzt, gefährlich nahe am Zynismus bewegt. Insgesamt hatte er Kühnheit mit Bescheidenheit gemischt, und fairerweise muss man ausdrücklich hervorheben, dass er unfähig gewesen wäre, seinen derzeitigen großen Spielraum an Vertrautheit auszunutzen und der jüngeren seiner hübschen Cousinen den Hof zu machen. Felix war in einer Tradition aufgewachsen, vor deren Hintergrund ein solches Verhalten als schwere Verletzung der Gastfreundschaft gegolten hätte. Wie schon gesagt, war er immer glücklich, und zu den derzeitigen Quellen seines Glücks zählte vielleicht auch, dass er hinsichtlich seiner Beziehung zu Gertrude ein köstlich reines Gewissen hatte. Sein Betragen schien ihm durchdrungen von der Schönheit der Tugend – eine Erscheinungsform der Schönheit, die er ebenso lebhaft bewunderte wie alle anderen Formen.

«Ich denke, wenn Sie heirateten», sagte Mr. Wentworth nun, «wäre dies Ihrem Glück förderlich.»

«Sicurissimo!»,[49] rief Felix, dann hielt er mit seinem Pinsel inne und blickte seinen Onkel lächelnd an. «Es gibt etwas, was ich Ihnen zu gern sagen würde. Darf ich es wagen?»

Mr. Wentworth richtete sich ein wenig auf. «Ich bin sehr zuverlässig. Ich erzähle nichts weiter.» Aber er hoffte, Felix würde nicht zu viel wagen.

Felix lachte über diese Antwort. «Es hört sich komisch an, wenn Sie mir erzählen, wie man glücklich wird. Ich glaube nicht, dass Sie davon etwas verstehen, lieber Onkel. Nun ... klingt das grausam?»

Der alte Mann schwieg einen Moment, dann sagte er mit einer nüchternen Würde, die seinen Neffen plötzlich rührte: «Manchmal können wir jemandem einen Weg weisen, dem wir selbst nicht zu folgen vermögen.»

«Oh, sagen Sie nicht, dass Sie etwas bekümmert», erwiderte Felix. «Das habe ich nicht angenommen, und ich wollte nicht daran rühren. Ich meinte nur, dass Sie alle sich niemals vergnügen.»

«Vergnügen? Wir sind keine Kinder.»

«Eben. Jetzt haben Sie das richtige Alter dafür. Das habe ich neulich auch zu Gertrude gesagt», fügte Felix hinzu. «Ich hoffe, das war nicht taktlos.»

«Und wenn», sagte Mr. Wentworth scharfzüngiger und ironischer, als Felix es ihm zugetraut hätte, «dann wäre es nur Ihre Art gewesen, sich zu vergnügen. Ich fürchte, Sie haben noch nie Unannehmlichkeiten gehabt.»

«O doch», antwortete Felix temperamentvoll, «bevor ich

eines Besseren belehrt wurde. Aber jetzt werden Sie mich nicht mehr dabei ertappen.»

Mr. Wentworth hüllte sich eine Weile in ein Schweigen, das ausdrucksvoller war als jeder tiefe Seufzer. «Sie haben keine Kinder», sagte er schließlich.

«Sagen Sie nicht», rief Felix, «dass Ihre reizenden jungen Leute für Sie ein Grund zur Sorge sind!»

«Ich spreche nicht von Charlotte.» Und nach einer Pause fuhr Mr. Wentworth fort: «Ich spreche auch nicht von Gertrude. Aber Clifford macht mir beträchtlichen Kummer. Ich erzähle es Ihnen ein andermal.»

Als er Felix das nächste Mal Modell saß, erinnerte ihn sein Neffe daran, dass er ihn ins Vertrauen gezogen hatte. «Wie geht es Clifford heute?», fragte Felix. «Auf mich wirkt er wie ein bemerkenswert vorsichtiger junger Mann. Sogar allzu vorsichtig; mir gegenüber scheint er stets auf der Hut zu sein, als ob er meine Gesellschaft als zu oberflächlich empfände. Neulich hat er zu seiner Schwester gesagt – Gertrude hat es mir weitererzählt –, ich würde ihn immer auslachen. Wenn ich lache, dann nur aus dem Wunsch, ihm Vertrauen einzuflößen. Eine andere Möglichkeit kenne ich nicht.»

«Cliffords Situation ist nicht zum Lachen», sagte Mr. Wentworth. «Sie ist sehr ungewöhnlich, wie Sie vermutlich schon erraten haben.»

«Ach, Sie meinen die Liebesgeschichte mit seiner Cousine?»

Mr. Wentworth blickte ihn erstaunt an und errötete ein wenig. «Ich meine, dass er nicht auf der Universität ist. Er ist suspendiert worden. Wir haben beschlossen, nicht darüber zu sprechen, solange wir nicht gefragt werden.»

«Suspendiert?»

«Die Leitung in Harvard hat ihn gebeten, sechs Monate mit dem Studium auszusetzen. Unterdessen lernt er mit Mr. Brand. Wir denken, Mr. Brand wird ihm helfen, zumindest hoffen wir das.»

«Was ist ihm denn auf der Universität zugestoßen?», fragte Felix. «Hat er sich allzu sehr irgendwelchen Genüssen hingegeben? Derlei Geheimnisse wird ihm Mr. Brand sicher nicht enthüllen!»

«Er hat sich einer Sache hingegeben, der er sich nicht hätte hingeben dürfen. Man zählt sie wohl zu den Genüssen.»

Felix lachte sein leises Lachen. «Lieber Onkel, wer könnte bezweifeln, dass es sich hierbei um einen Genuss handelt? *«C'est de son age,*[50] wie die Franzosen sagen.»

«Ich würde sagen, es ist eher ein Laster für spätere Jahre – für enttäuschte alte Menschen.»

Felix warf seinem Onkel unter gehobenen Brauen einen Blick zu, dann fragte er lächelnd: «Wovon sprechen Sie?»

«Von den Umständen, unter denen Clifford gefunden wurde.»

«Ach, er wurde gefunden? Er wurde aufgegriffen?»

«Notgedrungen wurde er aufgegriffen. Er konnte nicht mehr gehen, er torkelte nur noch.»

«Ach», sagte Felix, «er trinkt! Ich habe es fast vermutet, nach dem, was ich am ersten Tag hier beobachtet habe. Ich muss Ihnen recht geben, das ist stillos. Es ist kein Laster für einen Gentleman. Das sollte er aufgeben.»

«Wir erhoffen uns viel von Mr. Brands Einfluss», fuhr Mr. Wentworth fort. «Er hat gleich mit ihm gesprochen. Er selbst rührt nie einen Tropfen an.»

«Ich werde mit ihm reden – ich werde mit ihm reden», verkündete Felix fröhlich.

«Was wollen Sie ihm denn sagen?», fragte der Onkel leicht besorgt.

Felix gab erst keine Antwort. «Gedenken Sie ihn mit seiner Cousine zu verheiraten?», fragte er schließlich.

«Zu verheiraten?», wiederholte Mr. Wentworth wie ein Echo. «Ich glaube nicht, dass seine Cousine ihn heiraten will.»

«Sie haben also keine Abmachung mit Mrs. Acton?»

Mr. Wentworth sah ihn erstaunt, fast verblüfft an. «Über solche Themen habe ich nie mit ihr gesprochen.»

«Dann wird es wohl Zeit», sagte Felix. «Lizzie Acton ist bewundernswert hübsch, und wenn Clifford eine Gefahr ist ...»

«Sie sind nicht verlobt», sagte Mr. Wentworth. «Ich habe keinen Grund zu der Annahme, dass sie verlobt sind.»

«Par exemple!», rief Felix. «Eine heimliche Verlobung? Glauben Sie mir, Clifford ist ein lieber Junge. Dazu ist er nicht fähig. Und Lizzie Acton wäre nie auf eine andere Frau eifersüchtig.»

«Das will ich hoffen», sagte der alte Mann, denn er hatte das dumpfe Gefühl, dass die Eifersucht ein noch niveauloseres Laster war als die Trunksucht.

«Es wäre also das Beste für Clifford», schlug Felix vor, «wenn er sich für eine kluge, reizvolle Frau interessierte.» Er hielt im Malen inne und blickte, die Ellbogen auf die Knie gestützt, seinen Onkel fröhlich und vertrauensselig an. «Ich glaube nämlich fest an den guten Einfluss von Frauen. Erst das Zusammenleben mit Frauen macht aus einem Mann einen Gentleman. Natürlich hat Clifford seine Schwestern, und die sind reizend. Aber neben den brüderlichen sollten noch andere Gefühle eine Rolle spielen, wissen Sie. Er hat Lizzie Acton, doch die ist noch ziemlich unreif.»

«Ich glaube, Lizzie hat schon mit ihm gesprochen, hat ihm gut zugeredet», sagte Mr. Wentworth.

«Darüber, dass es sich nicht gehört, beschwipst zu sein? Über die Schönheit der Enthaltsamkeit? Das ist eine langweilige Aufgabe für ein hübsches junges Mädchen. Nein», fuhr Felix fort, «Clifford sollte mit einer liebenswürdigen Frau verkehren, die ihm, ohne dass sie jemals solch unappetitliche Themen anzuschneiden braucht, eine Ahnung davon vermittelt, wie furchtbar lächerlich ein angesäuselter Mann ist. Wenn er sich ein wenig in sie verliebt, umso besser. Das würde ihn heilen.»

«Soso. Und welche Dame würden Sie vorschlagen?», fragte Mr. Wentworth.

«Eine kluge Frau steht Ihnen schon zur Verfügung. Meine Schwester.»

«Ihre Schwester … mir zur Verfügung?», wiederholte Mr. Wentworth.

«Sprechen Sie mit Clifford. Sagen Sie ihm, er soll ein bisschen draufgängerisch sein. Er ist nicht abgeneigt, er hat sie schon ein paarmal zu einer Kutschfahrt eingeladen. Aber ich glaube nicht, dass er sie besucht. Deuten Sie an, er solle zu ihr gehen, solle öfter kommen. Dann sitzt er dort am Nachmittag, und sie unterhalten sich. Das wird ihm guttun.»

Mr. Wentworth grübelte. «Sie meinen, sie würde einen heilsamen Einfluss auf ihn ausüben?»

«Sie wird einen zivilisierenden – man könnte auch sagen, ernüchternden – Einfluss ausüben. Jede charmante, kluge, geistreiche Frau tut das, besonders wenn sie ein wenig kokett ist. Lieber Onkel, das Zusammensein mit solchen Frauen war meine halbe Ausbildung. Wenn Clifford, wie Sie sagen, vorübergehend vom Unterricht ausgeschlossen ist, lassen Sie bitte Eugenia seine Lehrerin sein.»

Mr. Wentworth blieb nachdenklich. «Sie finden Eugenia kokett?», fragte er.

«Welche hübsche Frau wäre das nicht?», fragte Felix seinerseits. Doch dies war für Mr. Wentworth eine bestenfalls unzulängliche Antwort, denn er fand seine Nichte nicht hübsch. «Bei Clifford», fuhr der junge Mann fort, «wird sich Eugenia nur insoweit kokett geben, als sie ein wenig ironisch sein wird. Genau das braucht er. Also, raten Sie ihm, er solle nett zu ihr sein. Der Vorschlag kommt am besten von Ihnen.»

«Habe ich recht verstanden», fragte der alte Mann, «dass ich meinem Sohn nahelegen soll, er möge Madame Münster seine ... seine Liebe gestehen?»

«Ja, ja – gestehen ist gut!», rief Felix bewegt.

«Aber soviel ich weiß, ist Madame Münster eine verheiratete Frau.»

«Na ja», antwortete Felix lächelnd, «natürlich kann sie ihn nicht heiraten. Aber sie wird tun, was sie kann.»

Eine Weile saß Mr. Wentworth da und blickte zu Boden. Schließlich erhob er sich. «Ich glaube nicht», sagte er, «dass ich es auf mich nehmen kann, meinem Sohn eine solche Handlungsweise zu empfehlen.» Und ohne Felix' verdutzten Blick zu erwidern, brach er die Sitzung ab, und sie wurde zwei Wochen lang nicht wieder aufgenommen.

Felix fand großen Gefallen an dem kleinen See, der einige von Mr. Wentworths zahlreichen Morgen Land bedeckte, und an dem beachtlichen Pinienhain, der, vom Sommerwind durchweht, jenseits des Sees auf einer steilen Uferböschung wuchs. Das Murmeln der Brise in den hohen Wipfeln war seltsam deutlich, fast beredsam. Eines Nachmittags kam der junge Mann aus seinem Atelier und ging an der offenen

Tür von Eugenias kleinem Salon vorbei. Drinnen im kühlen Dämmer sah er weiß gekleidet und versunken in ihren Lehnsessel seine Schwester, das Gesicht in einen enormen Blumenstrauß vergraben. Ihr gegenüber saß Clifford Wentworth und drehte seinen Hut in der Hand. Offenbar hatte er der Baronin den Strauß soeben geschenkt; in ihren schönen Augen, die ihn über die großen Rosen und Geranien hinweg anblickten, lag ein verbindliches Lächeln. Unter der Haustür zögerte Felix kurz, ob er umkehren und das Wohnzimmer betreten solle. Dann setzte er seinen Weg fort und ging in Mr. Wentworths Garten. Der Zivilisationsprozess, dem er Clifford hatte unterwerfen wollen, schien von selbst in Gang gekommen zu sein. Zumindest war Felix überzeugt, dass Mr. Wentworth seinen genialen Plan, mit dem er das ästhetische Bewusstsein des jungen Mannes anzuregen gedachte, nicht übernommen hatte. «Zweifellos vermutet er,», sagte er sich nach dem oben geschilderten Gespräch, «dass ich Eugenia in meiner brüderlichen Güte das Vergnügen eines kleinen Flirts – oder wie er es wahrscheinlich nennt, einer heimliche Liebschaft – mit dem allzu leicht zu beeindruckenden Clifford zu verschaffen wünsche. Man muss schon sagen – und das ist mir bereits früher aufgefallen –, nichts übersteigt die Zügellosigkeit, die sich die Fantasie puritanischer Leute manchmal erlaubt.» Felix selbst hatte natürlich nichts zu Clifford gesagt, er hatte nur Eugenia gegenüber erwähnt, dass Mr. Wentworth die ordinären Neigungen seines Sohnes schwer zusetzten. «Wir sollten etwas tun, um ihnen zu helfen, nachdem sie doch so freundlich zu uns waren», hatte er hinzugefügt. «Ermuntere Clifford, dich zu besuchen, und wecke in ihm die Lust an einem guten Gespräch. Dies wird alles andere verdrängen, das nur von seiner Unreife kommt, davon, dass er seinen Platz in der Welt noch nicht ernsthaft eingenommen hat – den eines reichen jungen Mannes aus alter Familie. Sorge dafür, dass er ein bisschen gesetzter wird. Und sollte er dir den Hof machen, ist das auch nicht weiter schlimm.»

«Ich soll mich als eine Art besseren Rausch anbieten, als Ersatz für eine Flasche Brandy, oder wie?», fragte die Baronin. «Also wirklich, in diesem Land wird man für seltsame Dinge gebraucht.»

Aber sie hatte es nicht ausdrücklich abgelehnt, Cliffords Veredelung in die Hand zu nehmen, und Felix, der nicht mehr an das Thema gedacht hatte, weil ihm Vorstellungen durch den Kopf spukten, die mehr um sein eigenes Wohl kreisten, stellte nun fest, dass das Erlösungswerk tatsächlich begonnen hatte. Als Plan war ihm der Gedanke äußerst glücklich erschienen, aber die Ausführung bereitete ihm ein klein wenig Unbehagen. «Was, wenn Eugenia … was, wenn Eugenia …», fragte er sich leise, doch die Frage erstarb, als er sich Eugenias grenzenlose Fähigkeiten vor Augen führte. Ehe Felix hatte entscheiden können, ob eine so vage Warnung ernst zu nehmen oder zu verwerfen sei, sah er, wie Robert Acton durch ein weit entferntes Gartentor aus Mr. Wentworths Grundstück trat und auf das Cottage im Obstgarten zuging. Acton war offensichtlich auf einem schattigen Seitenweg von seinem Haus hierherspaziert und wollte nun Madame Münster einen Besuch abstatten. Felix beobachtete ihn kurz, dann wandte er sich ab. Sollte Acton ruhig die Rolle der Vorsehung spielen und Cliffords Techtelmechtel mit Eugenia – wenn nötig – unterbrechen.

Felix ging durch den Garten in Richtung Haus und auf ein nach hinten gelegenes Törchen zu, durch das man auf einen Feldweg gelangte, der an einem Wäldchen entlang zum See führte. Er hielt inne und schaute zum Haus hoch, dabei blieb sein Blick an einem bestimmten offenen Fenster an der Schattenseite hängen. Es dauerte nicht lang, da erschien dort Gertrude und sah in das sommerliche Licht hinaus. Er zog den Hut, grüßte sie und verkündete, er werde über den See rudern, ob sie ihm die Ehre erweise, ihn zu begleiten? Sie sah ihn kurz an, dann wandte sie sich ohne ein weiteres Wort ab. Doch kurz darauf tauchte sie unten wieder auf, trug einen jener damals üblichen altmodischen, bezaubernden, mit weißen Satinbändern befestigten Strohhüte; außerdem hatte sie einen grünen Sonnenschirm dabei. Sie ging mit ihm zu jener Stelle am See, an der immer zwei Boote vertäut lagen. In eines setzten sie sich, und Felix trieb es mit sachten Ruderschlägen ans gegenüberliegende Ufer. Es war ein Sommertag, wie er im Buche steht. Der kleine See hatte die Farbe des Sonnenlichts, nur das Platschen der Ruder war zu hören, und sie merkten, wie sie dem lauschten. Wieder an Land, bestiegen sie auf einem gewundenen Pfad die pinienbestandene Anhöhe mit ihrem weiten Blick aufs Wasser, dessen weiße Fläche zwischen den Bäumen glitzerte. Es war ein köstlich kühles Plätzchen und besaß den zusätzlichen Reiz, dass man die Kühle nicht nur fühlte, sondern im leisen Rauschen der Pinienäste auch zu hören meinte. Felix und Gertrude setzten sich auf den rostfarbenen Teppich aus Piniennadeln und unterhielten sich über allerlei. Im Laufe des Gesprächs erwähnte Felix schließlich auch, dass er fortgehen werde. Es war das erste Mal, dass er davon sprach.

«Sie gehen fort?», sagte Gertrude und blickte ihn an.

«Eines Tages, wenn das Laub fällt. Sie wissen, ich kann nicht für immer bleiben.»

Gertrude richtete den Blick auf die Aussicht, dann sagte sie nach einer kleinen Pause: «Ich werde Sie niemals wiedersehen.»

«Wieso nicht?», fragte Felix. «Wir werden meinen Abschied wahrscheinlich beide überleben.»

Doch Gertrude wiederholte nur: «Ich werde Sie niemals wiedersehen. Ich werde nie wieder von Ihnen hören», fuhr sie fort. «Ich werde nichts über Sie erfahren. Ich wusste vorher nichts von Ihnen, und so wird es wieder sein.»

«Früher wusste ich leider nichts von Ihnen», sagte Felix. «Aber jetzt werde ich Ihnen schreiben.»

«Schreiben Sie mir nicht. Ich werde Ihnen nicht antworten», erklärte Gertrude.

«Ich werde Ihre Briefe natürlich verbrennen», versprach Felix.

Wieder sah Gertrude ihn an. «Meine Briefe verbrennen? Manchmal sagen Sie seltsame Sachen.»

«Für sich genommen sind sie nicht seltsam», antwortete der junge Mann. «Seltsam wirken sie nur, wenn ich sie zu Ihnen sage. Sie werden nach Europa fahren.»

«Mit wem denn?» Es war eine schlichte Frage, und es war ihr sehr ernst. Felix beschäftigte dieser Ernst, einen Moment lang zögerte er. «Das können Sie mir nicht beantworten», fuhr sie fort. «Sie können nicht behaupten, ich würde mit meinem Vater und meiner Schwester reisen, das glauben Sie selbst nicht.»

«Ich werde Ihre Briefe aufheben», sagte Felix kurz darauf statt einer Antwort.

«Ich schreibe nie. Ich weiß gar nicht, wie man schreibt.» Eine Weile sagte Gertrude nichts mehr, und als ihr Begleiter sie ansah, wünschte er sich, es gälte nicht als «illoyal», der Tochter eines älteren Herrn, der einem Gastfreundschaft gewährt hat, den Hof zu machen. Der Nachmittag neigte sich dem Ende zu, die Schatten zogen sich in die Länge, und das Licht am westlichen Himmel wurde dunkler. Jenseits des Sees tauchten zwei Personen auf, sie kamen vom Haus und gingen über die Wiese. «Das sind Charlotte und Mr. Brand», sagte Gertrude. «Sie kommen hierher.» Doch die beiden gingen nur bis zum Ufer, dort blieben sie stehen und sahen zu ihnen herüber. Sie machten keine Anstalten, in das Boot zu steigen, das Felix am Anlegeplatz zurückgelassen hatte. Felix schwenkte seinen Hut, zum Rufen war es zu weit. Sie gaben jedoch keine erkennbare Antwort, und kurz darauf wandten sie sich ab und gingen am Ufer entlang.

«Mr. Brand ist nicht gerade überschwänglich», sagte Felix. «Und mir gegenüber schon gar nicht. Er sitzt schweigend da, das Kinn in der Hand, und schaut mich an. Manchmal schaut er auch weg. Ihr Vater sagt immer, er sei so redegewandt, und ich würde ihm gern einmal zuhören. Er sieht mir nach einem hochanständigen jungen Mann aus. Aber mit mir will er nie reden. Dabei liebe ich eine geistreiche Bildersprache!»

«Er ist sehr redegewandt», sagte Gertrude, «aber er hat keine geistreiche Bildersprache. Ich habe ihm schon oft zugehört. Ich wusste, dass sie nicht herüberkommen würden, als sie uns sahen.»

«Ah, macht er Ihrer Schwester die *cour*[51], wie man so sagt? Wollen die beiden allein bleiben?»

«Nein», sagte Gertrude ernst, «sie haben keinen solchen Grund fürs Alleinbleiben.»

«Aber macht er Charlotte nicht die *cour*?», fragte Felix. «Sie ist so hübsch, so sanft, so gut.»

Gertrude warf ihm einen Blick zu, dann betrachtete sie das Paar in der Ferne. Mr. Brand und Charlotte gingen Seite an Seite. Sie hätten ein Liebespaar sein können und auch wieder nicht. «Sie finden, ich dürfte nicht hier sein», sagte Gertrude.

«Bei mir? Ich dachte, hier hegt man keine solchen Gedanken.»

«Das verstehen Sie nicht. Es gibt sehr vieles, was Sie nicht verstehen.»

«Ich verstehe, dass ich begriffsstutzig bin. Aber warum kommen dann Charlotte und Mr. Brand, die als ältere Schwester und als Geistlicher jederzeit miteinander spazieren gehen dürfen, nicht herüber und öffnen mir die Augen, indem sie dieses unerlaubte Gespräch abbrechen, zu dem ich Sie gelockt habe?»

«Das wäre das Letzte, was sie täten», sagte Gertrude.

Felix starrte sie einen Moment mit gehobenen Brauen an. *«Je n'y comprends rien!»*,[52] rief er, dann folgte sein Blick eine Weile den langsam entschwindenden Gestalten dieses kritischen Paares. «Sie mögen sagen, was Sie wollen», erklärte er, «für mich ist es offensichtlich, dass Ihrer Schwester dieser kluge Begleiter nicht gleichgültig ist. Sie geht gern dort mit ihm spazieren. Das sehe ich von hier aus.» Und vor Aufregung über diese Entdeckung sprang Felix auf die Füße.

Auch Gertrude erhob sich, versuchte aber nicht zu sehen, was ihr Gefährte entdeckt hatte. Sie blickte lieber in eine andere Richtung. Felix' Worte hatten sie getroffen, aber ein gewisses Zartgefühl hielt sie zurück. «Mr. Brand ist ihr bestimmt nicht gleichgültig, sie hält sehr viel von ihm.»

«Das sieht man, das sieht man», sagte Felix, der den Kopf zur Seite geneigt hatte, im Tonfall vergnügter Nachdenklichkeit. Gertrude drehte dem gegenüberliegenden Ufer den Rücken zu, der Anblick war ihr unangenehm, auch wenn sie hoffte, Felix würde noch weiterreden. «Ah, jetzt sind sie in den Wald gewandert», fuhr er fort.

Gertrude drehte sich wieder um. «Sie ist nicht in ihn verliebt», sagte sie. Sie fühlte sich verpflichtet, das zu sagen.

«Dann ist er in sie verliebt, und wenn nicht, sollte er es sein. Sie ist eine auf ihre Art vollkommene kleine Frau. Sie erinnert mich an eine altmodische silberne Zuckerzange, und Sie wissen, ich mag Zucker sehr gern. Außerdem ist sie sehr nett zu Mr. Brand, das ist mir aufgefallen, sehr sanft und freundlich.»

Gertrude dachte einen Augenblick nach. Dann fasste sie einen Entschluss. «Sie möchte, dass er mich heiratet», sagte sie. «Natürlich ist sie deshalb nett zu ihm.»

Felix' Brauen hoben sich höher denn je. «Sie heiraten! Ah, das ist ja interessant. Und Sie finden, um einen Mann dazu zu bewegen, muss man sehr nett zu ihm sein?»

Gertrude war ein wenig blass geworden, aber sie fuhr fort: «Mr. Brand möchte es auch.»

Felix verschränkte die Arme, stand da und sah sie an. «Verstehe, verstehe», sagte er rasch. «Warum haben Sie mir das nie gesagt?»

«Mir ist es auch jetzt unangenehm, darüber zu sprechen. Ich wollte Sie nur über Charlotte aufklären.»

«Sie wollen Mr. Brand also nicht heiraten?»

«Nein», sagte Gertrude ernst.

«Und wünscht es Ihr Vater?»

«Sehr.»

«Und Sie mögen ihn nicht – Sie haben ihn abgewiesen?»

«Ich möchte ihn nicht heiraten.»

«Ihr Vater und Ihre Schwester finden aber, Sie sollten es tun, nicht wahr?»

«Das ist eine lange Geschichte», sagte Gertrude. «Sie glauben gute Gründe zu haben. Ich kann es nicht erklären. Sie finden, ich sei dazu verpflichtet und ich hätte ihn ermutigt.»

Felix lächelte sie an, als hätte sie ihm eine amüsante Geschichte über jemand anderen erzählt. «Ich kann Ihnen gar nicht sagen, wie sehr mich das interessiert», antwortete er. «Und Sie erkennen diese Gründe, diese Verpflichtungen, nicht an?»

«Ich weiß nicht recht; es ist nicht einfach.» Sie hob ihren Sonnenschirm auf und wandte sich ab, als wollte sie den Hang hinuntersteigen.

«Sagen Sie mir eins», fuhr Felix fort und folgte ihr. «Ist es wahrscheinlich, dass Sie nachgeben, dass Sie sich überreden lassen?»

Gertrude blickte ihn mit unverändert ernster Miene an, die im Widerspruch zu seinem geradezu eifrigen Lächeln stand. «Ich werde Mr. Brand niemals heiraten», sagte sie.

«Aha!», erwiderte Felix. Langsam gingen sie zusammen den Hügel hinunter, wortlos, bis ans Ufer. «Es ist ja Ihre Sache», begann er wieder, «aber wissen Sie was? Ich bin nicht unbedingt froh darüber. Es wäre für mich eine gewisse Erleichterung, wenn es beschlossene Sache wäre, dass Sie Mr. Brand heiraten. Ich würde mich freier fühlen. Denn ich habe ja kein Recht, Ihnen den Hof zu machen, nicht wahr?» Und er schwieg, um seiner Beweisführung ein wenig mehr Nachdruck zu verleihen.

«Nicht das geringste», erwiderte Gertrude rasch – allzu rasch.

«Ihr Vater würde nichts davon hören wollen, ich besitze keinen Penny. Mr. Brand hat natürlich selbst Vermögen, nicht wahr?»

«Ich glaube, ja, aber das hat nichts damit zu tun.»

«Für Sie natürlich nicht, aber für Ihren Vater und Ihre Schwester gewiss. Wie gesagt, wenn dies beschlossene Sache wäre, würde ich mich freier fühlen.»

«Freier?», wiederholte Gertrude. «Machen Sie bitte das Boot los.»

Felix wickelte die Leine ab, behielt sie in der Hand und blieb stehen. «Dann wäre ich in der Lage, Ihnen gegenüber Dinge auszusprechen, die ich mir jetzt leider versagen muss», fuhr er fort. «Ich könnte Ihnen sagen, wie sehr ich Sie bewundere, ohne dass es so aussieht, als erhöbe ich Anspruch auf etwas, worauf ich keinen Anspruch erheben darf. Ich könnte Ihnen hemmungslos den Hof machen», fügte er lachend hinzu, «wenn ich dächte, Sie wären in einer Situation, in der Sie sich dadurch nicht beleidigt fühlen können.»

«Sie meinen, wenn ich mit einem anderen Mann verlobt wäre? Das ist ein seltsamer Gedankengang», rief Gertrude.

«Dann würden Sie mich nämlich nicht ernst nehmen.»

«Ich nehme jeden Menschen ernst», sagte Gertrude. Und leichtfüßig und ohne seine Hilfe stieg sie ins Boot.

Felix griff nach den Rudern und legte ab. «Also darüber haben Sie nachgedacht? Es kam mir schon so vor, als hätten Sie etwas auf dem Herzen. Ich wünsche mir sehr, Sie würden mir einige dieser sogenannten Gründe – dieser Verpflichtungen – nennen.»

«Es sind keine echten Gründe, keine guten Gründe», sagte Gertrude, den Blick auf das rosa und gelb schimmernde Wasser gerichtet.

«Das verstehe ich! Wenn ein hübsches Mädchen ein Fünkchen Koketterie zeigt, ist das kein Grund.»

«Wenn Sie damit mich meinen – so war es nicht. Ich habe nichts dergleichen getan.»

«Jedenfalls macht es Ihnen Kummer», sagte Felix.

«Keinen so großen wie früher», erwiderte Gertrude.

Er sah sie an, unablässig lächelnd. «Das will nicht viel besagen, hm?» Doch sie ließ ihren Blick nur sehr ernst auf dem leuchtenden Wasser ruhen. Anscheinend versuchte sie, die Symptome des Kummers, von dem sie soeben gesprochen hatte, zu verbergen. Sobald sich irgendwo so etwas wie Schwermut zeigte, verspürte Felix stets den Drang, sie zu verscheuchen, so wie eine gute Hausfrau allen Staub abwischen will. Und jetzt gab es etwas, was er abwischen wollte. Er hörte plötzlich auf zu rudern und hielt die Riemen in der Schwebe. «Warum bemüht sich Mr. Brand um Sie und nicht um Ihre Schwester?», fragte er. «Sie würde ihn bestimmt erhören.»

Die Familie traute Gertrude einiges an Leichtfertigkeit zu, aber so weit hatte sich ihre Leichtfertigkeit noch nicht verstiegen. Andererseits bewegte es sie sehr, dass Felix etwas bestimmt zu wissen glaubte, und so versuchte sie, als sie den Blick zu ihm hob, für ein paar Sekunden mit aller Macht dieses wunderbare Bild einer Liebesgeschichte zwischen ihrer Schwester und ihrem Verehrer heraufzubeschwören. Wir wissen, dass Gertrude Fantasie besaß; es ist also nicht unmöglich, dass diese Anstrengung teilweise Erfolg hatte. Doch sie murmelte nur: «Ach Felix! Ach Felix!»

«Warum sollten die beiden nicht heiraten? Versuchen Sie doch, sie zu verheiraten!», rief Felix.

«Versuchen, sie zu verheiraten?»

«Sorgen Sie dafür, dass sich das Blatt wendet. Dann werden sie Sie in Ruhe lassen. Ich will Ihnen dabei helfen, so gut ich kann.»

Gertrudes Herz begann heftig zu pochen, sie war sehr aufgeregt. Noch nie hatte ihr jemand etwas so Interessantes vorgeschlagen. Felix hatte wieder zu rudern begonnen und brachte das Boot nun mit langen Ruderschlägen zur Anlegestelle. «Ich glaube, sie hat ihn wirklich gern!», sagte Gertrude, nachdem sie ausgestiegen waren.

«Natürlich, und wir werden sie verheiraten. Das macht

sie glücklich, das macht alle glücklich. Dann feiern wir eine Hochzeit, und ich dichte ein Epithalamium[53].»

«Dann wäre wohl auch ich glücklich», sagte Gertrude.

«Darüber, dass Sie Mr. Brand los wären? Dass Sie Ihre Freiheit wiedererlangten?»

Gertrude wanderte weiter. «Darüber, dass meine Schwester mit einem so guten Mann verheiratet wäre.»

Felix lachte leise auf. «Immer begründen Sie alles auf solche Weise, niemals sprechen Sie in Ihrem eigenen Interesse. Hier haben alle ständig Angst, egoistisch zu sein. Ich glaube aber, dass Sie dazu gar nicht fähig sind», fuhr er fort. «Darf ich es Ihnen zeigen? Es wird auch mich glücklich machen, und zwar aus einem Grund, der dem vorher genannten genau entgegengesetzt ist. Wenn ich Ihnen nämlich danach den Hof mache, müssen Sie glauben, dass es mir ernst ist.»

«Ich werde niemals glauben, es könne Ihnen mit irgendetwas ernst sein», sagte Gertrude. «Sie sind viel zu verrückt.»

«Ah», rief Felix, «das ist ein Freibrief, alles zu sagen! Gertrude, ich bete Sie an!»

8

Als sie zu Hause anlangten, waren Charlotte und Mr. Brand noch nicht zurückgekehrt, aber die Baronin war zum Tee gekommen und ebenso Robert Acton, der nun regelmäßig um einen Platz an diesem üppigen gedeckten Tisch bat oder später am Abend erschien.

Clifford Wentworth kommentierte dies jungenhaft brummig. «Neuerdings kommst du immer zum Tee, Robert», sagte er. «Man sollte meinen, du hättest in China genug Tee getrunken.»

«Seit wann kommt Mr. Acton häufiger?», fragte die Baronin.

«Seit Sie hier sind», sagte Clifford. «Anscheinend sind Sie eine Art Attraktion.»

«Ich bin wohl eher ein Kuriosum», sagte die Baronin. «Geben Sie mir ein wenig Zeit, und ich eröffne Ihnen einen *salon.*»

«Der wird auseinanderbrechen, wenn Sie fortgehen!», rief Acton.

«Sprechen Sie nicht so selbstverständlich von ihrem Fortgehen», sagte Clifford. «Das macht mich schwermütig.»

Mr. Wentworth warf seinem Sohn einen Blick zu, nahm diese Worte zur Kenntnis und fragte sich, ob Felix ihm gemäß seinem skizzierten Plan nahegelegt hatte, der Gemahlin eines deutschen Prinzen den Hof zu machen.

Charlotte kam mit Mr. Brand zu spät, doch Gertrude – ihr hatte Felix sehr wohl einen Gedanken nahegebracht – suchte in ihrem Gesicht vergeblich nach Spuren einer schuldbewussten Leidenschaft. Mr. Brand setzte sich neben Gertrude, und sie fragte ihn sofort, warum sie nicht über den Teich gerudert waren und sich zu Felix und ihr gesellt hatten.

«Das ist eine grausame Frage», antwortete er sehr leise. Er hatte ein großes Stück Kuchen vor sich stehen, spielte aber nur damit herum, statt zu essen. «Ich finde manchmal, Sie werden immer grausamer», fügte er hinzu.

Gertrude sagte nichts. Sie fürchtete sich zu sprechen. In ihrem Herzen nistete so etwas wie Wut; leicht hätte sie sich einreden können, sie werde verfolgt. Sie sagte sich, es sei durchaus richtig, wenn sie sich von ihm nicht glauben machen lasse, sie sei im Unrecht. Sie dachte an das, was Felix gesagt hatte. Ja, sie wünschte sich tatsächlich, Mr. Brand würde Charlotte heiraten. Sie wandte den Blick ab und sagte nichts mehr. Schließlich aß Mr. Brand seinen Kuchen, während Felix, der ihnen gegenübersaß, Mr. Wentworth die Duelle der Studenten in Heidelberg[54] schilderte. Nach dem Tee verteilten sich alle wie immer auf der Veranda und im Garten. Wieder näherte Mr. Brand sich Gertrude.

«Ich bin heute Nachmittag nicht zu Ihnen gekommen, weil Sie nicht allein waren», begann er, «weil Sie mit einem neueren Freund zusammen waren.»

«Felix? Der ist mittlerweile ein alter Freund.»

Mr. Brand blickte kurz zu Boden. «Ich dachte, ich sei darauf gefasst, Sie etwas Derartiges sagen zu hören», fing er wieder an. «Aber es tut sehr weh.»

«Ich wüsste nicht, was ich sonst sagen sollte», antwortete Gertrude.

Mr. Brand wanderte eine Weile schweigend neben ihr her. Gertrude wünschte sich, er würde weggehen. «Er ist sicher sehr kultiviert. Aber ich denke, ich sollte Sie warnen.»

«Mich warnen?»

«Ich glaube, ich kenne Ihr Wesen.»

«Das glaube ich nicht», sagte Gertrude mit einem leisen Lachen.

«Sie stellen sich schlimmer hin, als Sie sind – um ihm zu gefallen», sagte Mr. Brand sanft.

«Schlimmer – um ihm zu gefallen? Was meinen Sie damit?», fragte Gertrude und blieb stehen.

Mr. Brand blieb ebenfalls stehen und sagte mit der immer gleichen sanften Aufrichtigkeit: «Ihm liegt nichts an den Dingen, die Ihnen am Herzen liegen – den großen Fragen des Lebens.»

Gertrude blickte ihn unverwandt an und schüttelte den Kopf. «Mir liegt nichts an den großen Fragen des Lebens. Die übersteigen meine Fähigkeiten.»

«Es gab eine Zeit, da haben Sie nicht so gesprochen», sagte Mr. Brand.

«Nun ja», versetzte Gertrude, «Sie bringen mich offenbar dazu, eine Menge Unsinn zu reden. «Außerdem hängt es davon ab, was man die großen Fragen des Lebens nennt. Es gibt sehr wohl Dinge, die mir am Herzen liegen.»

«Sind das die Dinge, die Sie mit Ihrem Cousin besprechen?»

«Sie sollten vor mir nicht schlecht über meinen Cousin reden, Mr. Brand. Das ist ehrlos.»

Er hörte sich das höflich an, dann antwortete er mit einem leichten Zittern in der Stimme: «Ich tue ungern etwas Ehrloses. Aber ich wüsste nicht, warum es ehrlos sein sollte, Ihren Cousin leichtsinnig zu nennen.»

«Sagen Sie ihm das bitte selbst!»

«Er würde mir vermutlich recht geben», sagte Mr. Brand. «Das ist nämlich genau der Ton, den er anschlägt. Er würde sich dessen nicht schämen.»

«Dann schäme ich mich auch nicht!», erklärte Gertrude. «Wahrscheinlich mag ich ihn gerade deshalb. Ich bin selbst leichtsinnig.»

«Wie ich schon sagte: Sie versuchen sich selbst schlechtzumachen.»

«Ich versuche ausnahmsweise, natürlich zu sein!», rief Gertrude leidenschaftlich. «Ich habe mich mein Leben lang verstellt, ich war unehrlich, und Sie haben mich dazu gebracht!» Mr. Brand blieb stehen und starrte sie an, und sie fuhr fort: «Warum soll ich nicht leichtsinnig sein, wenn ich das möchte? Man hat das Recht, leichtsinnig zu sein, wenn man so veranlagt ist. Nein, mir liegt nichts an den großen Fragen. Mir liegt an Freude und Vergnügen. Vielleicht mag ich das Böse, das ist gut möglich!»

Immer noch starrte Mr. Brand sie an, er war sogar ein wenig bleich geworden, als habe er Angst bekommen. «Ich glaube, Sie wissen nicht, was Sie sagen!», rief er.

«Vielleicht nicht. Vielleicht rede ich Unsinn. Aber ich rede nur bei Ihnen Unsinn, bei meinem Cousin nie.»

«Ich werde noch einmal mit Ihnen sprechen, wenn Sie weniger erregt sind», sagte Mr. Brand.

«Ich rege mich immer auf, wenn Sie mit mir reden. Das muss ich Ihnen sagen – auch wenn es Sie für immer vertreibt. Es reizt mich, wenn Sie mit mir sprechen. Bei meinem Cousin ist das ganz anders. Da erscheint mir alles ruhig und natürlich.»

Er sah sie an, dann wandte er den Blick wie in hilflosem Leid ab, sah in den dämmrigen Garten und hinauf zu den blassen Sommersternen. Plötzlich drehte er sich um und stöhnte leise: «Gertrude! Gertrude! Werde ich Sie wirklich verlieren?»

Sie war bewegt, war schmerzlich berührt, aber sie sprach es nicht aus; ihr war etwas Besseres eingefallen. Es hätte die Qual ihres Begleiters nicht gelindert, wenn er geahnt hätte, welcher Geistesverwandte sie auf diese Idee gebracht hatte. «Sie tun mir nicht leid», sagte Gertrude, «denn wenn Sie mir so viel Aufmerksamkeit schenken, folgen Sie damit nur einem Phantom – Sie verschwenden etwas Kostbares. Es gibt etwas anderes, was Sie haben könnten, aber gar nicht beachten – etwas Besseres als mich. Das ist eine Tatsache!» Und damit blickte sie ihn bedeutungsvoll an und versuchte ein wenig zu lächeln. Er fand dieses Lächeln höchst merkwürdig. Doch sie kehrte um und ließ ihn stehen.

Sie schlenderte allein durch den Garten und fragte sich, was Mr. Brand wohl von ihren Worten gehalten hatte, die zu äußern ihr eine ungewöhnliche Lust gewesen war. Als sie kurz darauf an der Vorderseite des Hauses entlangging, sah sie von Weitem zwei Personen am Gartentor stehen. Mr. Brand brach gerade auf und sagte Charlotte, die ihn vom Haus zum Tor begleitet hatte, Gute Nacht. Gertrude sah, dass sich der Abschied in die Länge zog. Dann drehte sie ihnen den Rücken zu. Doch sie war noch nicht weit gegangen, da hörte sie, dass ihre Schwester ihr langsam folgte. Sie wandte sich weder um, noch wartete sie auf sie. Sie wusste, was Charlotte sagen würde. Als Charlotte sie schließlich einholte, begann sie tatsächlich gleich zu reden; sie schob ihren Arm in den von Gertrude.

«Magst du mir zuhören, Liebes, wenn ich dir etwas sehr Heikles sage?»

«Ich weiß, was du sagen willst», entgegnete Gertrude. «Mr. Brand geht es sehr schlecht.»

«Ach Gertrude, wie kannst du ihn nur so behandeln?», fragte Charlotte. Und da ihre Schwester keine Antwort gab, fügte sie hinzu: «Nach alldem, was er für dich getan hat!»

«Was hat er denn für mich getan?»

«Wie kannst du das nur fragen, Gertrude? Er hat dir so geholfen. Du hast es mir selbst erzählt, viele Male. Du hast mir erzählt, dass er dir geholfen hat, gegen deine … deine Eigenheiten anzukämpfen. Du hast erzählt, er hätte dir beigebracht, dich zu beherrschen.»

Einen Augenblick sagte Gertrude nichts. Dann fragte sie: «War ich sehr jähzornig?»

«Ich mache dir keine Vorwürfe, Gertrude», sagte Charlotte.

«Was dann?», fragte ihre Schwester mit einem kurzen Lachen.

«Ich spreche für Mr. Brand, ich erinnere dich daran, was du ihm schuldig bist.»

«Ich habe alles zurückerstattet», sagte Gertrude, wieder mit ihrem kleinen Lachen. «Er kann die Tugend, die er mir beigebracht hat, wiederhaben. Ich will wieder böse sein.»

Die Schwester blieb stehen und blickte sie im Dunkeln unverwandt und liebevoll tadelnd an. «Wenn du so daherredest, glaube ich dir fast. Bedenke doch, was wir Mr. Brand verdanken. Denk daran, dass er immer etwas von dir erwartet hat. Denk daran, wie viel er uns bedeutet hat. Denk an seinen heilsamen Einfluss auf Clifford.»

«Er ist ein sehr guter Mensch», sagte Gertrude und blickte ihre Schwester an. «Ich weiß, er ist sehr gut. Aber er sollte nicht schlecht über Felix reden.»

«Auch Felix ist gut», antwortete Charlotte leise, aber rasch. «Felix ist ganz wunderbar. Aber er ist so anders. Mr. Brand ist uns viel näher. Ich käme nie auf den Gedanken, mit einer Sorge, einer Frage zu Felix zu gehen. Mr. Brand bedeutet uns viel mehr, Gertrude.»

«Er ist sehr, sehr gut», wiederholte Gertrude. «Dir bedeutet er mehr, ja, viel mehr. Charlotte», fügte sie plötzlich hinzu, «du bist in ihn verliebt.»

«O Gertrude!», rief die arme Charlotte, und ihre Schwester sah sie in der Dunkelheit erröten.

Gertrude legte den Arm um sie. «Ich wollte, er würde dich heiraten», fuhr sie fort.

Charlotte schüttelte sie ab. «So etwas darfst du nicht sagen», stieß sie im Flüsterton hervor.

«Du hast ihn lieber, als du zugibst, und er hat dich lieber, als er weiß.»

«Das ist sehr grausam von dir!», murmelte Charlotte Wentworth.

Grausam hin oder her, Gertrude machte gnadenlos weiter. «Nicht, wenn es zutrifft», antwortete sie. «Ich wollte, er würde dich heiraten.»

«Bitte sei still.»

«Ich werde es ihm sagen.»

«O Gertrude, Gertrude!», stöhnte die Schwester.

«Ja, wenn er wieder mit mir über mich spricht. Ich werde sagen: ‹Warum heiraten Sie nicht Charlotte? Sie ist tausendmal besser als ich.›»

«Du *bist* böse, du hast dich so verändert!», rief die Schwester.

«Wenn du das nicht möchtest, kannst du es verhindern», sagte Gertrude. «Du kannst es verhindern, indem du ihn davon abhältst, mit mir zu sprechen.» Und damit ging sie von dannen, im vollen Bewusstsein dessen, was sie getan hatte. Sie prüfte es und empfand eine gewisse Freude und ein lebhaftes Gefühl der Freiheit.

Mr. Wentworth hatte sich mit seinem Verdacht, Clifford mache seiner geistvollen Cousine bereits hemmungslos die ersten Komplimente, gewaltig geirrt, denn der junge Mann hatte in Wirklichkeit viel mehr Hemmungen, als seine Familie ihm zutraute. Schon seine offenkundige Schüchternheit bewies, dass Ausschweifungen nicht seine Sache waren. Seine zaghaften universitären Sünden hatten zu Hause ein Gemurmel erzeugt, das dem jungen Mann genauso unangenehm war wie einem Einbrecher das Knarzen seiner Stiefel. Doch so wie der Einbrecher die Sache vereinfacht, indem er seine *chaussures*[55] auszieht, befand Clifford, der schnellste Weg zu angenehmen zwischenmenschlichen Beziehungen – Beziehungen, bei denen er nicht immer befürchten musste, jeder, der mit ihm sprach, wolle ihn erziehen – bestehe darin, jeglichen Ehrgeiz hinsichtlich einer Karriere als ruchloser Lumpenhund aufzugeben. Und tatsächlich nahm Cliffords Ehrgeiz die lobenswertesten Formen an. Er sah sich in der Zukunft als der bekannte und beliebte Mr. Wentworth aus Boston, der im natürlichen Verlauf einer gedeihlichen Entwicklung seine hübsche Cousine Lizzie Acton geheiratet hatte, in einem breitbrüstigen Haus in Sichtweite des Boston Common[56] wohnte und einen leichten Buggy mit einem schönen Fuchsgespann über die feuchten, herbstlichen Straßen kutschierte. Cliffords Vision der kommenden Jahre war recht schlicht; am deutlichsten zeichneten sich das familieninterne Ehebündnis und die Verdoppelung seines Traberbestands ab. Er hatte seiner Cousine noch keinen Antrag gemacht, gedachte dies aber zu tun, sobald er die Universität absolviert hatte. Lizzie war sich seiner Absichten gelassen bewusst und zu dem Schluss gekommen, dass er sich gewiss bessern werde. Ihr Bruder, der die heitere, flinke, tüchtige kleine Lizzie sehr gern hatte, sah seinerseits keinen Grund, dazwischenzutreten. Für ihn entsprach es einer erfreulichen gesellschaftlichen Spielregel, dass Clifford und seine Schwester sich verlobten. Er selbst war nicht verlobt, aber zum Glück waren alle anderen nicht so töricht wie er. Er hatte auch Clifford sehr gern und machte sich auf die Fehltritte, die zu dessen zwangsweisem Ausscheiden aus der nahen Stätte der Gelehrsamkeit geführt hatten, seinen eigenen Reim – wofür er sich zugegebenermaßen ein wenig schämte. Acton hatte die Welt gesehen, wie er sich sagte. Er war in China gewesen und hatte viele Menschen kennengelernt. Er kannte den entscheidenden Unterschied zwischen einem netten Kerl und einem schlechten Kerl und war überzeugt, dass Clifford kein Wässerchen trüben konnte. Er glaubte – auch wenn man hinzufügen muss, dass ihm der Mut fehlte, dies lauthals zu verkünden – an die Lehre vom Hörnerabstoßen und hielt sie für eine nützliche Schutzmaßnahme gegen übertriebene Befürchtungen. Wenn Mr. Wentworth, Charlotte und Mr. Brand sie in Cliffords Fall beherzigen würden, wären sie um einiges glücklicher, und Acton fand es bedauerlich, dass ihnen das nicht gelang. Sie nahmen sich das Vergehen des Jungen zu sehr zu Herzen; sie sprachen zu streng mit ihm, sie schüchterten ihn ein und verwirrten ihn. Natürlich gab es elementare moralische Richtlinien, die es untersagten, dass sich ein Mann betrank, um Geld Billard spielte oder sein sinnliches Bewusstsein verfeinerte, aber musste man wirklich befürchten, dass der arme Clifford grundlegende Normen zu Fall brachte? Es wäre Acton indes niemals in den Sinn gekommen, die Baronin Münster für die Rettung eines widerspenstigen Studenten zu verwenden. Dieses Instrument hätte er als zu kompliziert für die Operation erachtet. Felix' Vorschlag wiederum gründete auf dessen Überzeugung, je charmanter eine Frau sei, desto zahlreicher (im wahrsten Sinne des Wortes) seien die Möglichkeiten, sie gesellschaftlich sinnvoll einzusetzen.

Eugenia selbst hatte, wie wir wissen, reichlich Muße, ihre Verwendungsmöglichkeiten aufzuzählen. Wie ich bereits die Ehre hatte anzudeuten, war sie viertausend Meilen gereist, um ihr Glück zu suchen, und es ist nicht anzunehmen, dass sie nach dieser gewaltigen Anstrengung in der Situation war, auch nur irgendeine Aufstiegshilfe auszuschlagen. Pech für mich, dass ich bei meinem Versuch, das Verhalten dieser bemerkenswerten Frau in einem kleinen Rahmen zu beschreiben, die Dinge ziemlich brutal beim Namen nennen muss. Dies ist meines Erachtens der Fall, wenn ich zum Beispiel sage, dass sie eine solche Aufstiegshilfe in erster Linie in Robert Acton gesehen hatte, sich später aber vor Augen hielt, dass ein kluger Schütze immer zwei Pfeile im Köcher hat. Eugenia war eine Frau mit fein verwobenen Motiven, ihre Absichten waren nie merklich plump. Für Clifford schwebte ihr so etwas wie ein ästhetisches Ideal vor, das ihr als hinreichend selbstloser Grund erschien, ihn unter ihre Fittiche zu nehmen. Es war völlig in Ordnung, wenn ein frischer junger Herr unbefangen war, aber Clifford war regelrecht ungehobelt. Mit einem so hübschen Gesicht sollte er auch hübschere Manieren haben. Sie wollte ihm beibringen, dass der alleinige Sohn aus einem guten Haus, der mit einem großen Vermögen und, wie man in Europa sagte, gesellschaftlichem Renommee rechnen durfte, wissen musste, wie man sich benahm.

Nachdem Clifford einmal angefangen hatte, sie von sich aus und in eigener Sache zu besuchen, kam er sehr oft. Er wusste eigentlich nicht so recht, warum er überhaupt kam, er sah sie fast jeden Abend im Haus seines Vaters und hatte ihr nichts Besonderes mitzuteilen. Sie war kein junges Mädchen, und Burschen in seinem Alter besuchten nur junge Mädchen. Er dramatisierte ihr Alter, er sah in ihr eine alte Frau. Ein Glück, dass die Baronin bei all ihrer Intelligenz davon nichts ahnte. Allmählich fiel Clifford allerdings etwas auf: Das Besuchen alter Frauen mochte keine angeborene Vorliebe sein, man konnte sich jedoch, wie man es von mancher Schonkost behauptete, daran gewöhnen. Die Baronin war auf jeden Fall eine sehr unterhaltsame alte Frau. Sie sprach mit ihm, wie noch keine Dame – und nicht einmal ein Herr – je mit ihm gesprochen hatte.

«Sie sollten nach Europa fahren und die Grand Tour machen», sagte sie eines Nachmittags zu ihm. «Natürlich gehen Sie auf Reisen, sobald Sie mit der Universität fertig sind.»

«Ich will aber nicht verreisen», erklärte Clifford. «Ich kenne ein paar Studenten, die in Europa gewesen sind. Die sagen, hier kann man sich besser amüsieren.»

«Das kommt darauf an. Es kommt auf Ihre Vorstellung von *amusement* an.» Es war eins jener Wörter, bei denen die Baronin die französische Form verwendete. «Ihre Freunde waren wahrscheinlich nicht eingeführt.»

«Eingeführt?», fragte Clifford.

«Sie hatten keine Möglichkeit, in besseren Kreisen zu verkehren, sie haben keine Beziehungen geknüpft.»

«In Paris sind sie auf einen Ball gegangen, das weiß ich», sagte Clifford.

«Nun ja, es gibt solche und solche Bälle, vor allem in Paris. Nein, Sie müssen unbedingt reisen, das ist unerlässlich. Sie brauchen das.»

«Mir geht es doch gut», sagte Clifford. «Ich bin nicht krank.»

«Nicht aus gesundheitlichen Gründen, mein armes Kind, sondern wegen Ihrer Manieren.»

«Ich habe keine ‹Manieren›», brummte Clifford.

«Eben. Sie haben nichts dagegen, wenn ich Ihnen hierin recht gebe?», fragte die Baronin mit einem Lächeln. «Sie müssen nach Europa reisen und sich welche zulegen. Dort sind sie leichter zu erwerben als hier. Schade, dass Sie nicht kommen konnten, als ich in ... in Deutschland gelebt habe. Ich hätte Sie in die Gesellschaft eingeführt, ich hatte einen reizenden kleinen Zirkel. Sie wären vielleicht etwas jung gewesen, aber je eher man damit anfängt, desto besser, finde ich. Jetzt gilt es jedenfalls keine Zeit zu verlieren, und wenn ich zurückfahre, müssen Sie mich gleich besuchen.»

All dies war in Cliffords Augen ein überwältigendes Sammelsurium – dass er jung anfangen, Eugenia nach Europa zurückkehren und er in ihren reizenden kleinen Zirkel eingeführt werden sollte. Womit genau sollte er anfangen, und was war dieser kleine Zirkel? Sein Bild von ihrer Ehe war reichlich verschwommen, aber immerhin so fest umrissen, dass er glaubte, nicht offen darüber sprechen zu dürfen. Er saß da und sah sich im Zimmer um. Vermutlich spielte sie irgendwie auf ihre Ehe an.

«Nein, ich will nicht nach Deutschland», sagte er. Diese Äußerung erschien ihm am zweckdienlichsten.

Sie sah ihn eine Weile an, lächelte mit dem Mund, aber nicht mit den Augen.

«Haben Sie Bedenken?», fragte sie.

«Bedenken?», sagte Clifford.

«Die jungen Leute hier sind sehr sonderbar, man weiß nie, worauf man sich gefasst machen muss. Wenn sie nicht extrem unartig sind, sind sie fürchterlich artig. Wahrscheinlich glauben Sie, dass ich mich wegen meiner nicht standesgemäßen Ehe nur mit leichtlebigen Leuten umgeben habe. Doch da irren Sie sich. Ich war nämlich umso wählerischer.»

«Aber nein», sagte Clifford, ehrlich betroffen. «So etwas habe ich nie gedacht.»

«Bestimmt nicht? Ich bin überzeugt, dass Ihr Vater so denkt und Ihre Schwestern ebenfalls. Sie sagen sich, dass ich mich hier von meiner guten Seite zeige, drüben aber – wegen meiner Ehe zur linken Hand – mit leichten Frauen verkehre.»

«O nein», rief Clifford energisch, «sie sagen nichts dergleichen!»

«Falls sie es denken, ist es besser, sie sagen es auch», versetzte die Baronin. «Dann kann man ihnen widersprechen. Bitte, widersprechen Sie, wenn Sie so etwas hören, und wenn Sie mich drüben besuchen, brauchen Sie keine Angst vor der Gesellschaft zu haben, in der ich verkehre. Ich habe die Ehre, mehr vornehme Männer zu kennen, als Sie, mein armes Kind, wahrscheinlich im ganzen Leben zu Gesicht bekommen werden. Ich verkehre nur mit wenigen Frauen, aber dies sind Damen von Rang. Sie haben also nichts zu befürchten, mein lieber junger Puritaner. Ich gehöre keineswegs zu denen, die der Meinung sind, um einen Jungen zum Mann zu machen, sei die Gesellschaft jener Frauen vonnöten, die ihren Platz in der *vrai monde*[57] verloren haben. Auf dieses Niveau habe ich mich nie herabgelassen. Ich habe meinen Platz behalten, und ich glaube, wir sind eine bessere Schule als die anderen. Vertrauen Sie mir, Clifford, und ich werde es Ihnen beweisen», fuhr die Baronin fort, während ihr der angenehme Gedanke kam, dass man ihr wenigstens nicht vorwerfen könne, sie verführe ihren jungen Verwandten. «Wenn Sie also jemals unter die Räuber fallen, behaupten Sie nicht, ich hätte sie Ihnen auf den Hals geschickt.»

Clifford fand es komisch, dass er trotz ihrer bildhaften Sprache verstand, was sie meinte, und dass sie meinte, was er verstand, und er konnte nicht umhin, leise zu lachen, obwohl er versuchte, es sich zu verbeißen. «O nein, nein, nein!», murmelte er.

«Lachen Sie nur, lachen Sie nur, wenn ich Sie amüsiere», rief die Baronin, «dafür bin ich da!» Clifford fand sie tatsächlich sehr amüsant. «Aber vergessen Sie nicht», sagte sie gleich darauf, «dass Sie – nächstes Jahr – hinüberfahren und mich besuchen müssen.»

Etwa eine Woche später fragte sie ihn rundheraus: «Machen Sie Ihrer kleinen Cousine ernsthaft den Hof?»

«Ernsthaft den Hof machen», diese Worte klangen für Cliffords Empfinden aus Madame Münsters Mund ominös und peinlich; er zauderte zu bejahen, aus Furcht, er würde sich zu mehr verpflichten, als ihm bewusst war. «Wenn es so wäre, würde ich es nicht sagen!», rief er.

«Warum würden Sie es nicht sagen?», fragte die Baronin. «Solche Dinge sollten bekannt sein.»

«Es ist mir egal, ob es bekannt ist oder nicht. Aber ich mag es nicht, wenn mich die Leute länger ansehen.»

«Ein junger Mann in Ihrer gesellschaftlichen Stellung muss lernen, Beobachtung zu ertragen und sich so zu benehmen, als sei sie ihm völlig gleichgültig. Um genau zu sein: Ich meine nicht ahnungslos», führte die Baronin aus. «Nein, er muss so wirken, als wisse er, dass er beobachtet wird, halte dies aber für selbstverständlich und sei längst daran gewöhnt. Aber so weit sind Sie noch nicht, Clifford, so weit sind Sie noch lange nicht. Und Sie müssen es lernen, verstehen Sie. Sagen Sie nicht, Sie seien kein junger Mann in gehobener gesellschaftlicher Stellung», fuhr Eugenia fort. «Solche Plattitüden will ich nicht hören.»

«Aber nein, kein Gedanke dran!», rief Clifford.

«Ja, Sie müssen nach Deutschland kommen», fuhr Madame Münster fort. «Ich werde Ihnen zeigen, wie Leute, über die geredet wird, es fertigbringen, dies scheinbar nicht wahrzunehmen. Man wird natürlich auch über Sie reden, wenn Sie bei mir sind, man wird sagen, Sie seien mein Liebhaber. Ich werde Ihnen zeigen, wie wenig einen das zu kümmern braucht – wie wenig es mich kümmern wird.»

Clifford saß da, starrte sie an, errötete und lachte. «Mich wird es sehr wohl bekümmern!», erklärte er.

«Aber nicht zu sehr, das wäre unhöflich. Ich gestatte Ihnen jedoch ein wenig Kümmernis, vor allem wenn Sie Miss Acton leidenschaftlich lieben. *Voyons*, was das betrifft: Entweder Sie lieben sie oder Sie lieben sie nicht. Das können Sie doch ganz einfach sagen.»

«Ich verstehe nicht, warum Sie das wissen wollen», sagte Clifford.

«Sie sollten sich wünschen, dass ich es weiß. Wenn man eine Ehe einfädelt, erzählt man es seinen Freunden.»

«Ich fädle gar nichts ein», sagte Clifford.

«Sie haben nicht vor, Ihre Cousine zu heiraten?»

«Ich denke doch, ich werde das tun, was ich will!»

Die Baronin ließ den Kopf gegen die Rückenlehne ihres Sessels sinken und schloss die Augen, als wäre sie müde. Dann schlug sie sie wieder auf und sagte: «Ihre Cousine ist ganz entzückend!»

«Sie ist das hübscheste Mädchen hier», erwiderte Clifford.

«‹Hier› bedeutet nicht viel. Sie wäre überall entzückend. Ich fürchte, Sie sind ihr schon ins Netz gegangen.»

«O nein, ich bin ihr nicht ins Netz gegangen.»

«Sind Sie verlobt? In Ihrem Alter ist das das Gleiche.»

Clifford sah die Baronin an, eine gewisse Kühnheit im Blick. «Werden Sie es auch niemandem sagen?»

«Wenn es etwas so Hochheiliges ist – nein.»

«Also gut – wir sind nicht verlobt!», sagte Clifford.

«Das ist das große Geheimnis – dass Sie nicht verlobt sind?», fragte die Baronin, hellauf lachend. «Das freut mich sehr. Sie sind viel zu jung dazu. Ein junger Mann in Ihrer Position muss wählen und vergleichen dürfen; er muss erst einmal die Welt sehen. Glauben Sie mir», fügte sie hinzu, «Sie sollten diese Angelegenheit nicht entscheiden, bevor Sie ins Ausland gereist sind und mich besucht haben. Es gibt da so einiges, worauf ich erst einmal Ihre Aufmerksamkeit lenken möchte.»

«Mir ist ein wenig bang vor diesem Besuch», sagte Clifford. «Es kommt mir so vor, als sollte ich noch einmal in die Schule gehen.»

Die Baronin warf ihm einen kurzen Blick zu. «Mein liebes Kind», sagte sie, «es gibt keinen liebenswürdigen Mann, der nicht irgendwann bei einer klugen Frau – die wahrscheinlich ein bisschen älter war als er – in die Schule gegangen ist. Und Sie müssen dankbar sein, wenn Sie Ihren Unterricht gratis bekommen. Bei mir bekommen Sie ihn gratis.»

Am nächsten Tag erzählte Clifford Lizzie Acton, dass die Baronin sie für das entzückendste Mädchen halte, das sie je gesehen habe.

Lizzie schüttelte den Kopf. «Nein, das tut sie nicht!», sagte sie.

«Glaubst du, dass sie bei allem, was sie sagt, das Gegenteil meint?», fragte Clifford.

«Ja, das glaube ich», bestätigte Lizzie.

Clifford wollte schon anmerken, dass sich die Baronin in diesem Fall offenbar sehnlichst wünsche, eine Heirat zwischen Mr. Clifford Wentworth und Miss Elizabeth Acton zuwege zu bringen, doch dann beschloss er, sich diese Äußerung zu verkneifen.

9

Seit Eugenia in seinem Haus gewesen war, kam es Robert Acton so vor, als sei mit ihnen etwas geschehen, was ihre Vertrautheit vertieft habe. Was genau, war schwer zu sagen – abgesehen davon, dass sie ihm erzählt hatte, in Bezug auf den Prinzen Adolf habe sie eine Entscheidung getroffen –, denn an ihrem Umgang miteinander hatte sich seit Madame Münsters Besuch nichts verändert. Er kam sehr oft zu ihr, aber er war auch schon vorher sehr oft bei ihr gewesen. Er fühlte sich wohl in ihrem kleinen Salon, aber auch das war nichts Neues. In einer Hinsicht jedoch hatte sich etwas gewandelt: Wenn ihm die Baronin schon bisher viel zu denken gegeben hatte, so ging sie ihm jetzt gar nicht mehr aus dem Sinn. Von Anfang an hatte ihr Äußeres ihn fasziniert, doch nun war die Faszination auch eine geistige. Ständig sann er über ihre Worte und Handlungen nach, sie erschienen ihm so interessant wie die Bestandteile eines algebraischen Problems. Und das wollte etwas heißen, denn Acton liebte die Mathematik. Er fragte sich, ob es möglich war, dass er in sie verliebt war, und hoffte dann, er möge es nicht sein – hoffte es weniger um seiner selbst als um der Liebesleidenschaft willen. Wenn das Liebe war, so wurde die Liebe überschätzt. Liebe war doch eine poetische Kraft, und seine eigene Gemütsverfassung in Bezug auf die Baronin war hauptsächlich von einem höchst prosaischen Gefühl geprägt, der Neugier. Es stimmte schon, wie Acton in seiner ruhigen, nachdenklichen Art bei sich bemerkte, dass die Neugier sich, bis zu einem bestimmten Punkt getrieben, zu einer romantischen Leidenschaft auswachsen konnte, und er dachte gewiss genug über diese charmante Frau nach, um unruhig und sogar ein bisschen schwermütig zu werden. Es verwirrte und quälte ihn manchmal, dass er nicht feuriger war. Er war keineswegs erpicht darauf, ledig zu bleiben. In jüngeren Jahren war er der Meinung gewesen – oder hatte versucht, der Meinung zu sein –, es wäre viel «lustiger», nicht zu heiraten, und hatte sich eingebildet, sein Junggesellendasein habe etwas von einer Festung. Jetzt war es jedenfalls eine Festung, deren Außenwerke er längst dem Erdboden gleichgemacht hatte. Er hatte die Kanonen von den Wällen entfernt und die Zugbrücke über den Graben hinabgelassen. Diese Zugbrücke war unter Madame Münsters Schritten leicht ins Schwanken geraten. Warum sollte er nicht dafür sorgen, dass sie wieder hochgezogen wurde, sodass die Baronin gefangen war? Er hatte das Gefühl, sie würde – zumindest im

Lauf der Zeit und wenn sie sah, welche Annehmlichkeiten das Gebäude für eine Dame behaglich machten – eine leidlich geduldige Gefangene sein. Aber die Zugbrücke wurde nicht hochgezogen, und Actons illustre Besucherin konnte ebenso ungehindert fortgehen, wie sie gekommen war. Hinter seiner Neugier steckte auch der Wunsch, zu begreifen, warum zum Teufel ein so empfindsamer Mann in eine so charmante Frau nicht verliebt war. Wenn ihre vielfältigen Reize wie beschrieben die Bestandteile eines algebraischen Problems waren, dann war die Antwort auf diese Frage die dazugehörige unbekannte Größe. Die Suche nach dieser unbekannten Größe war überaus fesselnd; zurzeit beanspruchte sie Actons sämtliche Geisteskräfte.

Etwa Mitte August musste Acton für einige Tage von zu Hause fort. Ein alter Freund, mit dem er in China zu tun gehabt hatte, bat ihn, nach Newport zu kommen, wo er schwer krank darniederlag. Der Freund erholte sich, und nach einer Woche wurde Acton entlassen. Ich verwende absichtlich das Wort «entlassen», denn trotz seiner Verbundenheit mit dem chinesischen Kameraden hatte er den Besuch nur halbherzig absolviert. Er fühlte sich, als sei er während eines außergewöhnlich interessanten Dramas aus dem Theater weggeholt worden. Der Vorhang war die ganze Zeit offen, und er verpasste den vierten Akt, jenen vierten Akt, der doch für das Verständnis des fünften unentbehrlich war. Mit anderen Worten, er dachte an die Baronin, die ihm aus dieser Entfernung betrachtet wahrhaft glanzvoll erschien. Er begegnete in Newport vielen hübschen Frauen, die so glanzvoll aussahen, wie sich das mit schönen, hellen Kleider nur irgend erreichen lässt, aber obgleich sie viel redeten – und die Stärke der Baronin lag vielleicht auch in ihrer Konversation –, zog Madame Münster bei einem Vergleich nicht den Kürzeren. Er wünschte, sie wäre auch nach Newport gekommen. War es nicht möglich, eine sogenannte Landpartie zu machen, den berühmten Badeort zu besichtigen und Eugenia dazu einzuladen? Wirklich befriedigend wäre es allerdings, wenn er vierzehn Tage mit Eugenia allein in Newport verbringen könnte. Es wäre ein großes Vergnügen, ihr zuzuschauen, wie sie auf der ganzen Linie siegte, woran er nicht zweifelte. Als Acton sich bei diesen Gedanken ertappte, begann er auf und ab zu gehen, die Hände in den Taschen, die Stirn leicht gerunzelt, den Blick zu Boden gerichtet. Was bewies das (denn es bewies eindeutig etwas), dieses ausgeprägte Verlangen, sich mit Madame Münster fortzustehlen, weg von allen anderen? Diese Vision war sicher ein subtiler Fingerzeig in Richtung Eheschließung, sollte die Baronin ihren halboffiziellen Ehemann offiziell losgeworden sein. Acton mit seinem Taktgefühl unterließ es jedenfalls, näher auszuführen, was sie sonst noch andeuten mochte, und der Erzähler dieser Ereignisse muss nicht deutlicher werden.

Er fuhr eilends wieder heim, kam am Nachmittag an und wollte, ohne viel Zeit zu verlieren, den vertrauten Kreis bei Mr. Wentworth aufsuchen. Doch als er am Haus anlangte, waren die Veranden leer. Türen und Fenster standen offen, und die Lichtkegel aus den Wohnräumen machten deutlich, warum sie leer waren. Er betrat das Haus und fand Mr. Wentworth allein in einem Zimmer sitzen, in die Lektüre der «North American Review»[58] vertieft. Nachdem sie einander begrüßt hatten und sein Cousin sich taktvoll nach seiner Reise erkundigt hatte, fragte Acton, was aus Mr. Wentworths Gefährten geworden war.

«Sie sind in alle Winde verstreut und amüsieren sich wie immer», sagte der alte Mann. «Charlotte und Mr. Brand habe ich vor Kurzem noch auf der Veranda sitzen sehen. Wie üblich haben sie sich lebhaft unterhalten. Vermutlich haben sie sich nun ihrer Schwester angeschlossen, die zum hundertsten Mal ihren ausländischen Cousin durch den Garten führt.»

«Sie meinen wahrscheinlich Felix», sagte Acton. Und als Mr. Wentworth bejahte, fuhr er fort: «Und die anderen?»

«Ihre Schwester ist heute Abend nicht gekommen. Sie müssen Sie zu Hause angetroffen haben», sagte Mr. Wentworth.

«Ja. Ich habe ihr vorgeschlagen, mitzugehen. Sie hat abgelehnt.»

«Lizzie erwartet vermutlich einen Besucher», sagte der alte Mann mit einer Art würdevoller Schläue.

«Wenn sie Clifford erwartet hat – der ist nicht aufgetaucht.»

Bei dieser Auskunft schloss Mr. Wentworth die «North American Review» und bemerkte, seines Wissens habe Clifford gesagt, er gehe seine Cousine besuchen. Insgeheim überlegte er, wenn Lizzie Acton nichts von seinem Sohn gehört hatte, musste Clifford am Abend nach Boston gefahren sein; ein ungewöhnlicher Ausflug für eine Sommernacht, zumal begleitet von unaufrichtigen Angaben.

«Bedenken Sie, dass er zwei Cousinen hat», sagte Acton lachend. Dann kam er endlich zur Sache. «Wenn Lizzie nicht hier ist – die Baronin ist es augenscheinlich auch nicht.»

Mr. Wentworth starrte ihn kurz an, ihm fiel Felix' befremdender Vorschlag ein. Einen Augenblick lang wusste er nicht, ob er sich lieber wünschen solle, Clifford sei nach Boston gefahren. «Die Baronin hat uns heute Abend nicht beehrt», sagte er. «Sie war bereits drei Tage nicht hier.»

«Ist sie krank?», fragte Acton.

«Nein, ich habe sie besucht.»

«Was ist dann los mit ihr?»

«Nun ja, ich schließe daraus, dass sie unserer überdrüssig ist.»

Acton setzte sich gezwungenermaßen, hatte aber keine Ruhe. Es war ihm unmöglich, sich mit Mr. Wentworth zu unterhalten. Nach zehn Minuten nahm er seinen Hut und sagte, er «verschwinde» jetzt. Es war sehr spät, schon zehn Uhr.

Sein Verwandter sah ihn kurz an, ohne eine Miene zu verziehen. «Gehen Sie nach Hause?», fragte er.

Acton zögerte und antwortete dann, er beabsichtige, noch bei der Baronin vorbeizuschauen.

«Na, Sie sind wenigstens ehrlich», sagte Mr. Wentworth traurig.

«Sie aber auch, wenn man's genau nimmt!», rief Acton lachend. «Warum sollte ich nicht ehrlich sein?»

Der alte Mann schlug die «North American Review» wieder auf und las ein paar Zeilen. «Wenn es unter uns noch eine Tugend gibt, sollten wir an ihr festhalten», sagte er. Dies war kein Zitat.

«Wir haben eine Baronin unter uns», sagte Acton. «Die sollten wir festhalten!» Es verlangte ihn zu ungeduldig danach, Madame Münster wiederzusehen, als dass er sich gefragt hätte, wovon Mr. Wentworth eigentlich sprach. Doch nachdem er das Haus verlassen hatte, durch den Garten gegangen und das Stückchen Straße entlanggewandert war, das ihn von Eugenias derzeitiger Bleibe trennte, machte er davor trotzdem einen Augenblick Halt. Er stand in ihrem kleinen Garten, das tiefe Fenster zum Wohnzimmer war geöffnet, und er sah die weißen Vorhänge, durch die das Lampenlicht schimmerte, im warmen Nachtwind sacht hin und her wehen. Es war etwas Aufregendes an der Vorstellung, Madame Münster wiederzusehen; er wurde sich bewusst, dass sein Herz schneller schlug als gewöhnlich. Genau das ließ ihn, halb belustigt, halb verwundert, innehalten. Doch einen Augenblick später ging er schon die Veranda entlang, kam an das offene Fenster und klopfte mit seinem Stock gegen den Sturz. Drinnen konnte er die Baronin sehen; sie stand mitten im Zimmer. Sie trat ans Fenster und zog den Vorhang beiseite, blieb aber stehen und blickte ihn sekundenlang an. Sie lächelte nicht; sie wirkte ernst.

«*Mais entrez donc!*»,[59] sagte sie schließlich. Acton stieg über die Fensterbank nach drinnen; einen Augenblick lang fragte er sich, was mit ihr los war. Aber gleich darauf begann sie zu lächeln und streckte ihre Hand aus. «Besser spät als nie», sagte sie. «Es ist sehr freundlich von Ihnen, zu dieser Stunde zu kommen.»

«Ich bin gerade von meiner Reise zurückgekehrt», sagte Acton.

«Ah, sehr freundlich, sehr freundlich», wiederholte sie und sah sich nach einer Sitzgelegenheit um.

«Ich bin zuerst im Haus drüben gewesen», fuhr Acton fort. «Ich habe damit gerechnet, Sie dort anzutreffen.»

Sie war in den gewohnten Sessel gesunken, aber nun stand sie wieder auf und ging im Zimmer umher. Acton hatte Hut und Stock abgelegt, er beobachtete sie und war sich bewusst, dass es tatsächlich sehr reizvoll war, sie wiederzusehen. «Ich weiß nicht, ob ich Ihnen einen Platz anbieten soll», sagte sie. «Es ist zu spät, um einen Besuch zu beginnen.»

«Es ist zu früh, um ihn zu beenden», erklärte Acton, «und der Anfang braucht uns nicht zu kümmern.»

Wieder sah sie ihn an und ließ sich dann erneut in ihren

tiefen Sessel fallen, während er neben ihr Platz nahm. «Wir sind also mittendrin?», fragte sie. «Waren wir da auch, als Sie fortgingen? – Nein, ich war nicht im anderen Haus.»

«Gestern nicht, und auch am Tag davor nicht?»

«Ich weiß nicht, wie viele Tage es waren.»

«Sie sind der Sache überdrüssig», sagte Acton.

Sie lehnte sich mit verschränkten Armen in ihrem Sessel zurück. «Das ist eine schreckliche Anschuldigung, aber ich habe nicht den Mut, mich zu verteidigen.»

«Ich kritisiere Sie nicht», sagte Acton. «Ich habe so etwas erwartet.»

«Das ist ein Beweis außerordentlicher Intelligenz. Ich hoffe, Sie hatten eine angenehme Reise.»

«Keineswegs», erklärte Acton. «Ich wäre viel lieber hier bei Ihnen gewesen.»

«Jetzt kritisieren Sie mich aber», sagte die Baronin. «Sie stellen Ihre eigene Treue meinem Wankelmut gegenüber.»

«Ich gestehe, dass ich der Menschen, die ich gernhabe, nie überdrüssig werde.»

«Na ja, Sie sind auch keine arme, ungezogene, ausländische Frau mit reizbaren Nerven und einem komplizierten Gemüt!»

«Irgendetwas ist mit Ihnen passiert, seit ich fortging», sagte Acton und wechselte den Platz.

«Sie sind weggegangen, das ist mir passiert.»

«Wollen Sie damit sagen, dass Sie mich vermisst haben?», fragte er.

«Selbst wenn ich das hätte sagen wollen: Achten Sie nicht darauf. Ich bin sehr unaufrichtig, und meine Komplimente sind wertlos.»

Acton schwieg kurz. «Sie sind erschöpft», erklärte er schließlich.

Madame Münster erhob sich aus ihrem Sessel und begann umherzugehen. «Es ist gleich vorbei. Ich werde mich zusammenreißen.»

«Nehmen Sie es nicht zu schwer. Wenigstens mir gegenüber können Sie unbesorgt zugeben, dass Ihnen langweilig ist.»

«So etwas sollten Sie nicht sagen», antwortete die Baronin. «Sie sollten mir lieber Mut machen.»

«Ich bewundere Ihre Geduld, das ist doch ermutigend.»

«Nicht einmal das sollten Sie sagen. Wenn Sie von meiner Geduld reden, ist das Verrat an Ihren Verwandten. Geduld setzt Leiden voraus, und was hatte ich schon zu leiden?»

«Oh, freilich keinen Hunger, keine Lieblosigkeit», sagte Acton lachend. «Trotzdem, wir alle bewundern Ihre Langmut.»

«Sie alle verabscheuen mich!», rief die Baronin unvermittelt, während sie ihm den Rücken zuwandte.

«Sie machen es einem Mann schwer, Ihnen etwas Liebevolles zu sagen», meinte Acton und stand auf. An diesem Abend hatte sie etwas besonders Apartes, Rührendes an sich, etwas ungewohnt Zartes, und ihre Miene verriet unterdrückte Gefühle. Plötzlich glaubte er zu erkennen, dass sie sich sehr anständig benommen hatte. Sie war unter der Last einer grausamen Demütigung in diesen stillen Erdenwinkel gekommen und so reizend, so bescheiden dankbar gewesen für die Ruhe, die sie hier gefunden hatte. Sie hatte sich der unbedarften Runde auf der anderen Straßenseite angeschlossen, hatte an ihren schlichten, provinziellen Gesprächen teilgenommen und ihre dürftigen, faden Vergnügungen geteilt. Sie hatte sich eine Aufgabe gestellt und sie diszipliniert erfüllt. Sie hatte sich den herben Verhältnissen eines Lebens in Neuengland angepasst und den Takt und den Mut besessen, es so zu führen, als gefiele es ihr. Acton verspürte ein tieferes Bedürfnis denn je, ihr zu sagen, dass er sie bewundere und in ihr eine ganz besondere Frau sehe. Bisher war er ihr gegenüber ständig auf der Hut gewesen, war vorsichtig, wachsam, misstrauisch geblieben. Aber jetzt schien sein Blut, ein wenig in Wallung geraten, ihm klarmachen zu wollen, dass etwas mehr Vertrauen in diese charmante Frau schon an sich lohnenswert sei. «Wir verabscheuen Sie nicht», sprach er weiter. «Ich verstehe nicht, was Sie meinen. Jedenfalls kann ich das von mir sagen, bei den anderen weiß ich es ja nicht. Aber höchstwahrscheinlich empfinden Sie Abscheu, weil sie Ihnen ein so langweiliges Leben aufnötigen. Eigentlich würde es mich sogar freuen, das von Ihnen zu hören.»

Eugenia hatte die Tür am anderen Ende des Zimmers im Auge behalten, nun wandte sie den Blick langsam Robert Acton zu. «Was kann einen Mann wie Sie», fragte sie, «einen anständigen Menschen, einen *homme galant*[60], dazu bewegen, etwas so Gemeines zu sagen?»

«Klingt es so gemein?», fragte Acton treuherzig. «Na, offenbar, und danke, dass Sie es mir sagen. Ich habe es natürlich nicht wörtlich gemeint.»

Die Baronin stand da und sah ihn an. «Wie denn dann?», fragte sie.

Diese Frage war schwer zu beantworten, und Acton, der sich ein ganz klein bisschen närrisch vorkam, ging ans offene Fenster und blickte hinaus. Er dachte kurz nach und drehte sich dann um. «Sie erinnern sich an das Dokument, das Sie nach Deutschland schicken sollten», sagte er. «Sie haben es Ihre ‹Verzichtserklärung› genannt. Haben Sie es jemals abgeschickt?»

Madame Münsters Augen weiteten sich; sie wirkte sehr

ernst. «Was für eine merkwürdige Antwort auf meine Frage!»

«Oh, das ist keine Antwort», sagte Acton. «Ich wollte mich schon öfter danach erkundigen. Ich dachte, vielleicht erzählen Sie es mir von sich aus. Von mir gestellt wirkt die Frage jetzt unvermittelt, aber sie wäre zu jedem Zeitpunkt unvermittelt gewesen.»

Die Baronin schwieg einen Augenblick, dann sagte sie: «Ich glaube, ich habe Ihnen zu viel erzählt!»

Acton schien es, als habe sie dies mit einigem Nachdruck geäußert; in der Tat hatte er das Gefühl, mehr von ihr zu erbitten, als er ihr anbot. Er trat wieder ans Fenster und betrachtete einen kleinen Stern, der durch das Verandagitter funkelte. Es gab jedenfalls genug Angebote, die er ihr machen konnte, vielleicht hatte er sich bisher nicht hinreichend deutlich ausgedrückt. «Ich wollte, Sie würden mich um etwas bitten», sagte er dann. «Gibt es nichts, was ich für Sie tun kann? Wenn Sie dieses langweilige Leben nicht mehr ertragen, werde ich Sie unterhalten!»

Die Baronin war wieder in einen Sessel gesunken und hatte nach einem Fächer gegriffen, den sie sich nun mit beiden Händen vor den Mund hielt. Die Augen über dem Fächer blickten ihn unverwandt an. «Sie sind heute Abend sehr seltsam», sagte sie mit einem kleinen Lachen.

«Ich will alles Erdenkliche tun», erwiderte er, vor ihr stehend. «Sie müssten doch eigentlich reisen und etwas von diesem Land sehen wollen! Möchten Sie nicht zu den Niagarafällen fahren? Die Niagarafälle muss man nämlich gesehen haben.»

«Mit Ihnen, meinen Sie?»

«Es wäre mir ein Vergnügen, Sie dorthin zu begleiten.»

«Sie allein?»

Acton sah sie an, lächelnd und dennoch mit einer gewissen Ernsthaftigkeit. «Warum nicht, wir könnten allein reisen», sagte er.

«Wenn Sie nicht wären, was Sie sind», antwortete sie, «würde ich das als Beleidigung auffassen.»

«Wie meinen Sie das – was ich bin?»

«Wenn Sie zu der Sorte Gentlemen gehören würden, die ich mein Leben lang um mich hatte. Wenn Sie kein wunderlicher Bostoner wären.»

«Wenn die Herren in Ihrer Umgebung Ihnen beigebracht haben, mit Beleidigungen zu rechnen», sagte Acton, «dann bin ich froh, dass ich bin, was ich bin. Kommen Sie ruhig mit zu den Niagarafällen.»

«Wenn Sie mich ‹unterhalten› wollen», erklärte die Baronin, «können Sie sich weitere Unkosten sparen. Sie unterhalten mich bereits sehr erfolgreich.»

Er setzte sich ihr gegenüber. Sie hielt sich immer noch den Fächer vors Gesicht und ließ nur ihre Augen sehen. Es herrschte einen Augenblick Schweigen, dann kam er auf seine vorherige Frage zurück: «Haben Sie dieses Dokument nach Deutschland geschickt?»

Wieder ein kurzes Schweigen, das allerdings durch Madame Münsters ausdrucksvollen Blick schon fast gebrochen schien.

«Das erzähle ich Ihnen an den Niagarafällen!», sagte sie.

Sie hatte kaum zu Ende gesprochen, da öffnete sich die Tür am anderen Ende des Raumes, die Tür, auf der Eugenias Blick vor einigen Minuten geruht hatte. Errötend und ziemlich verlegen stand da Clifford Wentworth. Die Baronin erhob sich rasch, und Acton stand ebenfalls auf, wenn auch etwas langsamer. Clifford begrüßte ihn nicht, er blickte nur Eugenia an.

«Ach, du warst hier?», rief Acton.

«Er war in Felix' Atelier», sagte Madame Münster. «Er wollte sich seine Zeichnungen ansehen.»

Clifford sah Robert Acton an, sagte aber nichts, sondern fächelte sich nur mit dem Hut Luft zu. «Da hast du dir einen schlechten Zeitpunkt ausgesucht», sagte Acton. «Viel Licht hattest du jetzt nicht.»

«Ich hatte gar keins!», sagte Clifford lachend.

«Ist die Kerze ausgegangen?», fragte Eugenia. «Sie hätten zurückkommen und sie neu anzünden sollen.»

Clifford warf ihr einen kurzen Blick zu. «Ich bin ja ... zurückgekommen. Aber die Kerze habe ich nicht mitgebracht.»

Eugenia wandte sich ab. «Sie sind sehr dumm, mein armer Junge. Am besten gehen Sie jetzt heim.»

«Also dann», sagte Clifford, «gute Nacht!»

«Hast du denn kein Wort übrig für einen Mann, der wohlbehalten von einer gefährlichen Reise zurückgekehrt ist?», fragte Acton.

«Herzlich willkommen!», sagte Clifford. «Ich dachte ... ich dachte, du wärst ...», und er hielt inne und blickte wieder die Baronin an.

«Du dachtest, ich wäre in Newport, wie? Das war ich auch, heute Vormittag.»

«Gute Nacht, Sie kluges Kerlchen», sagte Madame Münster, die ihm schon den Rücken zugewandt hatte.

Clifford starrte sie an – keineswegs wie ein kluges Kerlchen. Dann ging er, wie so oft spöttisch vor sich hin brummelnd.

«Was ist denn mit dem los?», fragte Acton. «Er war wohl etwas konfus.»

Eugenia, die am Fenster stand, blickte hinaus und lauschte

kurz. «Was mit ihm los ist ...», antwortete sie. «Aber so etwas sagt man hier nicht.»

«Wenn Sie meinen, dass er ein bisschen getrunken hat, können Sie das ruhig sagen.»

«Er trinkt nicht mehr. Davon habe ich ihn kuriert. Aber im Gegenzug hat er sich in mich verliebt.»

Jetzt war es an Acton, sie anzustarren. Er dachte sofort an seine Schwester, sprach es aber nicht aus. Er begann zu lachen. «Seine Leidenschaft wundert mich nicht! Aber ich wundere mich, dass er die Gemälde Ihres Bruders Ihrer Gesellschaft vorzieht.»

Eugenia schwieg ein Weilchen. «Er war nicht im Atelier. Das habe ich in dem Moment erfunden.»

«Erfunden? Weshalb?»

«Er will unbedingt den Romantiker spielen. Er hat sich angewöhnt, mich mitten in der Nacht zu besuchen. Dann geht er einfach durch den Obstgarten und durch Felix' Malzimmer, das eine Außentür hat. Es scheint ihn zu amüsieren», fügte Eugenia mit einem kleinen Lachen hinzu.

Acton war überraschter, als er zugab, denn dies war eine neue Seite an Clifford, dessen kleine Vergehen bisher jeglicher Romantik entbehrt hatten. Er versuchte wieder zu lachen, aber ihm war zu ernst zumute, und nach kurzem Zögern zeigte sich, warum. «Ich hoffe, Sie ermutigen ihn nicht», sagte er. «Er sollte der armen Lizzie gegenüber nicht wankelmütig werden.»

«Ihrer Schwester?»

«Sie haben eine ausgesprochen innige Beziehung.»

«Ach!», rief Eugenia lächelnd. «Hat sie ... hat sie ...»

«Ich weiß nicht, was sie hat», fiel ihr Acton ins Wort. «Aber ich nahm immer an, Clifford hätte den Wunsch verspürt, sich ihr von seiner liebenswürdigen Seite zu zeigen.»

«Ach, *par exemple!*», fuhr die Baronin fort. «Das kleine Ungeheuer! Wenn er das nächste Mal sentimental wird, werde ich ihm sagen, er solle sich schämen!»

Acton schwieg einen Moment. «Sprechen Sie es lieber nicht an.»

«Ich habe es ihm schon gesagt, ganz allgemein», antwortete die Baronin. «Aber in diesem Land haben die jungen Leute so ungewöhnliche Beziehungen zueinander, dass man sich nicht mehr auskennt. Wenn man meinen sollte, sie sind verlobt, sind sie es nicht. Nehmen Sie zum Beispiel Charlotte Wentworth und diesen jungen Geistlichen. Wäre ich ihr Vater, würde ich darauf bestehen, dass er sie heiratet, aber offenbar finden alle, es hat keine Eile. Andererseits erfährt man plötzlich, dass ein zwanzigjähriger Junge und ein kleines Mädchen, das noch eine Gouvernante hat – Ihre Schwester hat keine Gouvernante? Na gut, dann ist sie eben noch unter den Fittichen ihrer Mama – kurzum, dass ein junges Paar, das bisher scheinbar weiter nichts als kindische, für dieses Alter typische Hänseleien ausgetauscht hat, drauf und dran ist, Mann und Frau zu werden.» Die Baronin zeigte eine übertriebene Redseligkeit, die im Gegensatz zu der lässigen Anmut stand, die ihr Verhalten vor Cliffords Auftritt gekennzeichnet hatte. Acton kam es vor, als glimme ein Fünkchen Gereiztheit in ihren Augen – als liege ein Anklang von Ironie in ihrer Stimme (zum Beispiel als sie sagte, Lizzie sei noch unter den Fittichen ihrer Mutter). Wenn Madame Münster verärgert war, so war Robert Acton irgendwie verwirrt. Sie begann wieder durchs Zimmer zu wandern, und er sah sie an, ohne etwas zu sagen. Es dauerte nicht lang, da zog sie ihre Uhr heraus, warf einen Blick darauf und erklärte, es sei drei Uhr früh und er müsse jetzt gehen.

«Ich bin noch keine Stunde hier», sagte er, «im anderen

Haus drüben sind sie immer noch wach. Man sieht die Lichter. Ihr Bruder ist noch nicht heimgekommen.»

«Ach, im anderen Haus», rief Eugenia, «das sind schreckliche Leute! Ich weiß nicht, was die da drüben treiben. Ich bin eine friedliche, langweilige kleine Frau, ich habe strenge Regeln und halte mich daran. Eine davon lautet: Keine Besucher in den frühen Morgenstunden, schon gar nicht kluge Männer wie Sie. Also gute Nacht.»

Das war fraglos sarkastisch, und obwohl Acton der Baronin eine gute Nacht wünschte und nach Hause ging, war er immer noch ziemlich verwirrt.

Tags darauf kam Clifford Wentworth Lizzie besuchen, und Acton, der zu Hause war und ihn durch den Garten gehen sah, nahm diese Tatsache zur Kenntnis. Er verspürte den naheliegenden Wunsch, dies mit Madame Münsters Darstellung abzustimmen, Clifford sei ihrer überdrüssig geworden, aber sein Scharfsinn fühlte sich dieser Aufgabe nicht gewachsen, und so beschloss er, auf die Offenheit des jungen Mannes zu bauen. Er wartete, bis er ihn abziehen sah, dann ging er hinaus und holte ihn noch im Park ein.

«Ich möchte gern, dass du mir eine Frage beantwortest», sagte Acton. «Was hast du gestern Abend bei Madame Münster gemacht?»

Clifford lachte und errötete, aber keineswegs wie ein junger Mann mit einem romantischen Geheimnis. «Was hat sie dir denn erzählt?», fragte er.

«Das werde ich dir wohl kaum sagen.»

«Aber ich möchte dir das Gleiche erzählen», sagte Clifford, «und wenn ich es nicht weiß, kann ich es vielleicht nicht.»

Sie waren auf einem Gartenweg stehen geblieben. Acton

sah seinen rotwangigen jungen Verwandten scharf an. «Sie sagte, sie könne sich nicht vorstellen, was in dich gefahren sei, du hättest offenbar eine heftige Abneigung gegen sie gefasst.»

Clifford machte große Augen, er wirkte ein wenig erschrocken. «Ach, komm», brummte er, «das ist nicht dein Ernst!»

«Und wenn du sie ... aus bloßer Höflichkeit ... gelegentlich besuchst, lässt du sie gleich allein und treibst dich die ganze Zeit in Felix' Atelier rum, unter dem Vorwand, dir seine Zeichnungen anzuschauen.»

«Ach, komm», brummte Clifford wieder.

«Hast du mich jemals eine Unwahrheit sagen hören?»

«Ja, jede Menge!», sagte Clifford, froh, dass er dank seiner sarkastischen Fähigkeiten einen Ausweg aus diesem Gespräch gefunden hatte. «Na ja», fuhr er gleich darauf fort, «ich hatte gedacht, es wäre mein Vater.»

«Du wusstest, dass jemand da war?»

«Wir hörten dich kommen.»

Acton dachte nach. «Du warst also bei der Baronin?»

«Ich war im Wohnzimmer. Wir hörten deine Schritte draußen. Ich dachte, es wäre mein Vater.»

«Und daraufhin bist du weggelaufen?»

«Sie hat mich hinausgeschickt. Ich sollte durchs Atelier rausgehen.»

Acton dachte noch konzentrierter nach; wenn ein Stuhl greifbar gewesen wäre, hätte er sich hingesetzt. «Warum sollte es ihr lieber sein, du würdest deinem Vater nicht begegnen?»

«Na ja», sagte Clifford, «Vater sieht mich dort nicht gern.»

Acton blickte seinen Begleiter von der Seite an und enthielt sich einer Stellungnahme. «Hat er das zur Baronin gesagt?», fragte er.

«Na, hoffentlich nicht», antwortete Clifford. «Und zu mir hat er es eigentlich auch nicht ausdrücklich gesagt. Aber ich weiß, es beunruhigt ihn, und ich will, dass das aufhört. Die Baronin weiß es und will auch, dass es aufhört.»

«Dass du aufhörst, sie zu besuchen?»

«Davon weiß ich nichts. Nein, dass ich aufhöre, Vater Sorgen zu machen. Eugenia weiß alles», fügte Clifford hinzu, seinerseits mit wissender Miene.

«Aha», sagte Acton in fragendem Ton, «Eugenia weiß alles?»

«Sie wusste auch, dass es nicht Vater war, der da kam.»

«Warum bist du dann weggegangen?»

Clifford errötete und lachte erneut. «Na, ich fürchtete eben, er wäre es doch. Und außerdem hat sie mir befohlen, auf jeden Fall zu verschwinden.»

«Hat sie vermutet, dass ich es war?», fragte Acton.

«Davon hat sie nichts gesagt.»

Wieder überlegte Robert Acton. «Aber du bist nicht weggegangen», sagte er dann, «du bist zurückgekommen.»

«Ich konnte aus dem Atelier nicht raus», erklärte Clifford. «Die Tür war zugesperrt, und Felix hat die untere Hälfte der verflixten Fenster mit Brettern vernagelt, damit das Licht nur von oben kommt. Die haben mir also auch nichts genutzt. Ich habe ziemlich lange dort gewartet, und dann habe ich mich plötzlich geschämt. Ich wollte mich nicht vor meinem eigenen Vater verstecken. Ich habe es nicht mehr ausgehalten. Ich flitzte hinaus, und als ich merkte, dass du es warst, wurde ich ein bisschen nervös. Aber Eugenia hat es ganz gut hingekriegt, nicht wahr?», fügte Clifford hinzu, im Ton eines jungen Spaßvogels, dessen Wahrnehmungsvermögen vom Gefühl der eigenen Peinlichkeit noch nicht restlos getrübt ist.

«Schön», sagte Acton. «Vor allem wenn man bedenkt», fuhr er fort, «dass du sehr unbesonnen warst und sie ziemlich verärgert gewesen sein dürfte.»

«Ach», rief Clifford mit der Unbekümmertheit eines jungen Mannes, der von sich glaubt, er liege in seinen Ahnungen stets absolut richtig, auch wenn er sich noch so unselig danebenbenommen hat, «das macht Eugenia alles nichts aus.»

Acton zögerte einen Augenblick. «Danke, dass du es mir erzählt hast», sagte er schließlich. Dann legte er Clifford die Hand auf die Schulter und fügte hinzu: «Verrate mir nur noch eines: Bist du zufällig ein bisschen verliebt in die Baronin?»

«Nein, Sir!», sagte Clifford und schüttelte seine Hand ab.

10

Der erste Sonntag nach Robert Actons Rückkehr aus Newport brachte das Ende des strahlend schönen Wetters, das so lange angehalten hatte. Es fing an zu regnen, und der Tag war kalt und trüb. Mr. Wentworth und seine Töchter zogen ihre Überschuhe an und gingen zur Kirche, und Felix ging ebenfalls, wenngleich ohne Überschuhe, und hielt einen Regenschirm über Gertrude. Es steht zu befürchten, dass dieses Privileg für ihn das Kostbarste an dem ganzen heiligen Akt war. Die Baronin blieb zu Hause; sie war weder heiter noch fromm gestimmt. Allerdings hatte sie, seit sie in den Vereinigten Staaten weilte, nie zu den sogenannten Kirchgängerinnen gehört. Und an diesem speziellen, anfangs erwähnten Sonntagmorgen stand sie am Fenster ihres kleinen

Salons und beobachtete, wie die lange Ranke eines Rosenstocks, der an der Veranda festgebunden war, sich aber zum Teil gelöst hatte, hin und her schwang und vor dem düsteren Himmelsgeniesel schwankte und gestikulierte. Ab und zu, wenn ein Windstoß kam, spritzte der Rosenstock einen Schauer aus Regentropfen gegen die Fensterscheibe. Das wirkte wie eine menschliche Bewegung – als wollte er drohen oder warnen. Es war sehr kalt im Zimmer; Madame Münster legte sich einen Schal um und ging auf und ab. Dann beschloss sie, einheizen zu lassen, rief die alte Negerin, deren kontrastierende Farben, ihr schimmerndes Ebenholzschwarz und das Karminrot des Turbans, sie anfangs so ergötzt hatten, und traf allerlei Vorkehrungen für ein prasselndes Kaminfeuer. Die alte Frau hieß Azarina. Zuerst hatte die Baronin angenommen, ihre Redeweise könnte etwas pikant Wildes haben, und hatte sie spaßeshalber zum Plaudern ermuntert. Aber Azarina war langweilig und steif, ihre Äußerungen waren alles andere als afrikanisch, und sie erinnerte Eugenia an die leidigen alten Damen, denen sie in Gesellschaft begegnete. Sie war jedoch gut im Feuermachen, und nachdem sie die Scheite aufgeschichtet hatte, fand Eugenia, der entsetzlich langweilig war, es eine Viertelstunde lang unterhaltsam, vor dem Kamin zu sitzen und dem Lodern und Zischen zuzusehen. Sie hatte eigentlich erwartet, dass Robert Acton sie besuchen würde; seit jenem unseligen Abend waren sie einander nicht mehr begegnet. Doch der Vormittag verging, ohne dass er kam. Mehrmals glaubte sie, seinen Schritt auf der Veranda zu hören, aber es war nur ein Fensterladen, der in Regen und Wind klapperte. Die Baronin hatte seit Beginn jenes Lebensabschnitts, den ich auf diesen Seiten grob zu skizzieren versucht habe, so manche Stunde voller Verärgerung erlebt. Heute war ihr Ärger allerdings merkwürdig heftig; er schien sich ständig an sich selbst zu entzünden. Er drängte sie, etwas zu tun, schlug ihr aber keine sonderlich ergiebige Vorgehensweise vor. Wenn sie jetzt gleich, auf der Stelle, hätte tätig werden können, wäre sie an Bord eines Europa-Dampfers gegangen und hätte diesen zutiefst demütigenden Fehlschlag, den Besuch bei den amerikanischen Verwandten, mit wahrer Wollust hinter sich gelassen. Es ist nicht ganz klar ersichtlich, warum sie diese Unternehmung als Fehlschlag bezeichnete – hatte man sie doch mit der größten Hochachtung behandelt, die amerikanische Sitten und Gebräuche überhaupt vorsahen. Ihr Ärger kam im Grunde von dem stets gegenwärtigen, nun plötzlich überdeutlichen Eindruck, dass sich der gesellschaftliche Ackerboden dieses riesigen, unüberschaubaren Kontinents für die Anzucht jener Pflanzen, deren Duft sie am liebsten einatmete und mit denen sie sich gern umgab – eine Pflanzenart, deren Sämlinge sie sozusagen in der Tasche trug –, irgendwie nicht eignete. Glück empfand sie vor allem dann, wenn sie eine gewisse Macht ausüben, einen gewissen Eindruck machen konnte, und nun verspürte sie den Verdruss eines ziemlich erschöpften Schwimmers, der sich der Küste nähert, an Land gehen will und eine glatte, gerade Felswand vorfindet, wo er mit einem ebenmäßigen, festen Strand gerechnet hat. Unter dem amerikanischen Himmel schien ihre Macht die Krallen verloren zu haben; die glatte Felswand war nicht zu ersteigen. «Sicher *je n'en suis pas là*[61]», sagte sie sich, «wenn ich mich aus der Ruhe bringen lasse, nur weil mich ein Mr. Robert Acton nicht mit seinem Besuch beehrt!» Dennoch ärgerte sie sich, dass er nicht gekommen war, und ärgerte sich über ihren Ärger.

Endlich kam ihr Bruder heim; sie hörte ihn in der Diele aufstampfen und seinen nassen Mantel ausschütteln. Kurz darauf trat er ins Zimmer, mit glühenden Wangen und einem halben Dutzend glitzernden Regentropfen auf dem Schnurrbart. «Ah, du hast eingeheizt», sagte er.

«Les beaux jours sont passés»,[62] erwiderte die Baronin.

«Keineswegs, keineswegs. Sie fangen erst an», erklärte Felix und stellte sich, mit dem Rücken zum Feuer, vor den Kamin. Er hielt die Hände nach hinten, streckte die Beine und blickte mit einem Gesichtsausdruck, der anzudeuten schien, dass sich selbst unter den matten Farben eines verregneten Sonntags ein Rosenrot finden lässt, durchs Fenster in die Ferne.

Aus ihrem Sessel blickte die Schwester zu ihm hoch und beobachtete ihn, und was sie in seinem Gesicht sah, tat ihrer gegenwärtigen Stimmung nicht gut. Es gab nicht vieles, was sie vor ein Rätsel stellte, aber die Wesensart ihres Bruders war für sie eine Quelle häufiger Verwunderung. Ich sage «häufiger» und nicht «ständiger», denn es gab lange Zeitabschnitte, in denen sie sich mit anderen Problemen beschäftigte. Manchmal sagte sie sich, dass seine gute Laune, seine ewige Fröhlichkeit nur Verstellung, nur eine Pose waren, aber dann, so ging es ihr flüchtig durch den Kopf, wäre er in diesem Sommer ein höchst erfolgreicher Schauspieler gewesen. Sie hatten sich nie ausgesprochen, das hatte sie nicht für notwendig gehalten. Felix ließ sich vermutlich von den Neigungen seines unvoreingenommenen Geistes leiten, und sie spürte, dass sie ihm keinen Rat erteilen konnte, den er verstanden hätte. Dabei hatte Felix etwas Beruhigendes an sich: Man konnte sicher sein, dass er sich nicht einmischen würde. Er war sehr zartfühlend, dieser unverdorbene Felix, er war schließlich ihr Bruder, und so gesehen war das nur angemessen, fand Madame Münster. Felix war tatsächlich zartfühlend; er hatte keine Lust auf Aussprachen mit seiner Schwester; die zählten für ihn zu den ganz wenigen unangenehmen Dingen auf Erden. Aber eben jetzt dachte er an nichts Unangenehmes.

«Lieber Bruder», sagte Eugenia schließlich, «hör auf, dem Wetter *les yeux doux*[63] zu machen.»

«Mit Vergnügen. Dann mach ich sie eben dir!», antwortete Felix.

«Wie lange», fragte Eugenia nun, «gedenkst du noch auf diesem lieblichen Erdenfleck zu bleiben?»

Felix machte große Augen. «Möchtest du abreisen – jetzt schon?»

«‹Jetzt schon› ist gut! Ich bin nicht so glücklich wie du.»

Felix ließ sich in einen Sessel sinken und blickte ins Feuer. «Ich bin tatsächlich glücklich», sagte er in seinem unbeschwerten, hellen Ton.

«Und hast du vor, Gertrude Wentworth dein Leben lang den Hof zu machen?»

«Ja», sagte Felix und lächelte seine Schwester von der Seite an.

Die Baronin erwiderte seinen Blick, wenngleich auch wesentlich ernster, dann fragte sie: «Hast du sie gern?»

«Du nicht?», fragte Felix.

Die Baronin schwieg einen Augenblick. «Ich werde dir mit den Worten jenes Herrn antworten, der gefragt wurde, ob er die Musik liebe: ‹*Je ne la crains pas!*›[64]»

«Sie bewundert dich unendlich», sagte Felix.

«Daran liegt mir nichts. Frauen sollen einander nicht bewundern.»

«Sollen sie dich unsympathisch finden?»

Wieder zögerte Madame Münster. «Sie sollten mich hassen! Dass sie das nicht tun, zeigt nur, wie viel Zeit ich hier verloren habe.»

«Eine Zeit, in der man glücklich gewesen ist, ist nie verloren!», sagte Felix fröhlich moralisierend und vielleicht ein wenig provokativ.

«Und in der man sich die Zuneigung einer jungen Dame mit Vermögen gesichert hat», erwiderte seine Schwester mit einem raueren Lachen.

Felix erklärte sehr treuherzig und ernst: «Ich habe mir Gertrudes Zuneigung gesichert, bin aber keineswegs überzeugt, dass ich mir auch ihr Vermögen gesichert habe. Das mag hinzukommen oder auch nicht.»

«Und wie das hinzukommen mag! Das ist doch der springende Punkt.»

«Es hängt von ihrem Vater ab. Der ist über unseren Bund nicht gerade erfreut. Er möchte nämlich, dass sie Mr. Brand heiratet.»

«Davon weiß ich ja gar nichts», rief die Baronin. «Bitte, leg noch ein Scheit auf.» Felix kam ihrem Wunsch nach, dann saß er da und sah zu, wie die Flamme aufloderte. Seine Schwester fuhr fort: «Und du beabsichtigst, mit Mademoiselle durchzubrennen?»

«Keineswegs. Ich möchte nichts tun, was Mr. Wentworth zuwider wäre. Er war viel zu freundlich zu uns.»

«Aber du musst wählen zwischen dem, was ihn zufriedenstellt, und dem, was dich zufriedenstellt.»

«Ich will alle zufriedenstellen», rief Felix fröhlich. «Ich habe ein gutes Gewissen. Von Anfang an war ich mir darüber klar, dass es mir nicht zusteht, Gertrude schöne Augen zu machen.»

«Also hat sie, um die Sache zu vereinfachen, dir schöne Augen gemacht!»

Felix blickte seine Schwester plötzlich ernst an. «Du behauptest, du würdest sie nicht fürchten», sagte er. «Aber vielleicht solltest du das – ein wenig. Sie ist ein sehr kluger Mensch.»

«Das merke ich allmählich», rief die Baronin. Ihr Bruder gab keine Antwort und lehnte sich in seinem Sessel zurück. Lange herrschte Schweigen. Schließlich stellte Madame Münster in verändertem Ton eine weitere Frage. «Du erhoffst dir also auf jeden Fall eine Heirat?»

«Wenn wir nicht heiraten könnten, wäre ich sehr enttäuscht.»

«Ein paar Enttäuschungen tun dir nur gut!», befand die Baronin. «Und danach gedenkst du Amerikaner zu werden?»

«Mir scheint, ich bin bereits ein recht guter Amerikaner. Aber wir werden nach Europa fahren. Gertrude möchte unbedingt die weite Welt sehen.»

«Ah, so wie ich, als ich hierherkam!», sagte die Baronin mit einem leisen Lachen.

«Nein, nicht wie du», erwiderte Felix und sah seine Schwester freundlich, aber ernst an. Daraufhin erhob sie sich von ihrem Stuhl, und auch er stand auf. «Gertrude ist überhaupt nicht wie du», fuhr er fort, «aber auf ihre Weise fast ebenso klug.» Er schwieg kurz; sein Herz war erfüllt von einem angenehmen Gefühl und dem lebhaften Verlangen, es zum Ausdruck zu bringen. Für sein geistiges Auge glich seine Schwester stets dem Mond, wenn er nur teilweise beleuchtet ist. Die dunkle Seite dieser hellen Fläche schien sich mal auszuweiten, mal zusammenzuziehen, aber wie das Verhältnis auch war, immer fand er am Mondlicht Gefallen. Er sah die Baronin an, dann gab er ihr einen Kuss. «Ich bin sehr verliebt in Gertrude», sagte er. Eugenia wandte sich ab und ging durchs Zimmer, und Felix sprach weiter: «Sie ist sehr interessant und ganz anders, als sie zu sein scheint. Sie hat nie eine Chance gehabt. Sie ist sehr geistreich. Wir wollen nach Europa fahren und uns amüsieren.»

Die Baronin war ans Fenster getreten und sah jetzt hinaus. Der Tag war trister denn je, es regnete hartnäckig. «Ja, wenn ihr euch amüsieren wollt, ist es entschieden besser, ihr fahrt nach Europa», sagte sie schließlich. Dann wandte sie sich zu ihrem Bruder um. Neben ihr stand ein Stuhl; sie stützte sich auf dessen Lehne. «Findest du nicht auch, dass es sehr lieb von mir war», fragte sie, «so weit mit dir zu reisen, nur um zu erleben, dass du eine ordentliche Ehe eingehst – wenn sie denn ordentlich ist?»

«Natürlich wird sie ordentlich sein!», rief Felix ein wenig ungeduldig.

Die Baronin lachte leise. «Du denkst ausschließlich an dich und beantwortest meine Frage nicht. Was wird aus mir, während du dich mit deiner geistreichen Gertrude amüsierst?»

«Vous serez de la partie!»,[65] rief Felix.

«Danke, ich würde nur stören.» Die Baronin schlug kurz die Augen nieder. «Hast du vor, mich hier zurückzulassen?», erkundigte sie sich.

Felix lächelte sie an. «Liebste Schwester, sobald es um dich geht, habe ich nie etwas vor. Da führe ich deine Befehle aus.»

«Ich glaube», sagte Eugenia langsam, «du bist der herzloseste Mensch unter der Sonne. Merkst du nicht, dass ich in Schwierigkeiten stecke?»

«Ich habe gemerkt, dass du nicht fröhlich bist, und habe dir gute Neuigkeiten mitgebracht.»

«Na schön, dann will ich dir auch etwas Neues berichten», sagte die Baronin. «Wahrscheinlich hast du es noch nicht von selbst bemerkt. Robert Acton möchte mich heiraten.»

«Nein, das habe ich noch nicht bemerkt. Aber ich verstehe es vollkommen. Warum macht dich das unglücklich?»

«Weil ich mich nicht entscheiden kann.»

«Nimm ihn! Nimm ihn!», rief Felix fröhlich. «Er ist der beste Kerl auf der Welt!»

«Er ist ungeheuer verliebt in mich», sagte die Baronin.

«Und er besitzt ein großes Vermögen. Gestatte, dass ich dich nun meinerseits darauf hinweise.»

«Oh, dessen bin ich mir vollauf bewusst», sagte Eugenia. «Dieser Punkt spricht sehr zu seinen Gunsten. Da bin ich schrecklich aufrichtig.» Sie verließ ihren Platz, trat zu ihrem Bruder und sah ihn scharf an. Ihm ging allerlei durch den Kopf; sie fragte sich, inwieweit er sie tatsächlich verstand.

Man konnte sie auf verschiedene Weise verstehen: Da war das, was sie sagte, und das, was sie meinte, und dann gab es noch etwas dazwischen, was weder das eine noch das andere war. Im Grunde meinte sie wahrscheinlich, dass Felix es ihr ersparen sollte, den Kasus ausführlicher zu schildern, und sich bevollmächtigt fühlen sollte, ihr auf jedem moralisch vertretbaren Wege zu helfen, den besten Kerl auf der Welt zu heiraten. Doch es war nicht klar, was Felix von alledem begriff.

«Wenn du erst einmal frei bist, was spräche dann dagegen?», fragte er.

«Nun ja, ich mag ihn nicht besonders.»

«Oh. Dann streng dich ein bisschen an.»

«Das tu ich ja schon», sagte Eugenia. «Es gelänge mir besser, wenn er nicht ausgerechnet hier leben würde. Ich könnte nie hier leben.»

«Bring ihn dazu, dass er nach Europa fährt», schlug Felix vor.

«Ach, jetzt sprichst du von einem Glück, das mit großer

Anstrengung erkauft werden müsste», erwiderte die Baronin. «Das ist es nicht, was ich suche. Er würde niemals in Europa leben.»

«Mit dir würde er überall leben», sagte Felix galant.

Seine Schwester, ein durchdringendes Leuchten in den bezaubernden Augen, blickte ihn immer noch an, dann wandte sie sich wieder ab. «Du siehst jedenfalls», fuhr sie gleich darauf fort, «hätte es von mir geheißen, ich wäre herübergekommen, um mein Glück zu suchen, müsste man nun hinzufügen, dass ich es gefunden hätte.»

«Lass es nicht ungenutzt herumliegen!», drängte Felix sie lächelnd und doch feierlich.

«Ich bin dir sehr verbunden für deine Anteilnahme», erklärte seine Schwester nach kurzem Schweigen. «Aber versprich mir eines: *Pas de zèle!*[66] Sollte Mr. Acton dich bitten, seine Sache zu vertreten, dann entschuldige dich.»

«Ich kann mich ja auf jeden Fall damit entschuldigen, dass ich meine eigene Sache vertreten muss.»

«Wenn er ... wohlwollend von mir spricht», fuhr Eugenia fort, «warne ihn vor gefährlichen Illusionen. Ich hasse Aufdringlichkeit, ich möchte mich in Ruhe und offenen Auges entscheiden.»

«Ich werde schweigen», sagte Felix, «außer dir gegenüber. Zu dir sage ich unverblümt: Nimm ihn!»

Sie war zur offenen Tür gegangen, stand da und sah ihn an. «Ich ziehe mich jetzt um und werde darüber nachdenken», sagte sie, und er hörte, wie sie langsam in ihre Zimmer ging.

Am späten Nachmittag hörte es auf zu regnen, und kurz darauf gab es einen großartig flammenden, flackernden, tröpfelnden Sonnenuntergang. Felix saß in seinem Malzimmer und arbeitete ein wenig, doch als das Licht, das ohnehin nicht strahlend hell gewesen war, zu verblassen begann, legte er die Pinsel nieder und trat auf die kleine Veranda hinaus. Dort ging er eine Weile auf und ab, blickte in die prächtige Glut am westlichen Himmel und sagte sich wie schon so oft, dass dies das Land der Sonnenuntergänge war. An diesen herrlichen Feuerschlünden war etwas, was seine Fantasie anregte, immer wieder entdeckte er Bilder und Verheißungen am Abendhimmel. Er dachte an viele schöne Dinge – sah sich mit Gertrude Wentworth durch die Welt streifen, sah ihre möglichen Abenteuer als leuchtenden Fries zwischen den Wolkenbänken – und dachte dann an das, was ihm Eugenia soeben erzählt hatte. Er wünschte sich sehr, dass Madame Münster eine vorteilhafte und ehrbare Ehe schloss. Als sich der Sonnenuntergang über den Himmel ausbreitete und immer glühender wurde, packte ihn die Lust, ein so grandioses Farbenspiel festzuhalten. Er kehrte ins Atelier zurück, zog eine kleine Holztafel sowie Palette und Pinsel hervor, lehnte die Tafel gegen ein Fensterbrett und begann hingebungsvoll darauf herumzuklecksen. Während er damit beschäftigt war, erblickte er in der Ferne Mr. Brand, der mit einem riesigen, zusammengeklappten Regenschirm im Arm langsam von Mr. Wentworths Haus kam. Den Blick zu Boden gerichtet, schritt er freudlos und grüblerisch dahin. Felix beobachtete ihn, den Pinsel kurz in der Luft balancierend, doch als er sich näherte, ging Felix, einer plötzlichen Eingebung folgend, hinaus ans Gartentörchen und winkte ihn – mit Unterstützung von Palette und einem Bündel Pinsel – zu sich.

Mr. Brand fuhr zusammen und blieb stehen, dann entschied er sich offensichtlich, Felix' Einladung anzunehmen. Er passierte Mr. Wentworths Gartentor, ging die Straße entlang und trat in den kleinen Garten des Cottages. Felix war zu seinem Sonnenuntergang zurückgekehrt, hieß aber seinen Gast willkommen, während er eilig pinselte.

«Ich wollte unbedingt mit Ihnen reden und habe schon erwogen, ob ich Sie nicht besuche», sagte er überaus freundlich. «Umso mehr, als Sie mich so selten besucht haben. Sie waren bei meiner Schwester, das weiß ich. Aber mich, den berühmten Künstler, haben Sie nicht besucht. Künstler sind sehr sensibel, wissen Sie, die merken so etwas.» Und Felix wandte sich, einen Pinsel im Mund, lächelnd zu ihm um.

Etwas verdutzt, aber redlich und würdevoll stand Mr. Brand da und drehte die riesigen Falten seines Regenschirms zusammen. «Warum hätte ich Sie besuchen sollen?», fragte er. «Ich verstehe nichts von Kunst.»

«Es klänge wahrscheinlich recht eingebildet», erwiderte Felix, «wenn ich sagen würde, das böte Ihnen die hübsche Chance, etwas dazuzulernen. Dann würden Sie mich fragen, warum Sie etwas dazulernen sollten, und ich wüsste darauf keine Antwort. Ein Geistlicher braucht vermutlich keine Kunst, nicht wahr?»

«Aber er braucht gute Laune, Sir», sagte Mr. Brand nachdrücklich.

Felix sprang mit einer Geste lebhaftester Missbilligung auf, die Palette auf dem Daumen. «Das kommt davon, dass ich Sie hier stehen lasse und mit meiner roten Farbe herumspritze! Ich bitte tausendmal um Entschuldigung! Da sehen Sie, wie ungezogen die Kunst einen Mann werden lässt und wie recht Sie haben, sich da rauszuhalten. Ich wollte Sie nicht stehen lassen. Wie Sie sehen, ist die Veranda mit etwas urigen Stühlen bestückt, aber ich muss Sie warnen, da gibt's Nägel an den falschen Stellen. Ich wollte gerade diesen Sonnenuntergang festhalten. Ich habe noch nie eine Glut aus so vielen unterschiedlichen Rottönen gesehen. Es sieht aus, als stünde das Himmlische Jerusalem in Flammen, nicht wahr? Na, wenn das wirklich zuträfe, wäre es wohl die Aufgabe von Ihnen, den Theologen, das Feuer zu löschen. Man stelle sich vor, ich, ein gottloser Künstler, würde mich in aller Ruhe hinsetzen und das Ganze malen!»

Mr. Brand hatte Felix immer eine gewisse Unverfrorenheit zugetraut, aber diesmal war seine Unverfrorenheit so gewaltig, dass sie eine besondere Erklärung oder sogar Entschuldigung erforderte. Und dieser Eindruck entstand nicht grundlos, das muss man schon sagen. Felix zeigte immer und überall ein strahlend selbstsicheres Auftreten, das einfach Ausdruck seiner guten Laune und seines Wohlwollens war, aber eben jetzt verfolgte er einen bestimmten Plan, und da es sich um einen, wie er fand, kühnen Plan handelte, suchte er ganz bewusst Hilfe bei allen möglichen Finessen der Konversation. Kein Wunsch lag ihm ferner, als seinen Gast zu beleidigen, und so fragte er sich rasch, mit welchem Kompliment er dem jungen Geistlichen die größte Freude bereiten könnte. Er war zu jedem Kompliment bereit, es musste ihm nur eines einfallen. «Haben Sie heute wieder eine Ihrer schönen Predigten gehalten?», fragte er plötzlich und legte seine Palette ab. Es war nicht das, wonach Felix gesucht hatte, aber es war eine annehmbare Hilfslösung.

Mr. Brand runzelte die Stirn – soweit ein Mann die Stirn runzeln kann, der sehr helle, weiche Brauen hat und darunter sehr sanfte, ruhige Augen. «Nein, ich habe heute gar nicht gepredigt. Haben Sie mich deshalb herübergewinkt, um mir diese Frage zu stellen?»

Felix merkte, dass er verärgert war, und bedauerte dies zutiefst, zweifelte jedoch nicht daran, dass er Mr. Brand am Ende sympathisch sein würde. Er blickte ihn an, lächelte und legte ihm die Hand auf den Arm. «Nein, nein, nicht deshalb ... nicht deshalb. Ich wollte Sie etwas fragen. Ich wollte Ihnen etwas erzählen. Es wird Sie bestimmt interessieren. Nur ... da es sich um etwas ziemlich Persönliches handelt, gehen wir besser in mein kleines Atelier. Es hat ein Fenster nach Westen, wir können den Sonnenuntergang auch von dort sehen. *Andiamo!*[67]» Und er gab seinem Gefährten einen kleinen Klaps auf den Arm.

Er ging voraus; Mr. Brand folgte ihm linkisch und leise. Im dämmrigen Atelier war es noch schummriger geworden, nur die Wand gegenüber dem Westfenster war mit einem dunklen Rosa überzogen. Eine Menge Skizzen und halbfertige Leinwände hingen in dieser rosigen Glut, die Zimmerecken hingegen waren finster und kaum zu erkennen. Felix bat Mr. Brand, sich zu setzen, dann blickte er um sich. «Donnerwetter, wie schön das aussieht!», rief er. Doch Mr. Brand wollte sich nicht setzen, er ging ans Fenster und lehnte sich dagegen. Er fragte sich, was Felix von ihm wollte. Im Schatten, auf den dunkleren Wandpartien, sah er schwach schimmernd drei oder vier abstruse, erstaunliche Bilder, offenbar Abbildungen nackter Gestalten. Felix stand da, den Kopf ein wenig gesenkt und den Blick fest auf seinen Gast gerichtet, lächelte eindringlich und zupfte an seinem Schnurrbart. Mr. Brand fühlte sich irgendwie unbehaglich. «Was ich sagen möchte, ist sehr heikel», begann Felix. «Aber es geht mir schon lange durch den Kopf.»

«Bitte sagen Sie es so schnell wie möglich», bat Mr. Brand.

«Es ist, weil Sie Geistlicher sind», fuhr Felix fort. «Ich glaube, einem normalen Mann würde ich das nicht zu sagen wagen.»

Mr. Brand schwieg einen Moment. «Wenn es darum geht, einer Schwäche nachzugeben oder sich über ein Unrecht zu ärgern, bin ich leider ein ganz normaler Mann.»

«Teurer Freund», rief Felix, «es geht nicht um ein Unrecht, sondern um eine Wohltat, einen großen Gefallen.

Sie werden sich sehr darüber freuen. Es ist nur so heikel!» Auch im Zwielicht lächelte er weiterhin eindringlich. «Sie wissen, dass ich mich sehr für meine Cousinen interessiere, für Charlotte und Gertrude Wentworth. Das liegt auf der Hand, da ich gut fünftausend Meilen gereist bin, um sie zu besuchen.» Mr. Brand sagte nichts, und Felix sprach weiter. «Als ich zu ihnen kam, war ich hier wildfremd, deshalb habe ich natürlich eine Menge neuer Eindrücke gewonnen, und diese Eindrücke waren sehr lebhaft, sehr stark. Verstehen Sie, was ich meine?»

«Ich bin mir nicht sicher. Aber sprechen Sie ruhig weiter.»

«Ich glaube, meine Eindrücke sind immer recht lebhaft», erklärte Mr. Brands Gastgeber, «aber in diesem Fall lag es vielleicht besonders nahe, dass mir – wie gesagt einem Außenseiter – Dinge auffielen, die unter Ihnen unbemerkt geblieben waren. Und dann kam mir ja noch meine Schwester zu Hilfe, und sie ist einfach die aufmerksamste Frau auf Erden.»

«Es wundert mich nicht», sagte Mr. Brand, «dass in unserem kleinen Kreis zwei intelligente Menschen genügend Stoff zum Beobachten finden. Ja, in letzter Zeit habe ich selbst so einiges gefunden!»

«Aha, aber trotzdem werden Sie sich jetzt wundern!», rief Felix lachend. «Meine Schwester und ich sind unserer Cousine Charlotte sehr zugetan.»

«Ihrer Cousine Charlotte?», wiederholte Mr. Brand.

«Wir haben uns gleich am Anfang in sie verliebt!»

«Sie haben sich in Charlotte verliebt?», murmelte Mr. Brand.

«*Dame!*»,[68] rief Felix. «Sie ist ein reizender Mensch, vor allem Eugenia war ganz hingerissen.» Mr. Brand stand da und starrte ihn an, und er fuhr fort: «Zuneigung öffnet einem ja die Augen, und daher ist uns etwas aufgefallen.

Charlotte ist nicht glücklich. Charlotte ist verliebt.» Und Felix trat näher und legte seinem Gefährten wieder die Hand auf den Arm.

Die Art und Weise, wie Mr. Brand ihn ansah, kam einem Eingeständnis von Faszination schon sehr nahe, aber der junge Geistliche hatte sich noch hinreichend im Griff, um gravitätisch entgegnen zu können: «Aber nicht in Sie.»

Felix lachte leise, und munter wie ein Abenteurer auf hoher See, der einen Windstoß in seinem Segel spürt, erwiderte er: «O nein! Wenn sie in mich verliebt wäre, wüsste ich das! Ich bin nicht so blind wie Sie.»

«Wie ich?»

«Sie sind blind wie ein Maulwurf, mein lieber Herr. Die arme Charlotte ist unsterblich verliebt in Sie!»

Mr. Brand sagte einen Augenblick lang gar nichts, er keuchte nur ein wenig. «War es das, was Sie mir sagen wollten?», fragte er.

«Ich will es Ihnen schon seit drei Wochen sagen. Weil es ihr in letzter Zeit schlechter geht. Ich habe ja angedeutet», fügte Felix hinzu, «es sei sehr heikel.»

«Sir …», begann Mr. Brand, «Sir …»

«Ich war mir sicher, Sie wüssten es nicht», fuhr Felix fort. «Aber merken Sie nicht, wie alles – kaum habe ich das ausgesprochen – sich wie von selbst erklärt?» Mr. Brand antwortete nichts, er suchte nach einem Stuhl und setzte sich vorsichtig. Felix sah, dass er errötete; bisher hatte er seinen Gastgeber unverwandt angeblickt, aber jetzt schaute er zur Seite. Was er da gehört hatte, wirkte erst einmal wie ein Angriff auf sein Schamgefühl. «Natürlich schlage ich nichts vor», sagte Felix, «es wäre sehr anmaßend von mir, Ihnen gute Ratschläge zu erteilen. Aber an der Tatsache als solcher besteht wohl kein Zweifel.»

Mr. Brand blickte, von gemischten Gefühlen heimgesucht, eine Weile unverwandt auf den Boden. Felix glaubte zu wissen, dass eines dieser Gefühle größte Verwunderung war. Der unschuldige junge Mann hatte nicht die geringste Ahnung von Charlottes verborgener Glut gehabt. Dies ließ Felix hoffen. Bestimmt würde sich Mr. Brand geschmeichelt fühlen. Felix hielt ihn für leicht durchschaubar, und das war er in der Tat; er konnte nichts vorspielen und nichts verbergen. «Ich weiß nicht recht, was ich davon halten soll», sagte er schließlich, ohne aufzusehen, und betroffen merkte Felix, dass er sich weder dagegen verwahrte noch es bestritt. Offenbar hatte Felix Feuer an eine Zündschnur mit Erinnerungen gelegt, und das führte vor Mr. Brands erstaunten Augen zu einer ansehnlichen Flamme und rückwirkender Erleuchtung. Seine zweite Regung war ein Gefühl befriedigter Eitelkeit.

«Bedanken Sie sich bei mir, dass ich es Ihnen gesagt habe», antwortete Felix. «Es ist doch gut, das zu wissen.»

«Da bin ich mir nicht sicher», sagte Mr. Brand.

«Lassen Sie sie nicht schmachten!», murmelte Felix leichthin.

«Sie geben mir also doch einen Rat?» Mr. Brand blickte auf.

«Ich gratuliere Ihnen», sagte Felix lächelnd. Erst hatte er gedacht, sein Besucher bitte ihn um etwas, aber nun erkannte er dessen leise Ironie.

«Für Sie ist das sehr vorteilhaft», fuhr der junge Geistliche fort. «Sie sind mir ja in die Quere gekommen.»

Felix stand noch immer da und lächelte. In dem kleinen Zimmer war es dunkel geworden, das rote Glühen war verblasst, aber Mr. Brand sah noch das Leuchten auf Felix' Gesicht. «Ich will nicht behaupten, ich wüsste nicht, was Sie meinen», sagte Felix schließlich. «Aber eigentlich bin ich Ihnen nicht in die Quere gekommen. Von dem, was Sie – bei einer anderen – überhaupt zu verlieren hatten, haben Sie nichts verloren. Und bedenken Sie, was Sie gewonnen haben!»

«Mir scheint, ich kann beides besser beurteilen», erklärte Mr. Brand. Er erhob sich, hielt sich die Hutkrempe vor den Mund und starrte Felix durch die Dämmerung an.

«Sie haben nur eine Illusion verloren!», sagte Felix.

«Was meinen Sie mit Illusion?»

«Den Glauben, Sie würden Gertrude Wentworth wirklich kennen, hätten sie jemals wirklich gekannt. Verlassen Sie sich drauf», fuhr Felix fort, «ich kenne sie auch noch nicht, aber ich mache mir keine Illusionen. Ich tu nicht so, als würde ich sie kennen.»

Mr. Brand starrte ihn weiterhin über den Hutrand hinweg an. «Sie war immer ein klarer, heller Mensch», sagte er feierlich.

«Sie war ein Mensch im Winterschlaf. Sie hat auf den ersten Sonnenstrahl gewartet. Und jetzt erwacht sie allmählich.»

«Singen Sie nicht ihr Loblied vor mir!», sagte Mr. Brand mit einem leisen Beben in der Stimme. «Wenn Sie mir gegenüber im Vorteil sind, ist das wenig edelmütig.»

«Mein lieber Herr, ich zerfließe vor Edelmut!», rief Felix. «Und ich singe keineswegs das Loblied meiner Cousine. Ich versuche mich nur an einer wissenschaftlichen Beschreibung. Sie macht sich nichts aus abstrakten Begriffen. Und ich glaube, Sie haben sich immer das Gegenteil eingebildet und haben darauf gebaut. Sie ist aber fasziniert vom Konkreten. Und auch ich mag das Konkrete. Allerdings ist Gertrude stärker als ich, sie treibt mich wie ein Wirbelwind vor sich her.»

Mr. Brand blickte einen Moment lang in seinen Hut hinein. «Sie ist ein sehr interessanter Mensch.»

«Das stimmt», sagte Felix. «Aber sie prescht dahin wie ein durchgegangenes Pferd. Ich mag dieses Gefühl, wenn ein Pferd durchgeht, und wenn ich vom Wagen stürze, ist das nicht weiter schlimm. Aber wenn Sie stürzen, Mr. Brand», und Felix machte eine kurze Pause, «dann wird eine andere Person in Mitleidenschaft gezogen.»

«Welche andere Person?»

«Charlotte Wentworth!»

Mr. Brand sah Felix kurz misstrauisch von der Seite an, dann wanderte sein Blick langsam über die Zimmerdecke. Felix war überzeugt, dass ihn das Romantische an der Situation insgeheim beeindruckte. «Ich finde, das ist nicht Ihre Sache», murmelte der junge Geistliche.

«Meine vielleicht nicht, aber ganz bestimmt die Ihre!»

Mr. Brand zögerte und blickte wieder zur Decke; offensichtlich wollte er noch etwas sagen. «Was meinen Sie damit, Miss Gertrude sei stark?», fragte er unvermittelt.

«Nun ja», sagte Felix nachdenklich, «ich meine, sie hat sehr viel Selbstbeherrschung bewiesen. Sie hat gewartet – jahrelang, auch wenn es vielleicht danach aussah, als lebe sie in der Gegenwart. Sie verstand zu warten, sie hatte ein Ziel. Das meinte ich mit stark.»

«Und was meinen Sie mit Ziel?»

«Das Ziel, die Welt zu sehen!»

Wieder blickte Mr. Brand seinen seltsamen Gewährsmann schief an, äußerte aber nichts mehr. Endlich wandte er sich ab, als wollte er aufbrechen. Doch er schien verwirrt, anstatt zur Tür ging er in die gegenüberliegende Ecke des Raums. Felix stand da und schaute ein Weilchen zu, wie er im Dunkeln herumtastete. Dann brachte er ihn mit einer zärtlichen, fast brüderlichen Geste zur Tür. «Ist das alles, was Sie mir zu sagen haben?», fragte Mr. Brand.

«Ja, das ist alles, es bietet aber reichlich Stoff zum Nachdenken!»

Felix begleitete ihn zum Gartentor und verfolgte, wie er durch das dunkelnde Zwielicht langsam fortging und dabei versuchte, seine ins Wanken geratene Haltung wiederzugewinnen. «Er ist gekränkt, erregt, verstört, ratlos – und betört!», sagte sich Felix. «Das ist eine grandiose Mischung!»

11

Seit jenem Besuch der Baronin Münster bei Mrs. Acton, von dem diese Erzählung zu einem früheren Zeitpunkt berichtete, hatten die beiden Damen weder häufig noch vertraut miteinander verkehrt. Nicht dass Mrs. Acton Madame Münsters Charme nicht zu würdigen gewusst hätte. Im Gegenteil, sie hatte die feinen Manieren und das Konversationstalent ihrer illustren Besucherin nur zu genau registriert. Mrs. Acton war, wie man in Boston sagte, «stark gefühlsbetont», und die Eindrücke wurden ihr schnell zu viel. Ihr Zustand erforderte eine Drosselung jeglicher Gemütsbewegung, weshalb sie, in ihrem ewigen Lehnstuhl sitzend, nur sehr wenige Besucher empfing, mochten diese noch so unauffällig und einheimisch sein, und bei einer Dame, deren Gewandung und Auftreten in ihrer Einbildungskraft (und Mrs. Actons Einbildungskraft war fabelhaft!) alles wachriefen, was sie jemals über aufregende frühere Zeiten gelesen hatte, sah sie sich gezwungen, die Anzahl der Unterhaltungen einzuschränken. Doch sie hatte der Baronin eine Menge wunderlich formulierter Botschaften, viele Sträußchen aus dem Garten und schöne Obstkörbe geschickt. Felix hatte das Obst gegessen, und die Baronin hatte die Blumen in eine Vase gestellt, die Körbe zurückgeschickt und die Botschaften erwidert. Am Tag nach dem erwähnten verregneten Sonntag beschloss Eugenia, der mildtätigen Kranken eine *«visite d'adieux»*[69] abzustatten, wie sie ihr Unternehmen bei sich nannte. Man sollte vielleicht erwähnen, dass sie weder am Sonntagabend noch am Montagvormittag den erwarteten Besuch von Robert Acton bekommen hatte. Anscheinend hielt er sich bewusst fern, und da die Baronin sich ihrerseits von ihrem Onkel fernhielt, wo Felix seit Tagen ungeniert Entschuldigungen und bedauernde Absagen ablieferte, hatte kein Zufall dem planenden Denken die Karten aus der Hand nehmen können. Mr. Wentworth und seine Töchter respektierten Eugenias Abschottung; sie hielten solche Phasen geheimnisvoller Abgeschiedenheit für einen irgendwie ganz natürlichen Bestandteil im anmutigen, rhythmischen Ablauf eines derart bemerkenswerten Lebens. Vor allem Gertrude hatte größte Hochachtung vor diesen Phasen; sie fragte sich, was Madame Münster in dieser Zeit tat, hätte sich aber nie erlaubt, allzu neugierig nachzufragen.

Der lange Regen hatte die Luft erfrischt, und zwölf Stunden strahlenden Sonnenscheins hatten die Straßen getrocknet, sodass sich die Baronin mit ihrem Vorhaben, am späten Nachmittag zu Mrs. Acton zu spazieren, keinen großen Beschwerlichkeiten aussetzte. Als sie mit ihrem bezaubernden, federnden Gang den sauberen, grasbewachsenen Straßenrand entlangschritt, unter den dicht hängenden Obstbaumzweigen dahin, durch die Stille von Zeit und Raum und die schwere Reife des Sommers, war sie sich sogar einer gewissen luxuriösen Wehmut bewusst. Die Baronin hatte die liebenswerte Schwäche, Örtlichkeiten ins Herz zu schließen, selbst wenn sie anfangs einen leichten Widerwillen gegen sie empfunden hatte, und jetzt, den Abschied vor Augen, hegte sie zärtliche Gefühle für dieses waldreiche Eckchen der westlichen Welt, wo die Sonnenuntergänge so schön und die Wünsche so unschuldig waren. Mrs. Acton war in der Lage, sie zu empfangen, doch als die Baronin das große, frisch duftende Zimmer der Dame betrat, sah diese sehr krank aus. Sie war wundersam weiß und durchsichtig und machte nicht einmal den Versuch, sich in ihrem blumengemusterten Lehnstuhl zu bewegen. Aber sie errötete ein wenig – wie ein junges Mädchen, dachte die Baronin – und richtete ihre klaren, lächelnden Augen auf die ihrer Besucherin. Ihre Stimme klang leise und monoton, als hätte sie niemals menschliche Leidenschaft bekundet.

«Ich bin gekommen, Ihnen Lebewohl zu sagen», begann Eugenia. «Ich werde bald fortgehen.»

«Wann gehen Sie fort?»

«Sehr bald ... jederzeit.»

«Das tut mir sehr leid», sagte Mrs. Acton. «Ich hatte gehofft, Sie würden bleiben ... für immer.»

«Für immer?», fragte Eugenia.

«Nun ja, ich meine, für lange Zeit», sagte Mrs. Acton in ihrem sanften, matten Ton. «Es heißt, Sie hätten es dort sehr gemütlich, Sie hätten so ein schönes kleines Haus.»

Eugenia blickte sie erstaunt an – das heißt, sie lächelte. Sie dachte an ihre armselige kleine Hütte und fragte sich, ob ihre Gastgeberin scherzte. «Ja, es ist ein feines Haus», sagte sie, «allerdings nicht zu vergleichen mit dem Ihren.»

«Und mein Sohn besucht Sie so gern», fuhr Mrs. Acton fort. «Ich fürchte, mein Sohn wird Sie vermissen.»

«Ach, liebe Madame», sagte Eugenia mit leisem Lachen, «ich kann nicht Ihrem Sohn zuliebe in Amerika bleiben!»

«Gefällt Ihnen Amerika nicht?»

Die Baronin blickte an ihrem Kleid hinunter. «Wenn es mir gefiele – dann bliebe ich ja nicht Ihrem Sohn zuliebe hier!»

Mrs. Acton starrte sie mit ihren ernsten, empfindsamen Augen an, als hätte sie nicht ganz begriffen. Mit der Zeit fand die Baronin das sanfte, sachte Starren ihrer Gastgeberin aufreizend, und wenn nicht der Anstand geboten hätte, mit Schwerkranken Mitleid zu haben, hätte sie sich wohl erlaubt, sie im Geiste eine Närrin zu nennen. «Ich fürchte, ich werde Sie also nie wiedersehen», sagte Mrs. Acton. «Sie wissen ja, ich werde bald sterben.»

«Aber, liebe Madame ...», murmelte Eugenia.

«Ich möchte meine Kinder froh und glücklich zurücklassen. Meine Tochter wird wahrscheinlich ihren Cousin heiraten.»

«Zwei hochinteressante junge Leute», sagte die Baronin unbestimmt. An Clifford Wentworth dachte sie dabei nicht.

«Ich bin ganz ruhig, was mein Ende angeht», fuhr Mrs. Acton fort. «Es kommt so leicht, so sicher.» Und sie schwieg, den milden Blick unverwandt auf Eugenia gerichtet.

Die Baronin hasste es, an den Tod erinnert zu werden, aber selbst angesichts dieser – zumindest Mrs. Acton – drohenden Gefahr blieb sie höflich wie immer. «Ach Madame, Sie sind eine gar zu reizende Kranke», erwiderte sie.

Doch an die Dame des Hauses war diese zartfühlende Antwort offensichtlich verschwendet, denn sie fuhr leise und sachlich fort: «Ich möchte meine Kinder heiter und sorgenfrei zurücklassen. Hier scheinen mir alle glücklich zu sein – so wie Sie. Deshalb wünschte ich, Sie könnten bleiben. Es würde Robert guttun.»

Eugenia fragte sich, was sie damit meinte: «Es würde Robert guttun». Aber sie ahnte, dass sie nie im Leben begreifen würde, was so eine Frau wirklich meinte. Sie erhob sich; sie fürchtete, Mrs. Acton könne ihr noch einmal verkünden, sie werde bald sterben. «Leben Sie wohl, liebe Madame», sagte sie. «Ich darf nicht vergessen, dass Ihre Kräfte rar sind.»

Mrs. Acton ergriff ihre Hand und hielt sie einen Augenblick fest. «Sie waren doch glücklich hier, nicht wahr? Und Sie mögen uns doch, nicht wahr? Ich wollte, Sie würden bleiben», fügte sie hinzu, «in Ihrem schönen kleinen Haus.»

Sie hatte Eugenia gesagt, die Zofe sei in der Diele und werde sie hinunterbringen, aber der große Treppenabsatz vor der Tür war leer, und Eugenia blickte sich suchend um. Sie war verärgert; die sterbende Dame hatte nicht gerade *«la main heureuse»*[70] bewiesen. Immer noch um sich blickend, schritt sie langsam die Stufen hinunter. Die breite Treppe beschrieb eine große Kurve, und an deren Scheitelpunkt befand sich ein hohes, nach Westen gerichtetes Fenster mit einem breiten Sims, auf dem eine Reihe blühender Pflanzen in merkwürdigen alten Gefäßen aus blauem Porzellan standen. Das gelbe Nachmittagslicht fiel durch die Blumen und flackerte ein wenig auf der weißen Wandvertäfelung. Eugenia hielt einen Moment inne, abgesehen von einer irgendwo tickenden großen Uhr war es völlig still im Haus. Zu Füßen der Treppe erstreckte sich, zur Hälfte von einem riesigen Orientteppich bedeckt, die untere Diele. Eugenia zögerte ein wenig, es gab vieles, was ihr auffiel. *«Comme c'est bien»*,[71] sagte sie bei sich; das Haus schien auf eine stattliche, gediegene, untadelige Existenzgrundlage hinzudeuten. Dann überlegte sie, dass Mrs. Acton sich bald daraus zurückziehen würde. Dieser Gedanke begleitete sie die restlichen Stufen bis unten, wo sie wieder stehen blieb und weitere Beobachtungen anstellte. Die Halle war äußerst geräumig, und zu beiden Seiten der Eingangstür waren breite Fenster mit tiefen Laibungen, weshalb alle Schatten nach innen ins Haus fielen. An der Wand befanden sich hochlehnige Stühle und Tische mit großen fernöstlichen Vasen und an den Schmalseiten je ein mächtiger Glasschrank voll kleiner, matt schimmernder Antiquitäten. Die Türen standen offen – in das verdunkelte Wohnzimmer, die Bibliothek, das Esszimmer. All diese Räume schienen leer zu sein. Eugenia drehte eine Runde und blieb an jeder Schwelle kurz stehen. *«Comme c'est bien!»*, murmelte sie wieder; genau so ein Haus hatte ihr vorgeschwebt, als sie beschloss, nach Amerika zu fahren. Sie öffnete selbst die Haustür – ihr leiser Schritt hatte keinen Dienstboten herbeigerufen – und warf auf der Schwelle einen letzten Blick zurück. Auch draußen stand ihr der Sinn sonderbarerweise noch nach Grübelei, und statt geradewegs die kleine Auffahrt zum Tor hinunterzugehen, spazierte sie in den Garten hinüber, der rechts vom Haus lag. Sie war erst ein paar Yards über das Gras gegangen, als sie jäh stehen blieb. Unter einem Baum sah sie, ausgestreckt auf dem ebenen Grün, einen Herrn liegen. Er hörte sie nicht kommen, lag regungslos und flach auf dem Rücken da, die Hände unter dem Kopf gefaltet, und starrte in den Himmel. Die Baronin konnte also in aller Ruhe die Frage klären, um welchen Gentleman es sich handelte. Es war jemand, der ihre Gedanken in letzter Zeit häufig beschäftigt hatte; trotzdem war ihre erste Reaktion der Wunsch, umzukehren. Auf keinen Fall wollte sie den Eindruck erwecken, als sei sie auf der Suche nach Robert Acton. Doch der Herr im Gras ließ ihr keine Zeit, sich zu entscheiden; einer so erfreulichen Präsenz musste er sich über kurz oder lang bewusst werden. Er veränderte seine Blickrichtung, starrte sie an, stieß einen Schrei aus und sprang auf. Einen Moment lang stand er nur da und sah sie an.

«Entschuldigen Sie meine lächerliche Lage», sagte er.

«Mir ist gerade nicht nach Lachen zumute. Falls es Ihnen anders geht, bilden Sie sich ja nicht ein, ich sei gekommen, um Sie zu besuchen.»

«Vorsicht!», erwiderte Acton. «Setzen Sie mir keinen Floh ins Ohr! Ich habe gerade an Sie gedacht.»

«Das kommt davon, wenn man zu viel Zeit hat!», sagte die Baronin. «In dieser Position an eine Dame zu denken, ist nicht gerade schmeichelhaft.»

«Ich habe nicht behauptet, es seien wohlmeinende Gedanken gewesen», sagte Acton lächelnd.

Sie sah ihn an, dann wandte sie sich ab.

«Auch wenn ich nicht Ihretwegen gekommen bin», sagte sie, «sollten Sie nicht vergessen, dass ich bei Ihnen zu Gast bin.»

«Ich bin entzückt – ich fühle mich geehrt! Wollen Sie nicht ins Haus kommen?»

«Da komme ich gerade her. Ich habe Ihre Mutter besucht. Ich habe ihr Lebewohl gesagt.»

«Lebewohl?», fragte Acton.

«Ich gehe fort», sagte die Baronin. Und wieder wandte sie sich ab, als wollte sie ihre Aussage veranschaulichen.

«Wann gehen Sie?», fragte Acton, blieb aber stehen, wo er war. Die Baronin gab keine Antwort, und so folgte er ihr.

«Ich kam hier herüber, um mir Ihren Garten anzusehen», sagte sie und wanderte über das Gras zurück zum Tor. «Aber ich muss gehen.»

«Dann lassen Sie mich zumindest mitgehen.» Er schritt neben ihr her, und sie sprachen kein Wort, bis sie ans Tor kamen. Es stand offen, und sie sahen die Straße entlang, die düster im langen Schatten der Gehölze lag. «Müssen Sie gleich nach Hause?», fragte Acton.

Sie gab keine Antwort. Dann sagte sie: «Warum haben Sie mich nicht besucht?» Er sagte nichts, und sie fuhr fort: «Warum antworten Sie nicht?»

«Ich versuche gerade, mir eine Antwort auszudenken», gestand Acton.

«Haben Sie keine zur Hand?»

«Keine, die ich Ihnen gegenüber aussprechen könnte», sagte er. «Aber erlauben Sie, dass ich Sie begleite.»

«Bitte, wie Sie wollen.»

Sie schritt langsam die Straße entlang, und Acton ging neben ihr her. Kurz darauf sagte er: «Wenn ich gehandelt hätte, wie mir zumute war, hätte ich Sie mehrmals besucht.»

«Haben Sie sich das jetzt ausgedacht?», fragte Eugenia.

«Nein, so ist es wirklich. Ich habe mich ferngehalten, weil ...»

«Aha, jetzt kommt die Begründung!»

«Weil ich über Sie nachdenken wollte.»

«Im Liegen!», sagte die Baronin. «Ich habe doch gesehen, wie Sie sich schon in meinem Salon beinahe hingelegt haben.»

Acton blieb mitten auf der Straße stehen, mit einer Geste, als wollte er sie bitten, ein wenig zu warten. Sie hielt inne, und er sah sie eine Weile an; er fand sie bezaubernd. «Sie scherzen», sagte er, «aber wenn Sie wirklich fortgehen, ist das eine sehr ernste Sache.»

Sie lachte kurz auf. «Die Sache wäre noch ernster, wenn ich bliebe.»

«Wann gehen Sie?»

«So bald wie möglich.»

«Und warum?»

«Warum sollte ich bleiben?»

«Weil wir alle Sie sehr verehren.»

«Das ist kein Grund. In Europa werde ich auch verehrt.» Und sie setzte ihren Weg heimwärts fort.

«Was könnte ich sagen, um Sie hier zu halten?», fragte Acton. Er wollte sie festhalten, und es stimmte, dass er seit einer Woche ständig an sie dachte. Jetzt war er in sie verliebt, das wusste er oder glaubte es zu wissen, und für ihn stellte sich nur noch die Frage, ob er ihr trauen konnte.

«Was Sie sagen könnten, was mich hier festhielte?», wiederholte sie. «Da ich unbedingt gehen will, liegt es nicht in meinem Interesse, Ihnen das zu verraten. Außerdem fällt mir nichts ein.»

Er ging schweigend weiter neben ihr her. Was sie gesagt hatte, traf ihn viel mehr, als es den Anschein hatte. Seit dem Abend seiner Rückkehr aus Newport besaß ihr Anblick die beängstigende Macht, ihn zu verstören. Auch Clifford Wentworths Schilderung hatte ihn getroffen, wenngleich mit gegenteiliger Wirkung. Doch befreite ihn das nicht von dem Missbehagen über einen Zauber, den sein Verstand nicht ertrug. «Sie ist nicht ehrlich, sie ist nicht ehrlich», murmelte er ständig vor sich hin. Genau das hatte er vor zehn Minuten auch dem Sommerhimmel erzählt. Leider war er unfähig, dieses Urteil endgültig und entschieden zu fällen, und jetzt, wo er in ihrer Nähe war, schien es erstaunlich unwichtig. «Sie ist eine Lügnerin», hatte er sich gesagt. Jetzt, während er so dahinging, erinnerte er sich an diese Feststellung, aber sie erschreckte ihn nicht mehr so wie zuvor. Er wünschte sich fast, er könnte sie zum Lügen bringen und sie dann überführen, um zu erfahren, wie ihm dies gefiele. Darüber dachte er nach, während er neben ihr herging und sie leicht, anmutig und würdevoll dahinschritt. Er hatte mit ihr zusammengesessen, er war mit ihr in der Kutsche gefahren, aber er war noch nie mit ihr spazieren gegangen.

«Donnerwetter, sie ist *comme il faut*[72]!», dachte er, während er sie von der Seite beobachtete. Als sie vor dem Cottage im Obstgarten angelangt waren, ging sie durchs Törchen, forderte ihn jedoch nicht auf, ihr zu folgen. Erst als er stehen blieb, wandte sie sich zu ihm um und wünschte ihm einen guten Abend.

«Ich habe Ihnen vor Kurzem abends eine Frage gestellt, die Sie mir noch nicht beantwortet haben», sagte er. «Haben Sie dieses Dokument abgeschickt – und sich befreit?»

Sie zögerte einen winzigen Augenblick – verständlicherweise. Dann sagte sie einfach: «Ja.»

Er kehrte um; er fragte sich, ob er das schon als Lüge gelten lassen konnte. Am Abend sah er sie wieder, denn die Baronin erschien noch einmal bei ihrem Onkel. Er unterhielt sich jedoch kaum mit ihr, denn aus Boston waren zwei Herren in einem Buggy gekommen, um Mr. Wentworth und seine Töchter zu besuchen, und Madame Münster war für die Gäste ein Gegenstand von höchstem Interesse. Freilich sprach einer der beiden gar nicht mit ihr, sondern saß nur da und betrachtete sie tiefernst, und wenn sie eine Bemerkung fallen ließ, beugte er sich andächtig vor und drehte ihr sein (ausgesprochen großes) Ohr zu, als sei er schwerhörig. Offensichtlich hatten ihre Leiden und Schicksalsschläge ihn sehr beeindruckt, denn er lächelte nie. Sein Gefährte war da schon heiterer und unbefangener; er saß so nahe wie möglich bei Madame Münster, versuchte sie auszuhorchen und schnitt alle paar Augenblicke ein neues Gesprächsthema an. Eugenia war nicht so lebhaft und zugänglich wie sonst und wusste zu den jeweiligen Vorzügen der europäischen und amerikanischen Sitten und Gebräuche weniger zu sagen, als ihre Gesprächspartner aufgrund ihres glanzvollen Rufs erwartet hätte; für Robert Acton aber, der mit den Händen in den Taschen auf der Veranda hin und her ging und auf das knirschende Geräusch des Buggys aus Boston wartete, der am Seiteneingang vorfahren sollte, war sie unerreichbar. Er wartete vergebens und verlor schließlich die Geduld. Seine Schwester kam zu ihm und bat ihn, sie heimzubringen, und kurz darauf ging er mit ihr fort. Eugenia beobachtete, wie er mit Lizzie das Haus verließ; in ihrer derzeitigen Stimmung festigte dies ihre ins Schwanken geratene Überzeugung, dass er einige wertvolle Eigenschaften hatte. «Selbst dieses *mal-élevée*[73] Gör bringt ihn dazu, zu tun, was sie will», überlegte sie.

Sie hatte an einem der hohen Fenster gesessen, die sich auf die Veranda öffneten, aber kurz nachdem Acton fortgegangen war, stand sie plötzlich auf, gerade als der redselige Gentleman aus Boston sie fragte, was sie von der «moralischen Gestimmtheit» dieser Stadt halte. Auf der Veranda begegnete sie Clifford Wentworth, der soeben um die Hausecke bog. Sie hielt ihn auf und sagte, sie wolle mit ihm sprechen.

«Warum sind Sie nicht mit Ihrer Cousine nach Hause gegangen?», fragte sie.

Clifford machte große Augen. «Aber Robert hat sie doch begleitet», sagte er.

«Eben. Normalerweise überlassen Sie das nicht ihm.»

«Na ja», sagte Clifford, «ich wollte diesen Burschen beim Losfahren helfen. Sie können nicht kutschieren.»

«Sie haben also nicht mit Ihrer Cousine gestritten?»

Clifford überlegte einen Moment und sagte dann mit einer in den Ohren der Baronin eigentümlich rätselhaften Naivität: «O nein, wir haben uns versöhnt!»

Sie sah ihn eine Weile an, aber mittlerweile fürchtete Clifford die Blicke der Baronin, und jetzt versuchte er, sich aus ihrem Blickfeld zu schieben. «Warum besuchen Sie mich nicht mehr?», fragte sie. «Habe ich Sie verärgert?»

«Mich verärgert? Nein, das glaube ich nicht», sagte Clifford lachend.

«Warum sind Sie dann nicht gekommen?»

«Na ja, weil ich Angst habe, wieder in diesem Hinterzimmer eingesperrt zu werden.»

Eugenia sah ihn immer noch an. «Man sollte meinen, das würde Ihnen gefallen.»

«Gefallen?», rief Clifford.

«Mir würde das gefallen, wenn ich ein junger Mann wäre, der eine charmante Frau besucht.»

«Was nützt mir eine charmante Frau, wenn ich in diesem Hinterzimmer eingesperrt bin!»

«Ich fürchte, Ihnen nütze ich nirgendwo viel!», sagte Madame Münster. «Dabei habe ich doch meine Hilfe angeboten.»

«So», bemerkte Clifford statt einer Antwort, «da kommt der Buggy.»

«Was kümmert uns denn dieser Buggy! Wissen Sie, dass ich fortgehe?»

«Meinen Sie, jetzt?»

«Ich meine, in ein paar Tagen. Ich verlasse diesen Ort.»

«Sie fahren zurück nach Europa?»

«Nach Europa, wo Sie mich besuchen müssen.»

«Jaja, ich komm schon rüber», sagte Clifford.

«Aber vorher müssen Sie mich noch hier besuchen», verfügte Eugenia.

«Dann werde ich mich aber von diesem Hinterzimmer fernhalten», erwiderte ihr naiver junger Verwandter.

Die Baronin schwieg einen Augenblick. «Ja, Sie müssen ganz offen kommen, ganz unerschrocken. Das ist viel besser. Das ist mir jetzt klar.»

«Mir auch!», sagte Clifford, und eine Sekunde später: «Was ist bloß mit diesem Buggy los?» Sein geübtes Ohr hatte anscheinend gehört, dass die Räder des leichten Gefährts, das am Portikus vorgefahren war, auf widernatürliche Weise quietschten, und er eilte davon, um dieser schwerwiegenden Anomalie auf den Grund zu gehen.

Die Baronin wanderte im Sternenlicht allein nach Hause, im Geiste mit der Frage beschäftigt: Sollte sie nun gar nichts erreicht haben – gar nichts?

Gertrude Wentworth hatte in dem kleinen, um die Herren aus Boston versammelten Kreis still dagesessen. Die Besucher interessierten sie nicht. Wie immer beobachtete sie Madame Münster. Sie wusste, dass sich auch Eugenia nicht für sie interessierte, dass sie sich langweilte, und Gertrude vertiefte sich in die Untersuchung der Frage, wie sie es trotz ihrer Gleichgültigkeit und Unaufmerksamkeit fertigbrachte, ein derart charmantes Benehmen an den Tag zu legen. Ein solches Benehmen hätte Gertrude auch gern gehabt; sie beschloss, es sich durch Übung anzueignen, und hoffte, sie werde sich in Zukunft recht oft langweilen, um diesen Charme zu erlangen. Während sie mit diesen Betrachtungen beschäftigt war, begab sich Felix Young auf die Suche nach Charlotte, der er etwas sagen musste. Schon seit einiger Zeit musste er ihr etwas sagen, und heute Abend hatte sein Gefühl, ein solch spezielles Gespräch mit ihr sei angebracht, einen dynamischen Punkt erreicht – das Gefühl verwandelte sich in ein dringendes, verlockendes Verlangen. Er wanderte durch die leeren Räume des weitläufigen Erdgeschosses und fand sie schließlich in einem kleinen Zimmer, das aus nicht unmittelbar ersichtlichen Gründen als Mr. Wentworths «Büro» bezeichnet wurde: ein blitzsauberes, staubfreies Zimmer, an der einen Wand eine Phalanx von in Schafleder gebundenen, altersdunklen Gesetzesbüchern, an der anderen eine große Karte der Vereinigten Staaten, flankiert von alten Stahlstichen mit Raphael-Madonnen, und an der dritten mehrere Vitrinen mit Schmetterlingen und Käfern aller Art. Charlotte saß neben einer Lampe und bestickte einen Hausschuh. Felix fragte nicht, für wen der Hausschuh bestimmt war; er sah nur, dass er sehr groß war.

Er schob einen Stuhl vor sie hin und setzte sich, wie gewöhnlich lächelnd, aber erst einmal ohne zu sprechen. Die Nadel in der Schwebe haltend, beobachtete sie ihn mit jenem scheuen, flackernden Blick, den sie immer bekam, wenn er sich ihr näherte. Felix' Auftreten hatte etwas, was ihre Sittsamkeit und Befangenheit noch vertiefte; wenn sie die Wahl gehabt hätte, wäre sie lieber nie mit ihm allein gewesen, und obwohl sie ihn für einen höchst geistreichen, vornehmen und wohlmeinenden Menschen hielt, hatte sie tatsächlich eine von ihm ungeahnte Menge an ängstlichen, taktvollen Manövern in die Wege geleitet, um zufällige Tête-à-Têtes zu verhindern. Die arme Charlotte hätte hierfür keine Erklärung liefern können, die ihr und ihrem ausländischen Verwandten nicht unrecht getan hätte. Sie hätte nur sagen können (hätte es allerdings nie gesagt), dass sie so viel Nähe auf einmal bei einem Herrn nicht mochte. Folglich fand sie es nicht gerade beruhigend, als er zu sprechen begann und seinen Worten mit einer Art bewunderndem Strahlen Nachdruck verlieh: «Liebe Cousine, es freut mich sehr, dass ich Sie allein antreffe.»

«Ich bin sehr oft allein», bemerkte Charlotte. Dann fügte sie rasch hinzu: «Ich meine damit nicht, dass ich einsam bin!»

«Eine so kluge Frau wie Sie ist nie einsam», sagte Felix. «Sie finden Gesellschaft in Ihrer schönen Arbeit.» Und er warf einen Seitenblick auf den großen Hausschuh.

«Ich arbeite gern», erklärte Charlotte schlicht.

«Ich auch!», sagte ihr Gegenüber. «Und die Mußestunden liebe ich ebenfalls. Aber ich habe Sie nicht um der Muße willen aufgesucht. Ich möchte Ihnen etwas ganz Besonderes sagen.»

«Ach so», murmelte Charlotte, «natürlich, wenn es sein muss …»

«Meine liebe Cousine», sagte Felix, «es ist nichts, was eine junge Dame nicht hören dürfte. Zumindest denke ich das. Aber *voyons*, urteilen Sie selbst. Ich bin furchtbar verliebt.»

«Aber, Felix …», begann Miss Wentworth ernst. Doch gerade dieser Ernst schien sie daran zu hindern, ihren Satz zu Ende zu bringen.

«Ich bin in Ihre Schwester verliebt; so verliebt, Charlotte … so verliebt!», fuhr der junge Mann fort. Charlotte hatte die Handarbeit in den Schoß sinken lassen, ihre Hände lagen fest gefaltet darauf, und sie starrte auf den Teppich. «Kurzum, ich bin verliebt, teures Fräulein», sagte Felix. «Und ich möchte, dass Sie mir helfen.»

«Ihnen helfen?», fragte Charlotte bebend.

«Ich meine nicht bei Gertrude; wir beide sind uns bereits vollkommen einig, und, ach, welche Einigkeit erlebt man mit ihr! Ich meine bei Ihrem Vater und der Welt im Allgemeinen, einschließlich Mr. Brand.»

«Der arme Mr. Brand!», sagte Charlotte leise, aber so ungekünstelt, dass Felix erkannte, der junge Geistliche hatte Miss Wentworth von dem jüngst stattgefundenen Gespräch noch nichts erzählt.

«Ach, sagen Sie nicht, der ‹arme› Mr. Brand! Ich bemitleide Mr. Brand gar nicht. Nur Ihr Vater tut mir ein wenig leid, ihn möchte ich nicht verärgern. Und deshalb wünsche ich mir, dass Sie bei ihm ein gutes Wort für mich einlegen. Finden Sie mich sehr schäbig?»

«Schäbig?», rief Charlotte leise. Felix verkörperte für sie die glänzendsten und schillerndsten Eigenschaften der Menschheit.

«Ich meine nicht äußerlich», erwiderte Felix und lachte, denn Charlotte blickte auf seine Stiefel. «Ich spreche von meinem Verhalten. Halten Sie es nicht für einen Missbrauch der Gastfreundschaft?»

«Gertrude ... gernzuhaben?», fragte Charlotte.

«Seine wahren Gefühle zu offenbaren. Denn ich habe meine Gefühle offenbart, Charlotte. Ich muss Ihnen die ganze Wahrheit sagen – ich habe mich erklärt. Natürlich möchte ich sie heiraten – und hierin liegt die Schwierigkeit. Ich habe mich zurückgehalten, solange ich konnte, aber sie ist eine so schrecklich faszinierende Person! Sie ist ein sonderbares Geschöpf, Charlotte, ich glaube nicht, dass Sie sie wirklich kennen.» Charlotte nahm ihre Stickerei auf und ließ sie gleich wieder sinken. «Ich weiß, Ihr Vater hatte Höheres im Sinn», fuhr Felix fort, «und Sie wohl ebenfalls. Sie wollten sie mit Mr. Brand verheiraten.»

«O nein», sagte Charlotte sehr ernst. «Mr. Brand hat sie zwar immer verehrt, aber wir hatten nichts Derartiges vor.»

Felix blickte erstaunt. «Aber Sie haben doch bestimmt eine Heirat angestrebt.»

«Ja, aber wir wollten sie nicht zwingen.»

«*À la bonne heure!*[74] Das ist nämlich sehr gefährlich. Bei arrangierten Ehen geht der Schuss oft nach hinten los.»

«Aber, Felix», sagte Charlotte, «wir wollten nichts ‹arrangieren›.»

«Das höre ich gern. In solchen Fällen kann nämlich die Frau – und sei sie ein noch so edles Geschöpf – nicht umhin, nach einer Entschädigung Ausschau zu halten. Und wenn dann ein charmanter Bursche daherkommt – *voilà*!» Charlotte saß da und starrte stumm auf den Boden, und Felix fuhr fort: «Machen Sie ruhig weiter mit Ihrem Schuh, ich sehe Ihnen gern beim Arbeiten zu.»

Charlotte nahm wieder den bunt bestickten Segeltuchschuh auf und begann einen blauen Faden ziellos durch eine große runde Rose zu ziehen. «Wenn Gertrude so ... so sonderbar ist», sagte sie, «warum wollen Sie sie dann heiraten?»

«Ach, das ist es ja, liebe Charlotte! Ich mag sonderbare Frauen, habe sie immer gemocht. Fragen Sie Eugenia! Und Gertrude ist wunderbar, sie sagt die herrlichsten Sachen!»

Als müsste sie ihre Absicht besonders deutlich machen, sah Charlotte ihn an, fast zum ersten Mal überhaupt. «Sie haben großen Einfluss auf sie.»

«Ja – und nein!», sagte Felix. «Anfangs schon, denke ich, aber jetzt bleiben wir uns nichts schuldig, es ist von beiden Seiten gleich. Sie übt eine starke Wirkung auf mich aus – sie ist einfach sehr stark. Ich glaube, Sie kennen sie gar nicht. Sie ist eine edle Natur.»

«O ja, Felix, ich habe Gertrude immer für eine edle Natur gehalten.»

«Wenn Sie schon jetzt so denken», rief der junge Mann, «warten Sie ab! Sie ist eine Blütenknospe. Lassen Sie mich diese Blüte vom väterlichen Baum pflücken, und Sie werden sehen, wie sie sich entfaltet. Sie haben bestimmt Ihre Freude daran.»

«Ich verstehe Sie nicht», murmelte Charlotte. «Ich kann nicht, Felix.»

«Aber das können Sie verstehen: dass ich Sie bitte, bei Ihrem Vater ein gutes Wort für mich einzulegen. Er wird mich natürlich für einen leichtfertigen Kerl halten, einen Bohemien, einen unordentlichen Menschen. Sagen Sie ihm, dass nicht alles auf mich zutrifft. Wenn ich jemals so war, dann habe ich es vergessen. Ich vergnüge mich gern, ja, aber es sind unschuldige Vergnügungen. Der Schmerz ist immer gleich, doch bei der Freude gibt es gewaltige Unterschiede. Sagen Sie ihm, Gertrude sei eine Blütenknospe und ich ein seriöser Mann!»

Charlotte erhob sich von ihrem Stuhl und rollte langsam ihre Handarbeit zusammen. «Sie sind ja immer zu allen Leuten sehr nett, Felix», sagte sie. «Aber Mr. Brand tut uns außerordentlich leid.»

«Natürlich – und Ihnen ganz besonders! Weil Sie», fügte Felix hastig hinzu, «eine Frau sind. Mir tut er nicht leid. Ihre Anteilnahme ist mehr als genug für jeden Mann.»

«Es ist nicht genug für Mr. Brand», sagte Charlotte nur. Und einen Moment lang stand sie da, als warte sie gewissenhaft auf das, was Felix vielleicht noch zu sagen hätte.

«Mr. Brand ist nicht mehr so erpicht auf die Heirat wie früher», sagte er nun. «Er fürchtet sich vor Ihrer Schwester. Er hält sie inzwischen für verrucht.»

Nun blickte ihn Charlotte mit schönen, flehenden Augen an – Augen, in denen er Tränen aufsteigen sah. «Ach, Felix, Felix», rief sie, «was haben Sie mit ihr gemacht?»

«Ich glaube, sie hat geschlafen, und ich habe sie aufgeweckt.»

Doch Charlotte weinte nun anscheinend wirklich; sie ging, ohne sich noch einmal umzusehen, aus dem Zimmer.

Und Felix stand da, dachte nach und war so grausam, ihre Tränen mit Genugtuung zur Kenntnis zu nehmen.

Am späten Abend kam Gertrude still und ernst zu ihm in den Garten; es war so etwas wie eine Verabredung. Gertrude liebte offenbar Verabredungen. Sie pflückte eine Handvoll Heliotrope und steckte sie sich vorn ans Kleid, sagte aber nichts. Sie wanderten zusammen einen Weg entlang, und Felix blickte zu dem großen, kastenförmigen, gastlichen Haus hinüber, das im Sternenlicht undeutlich aufragte. Alle Fenster waren dunkel.

«Ich habe ein etwas schlechtes Gewissen», sagte er. «Ich sollte mich nicht so mit dir treffen, bevor ich die Einwilligung deines Vaters habe.»

Gertrude sah ihn eine Zeit lang an. «Ich verstehe dich nicht.»

«Das sagst du sehr oft», antwortete er. «Wenn man bedenkt, wie wenig wir einander verstehen, ist es ein Wunder, dass wir uns so gut vertragen!»

«Seit du hierhergekommen bist, haben wir nichts anderes getan, als uns zu treffen – und zwar allein. Schon als ich dich zum ersten Mal gesehen habe, waren wir allein», fuhr Gertrude fort. «Worin liegt der Unterschied zu jetzt? Weil es Nacht ist?»

«Der Unterschied, Gertrude», sagte Felix und blieb stehen, «der Unterschied liegt darin, dass ich dich mehr liebe – mehr als früher!» Und sie standen da, in der warmen Stille, vor dem verschlossenen, dunklen Haus, und sprachen miteinander. «Ich habe mit Charlotte geredet, habe versucht, sie zu bitten, sie möge sich bei eurem Vater für uns verwenden. Sie ist von einer gewissermaßen hehren Widernatürlichkeit – war jemals eine Frau so erpicht darauf, sich ihr eigenes Grab zu schaufeln?»

«Du bist zu vorsichtig», sagte Gertrude, «zu diplomatisch.»

«Aber ich bin doch nicht gekommen, um jemanden unglücklich zu machen!», rief der junge Mann.

Gertrude blickte sich kurz in der duftenden Dunkelheit um. «Ich werde alles tun, was du willst», sagte sie.

«Zum Beispiel?», fragte Felix lächelnd.

«Ich werde fortgehen. Ich werde alles tun, was du willst.»

Felix blickte sie voll feierlicher Bewunderung an. «Ja, wir werden fortgehen», sagte er. «Aber erst wollen wir Frieden schließen.»

Gertrude blickte sich um, dann brach es leidenschaftlich aus ihr heraus: «Warum wollen sie einem immer einreden, man müsse sich schuldig fühlen? Warum machen sie einem alles so schwer? Warum verstehen sie es nicht?»

«Ich werde es ihnen schon erklären!», sagte Felix. Er zog ihre Hand durch seinen Arm, und plaudernd wanderten sie eine Stunde im Garten umher.

12

Felix ließ Charlotte Zeit, seinen Fall vorzutragen; dann, am dritten Tag, suchte er das Gespräch mit seinem Onkel. Es war Vormittag, Mr. Wentworth befand sich in seinem Büro, und als Felix hineinging, stellte er fest, dass sich Charlotte just in diesem Moment mit ihrem Vater beriet. Seit der Unterredung mit Felix hatte sie sich tatsächlich ständig in der Nähe ihres Vaters aufgehalten. Sie war zu dem Schluss gekommen, es sei ihre Pflicht, die leidenschaftliche Bitte ihres Cousins wortwörtlich zu wiederholen. Also war sie Mr. Wentworth wie ein Schatten gefolgt, damit er greifbar wäre, sobald sie die nötige Gelassenheit für diese Aussprache erlangt hätte. Denn natürlich fehlte es der armen Charlotte an Gelassenheit, was diese Sache betraf, vor allem wenn sie an manche von Felix' Andeutungen dachte. Es war gelinde gesagt unerfreulich, dass man dem Sarg, in den man die armselige, uneingestandene kleine Frucht seines ungezogenen Herzens gelegt hatte, immer wieder selbst leise Hammerschläge versetzen musste. Und die Sache wurde nicht angenehmer, nur weil es ein redseliger junger Ausländer war, der das Gespenst dieses unterdrückten Traums mit seltsamen, kühnen Worten aus dem Reich der Schatten befreit hatte. Was hatte Felix gemeint, als er sagte, Mr. Brand sei nicht mehr so erpicht auf die Heirat? Ihr selbst gegenüber hatte der zu Recht deprimierte Verehrer ihrer Schwester keinerlei Anzeichen eines Schwankens gezeigt. Charlotte erbebte am ganzen Leib, wenn sie sich hie und da einen Augenblick zu glauben gestattete, Mr. Brand könne insgeheim geschwankt haben, und da ihr schien, es verleihe Felix' Worten mehr Nachdruck, wenn sie sie vor ihrem Vater wiederholte, wartete sie ab, bis sie sich eingeredet hatte, sie sei ganz ruhig. Nun hatte sie allerdings begonnen, Mr. Wentworth zu schildern, wie außerordentlich besorgt sie war. Diesen Gedanken wollte sie gerade weiter ausführen und die verschiedenen Gründe für ihre Besorgnis aufzählen, als Felix hereinkam.

Mr. Wentworth saß mit übereinandergeschlagenen Beinen da und blickte mit nüchternem, asketischem Gesicht vom Bostoner «Advertiser»[75] auf. Felix kam lächelnd herein, als hätte er etwas Besonderes zu verkünden, und sein Onkel sah ihn an, als erwarte er ein solches Geschehen und missbillige es gleichzeitig. Der lebhafte, mitteilsame Felix war für seinen Onkel, der hinsichtlich einer angemessenen

Haltung noch zu keinem endgültigen Urteil gelangt war, zu einer beängstigenden Person geworden. Wie erwähnt, drückte er sich zum ersten Mal in seinem Leben vor einer Verantwortung; er wünschte sich aufrichtig, die Entscheidung darüber, wie mit den unbekümmerten Vorschlägen seines Neffen zu verfahren sei, möge ihm nicht auferlegt werden. Er lebte in der Furcht, Felix könne ihn beschwatzen und dazu bringen, irgendwelchen fragwürdigen Maßnahmen zuzustimmen, und sein Gewissen sagte ihm, dass die beste Verteidigung darin bestand, jede Diskussion zu vermeiden. Er hoffte, das nette Intermezzo, der Besuch seines Neffen, werde vorübergehen, ohne dass er zu weiteren Inkonsequenzen gezwungen werde.

Felix blickte erst Charlotte verständnisinnig an, dann Mr. Wentworth und dann wieder Charlotte. Mr. Wentworth, zu seinem Neffen gewandt, hob die feinen Brauen und strich die Titelseite des «Advertiser» glatt.

«Ich hätte einen Blumenstrauß mitbringen sollen», sagte Felix lachend. «In Frankreich macht man das so.»

«Wir sind aber nicht in Frankreich», stellte Mr. Wentworth würdevoll fest, während Charlotte ihn ernst anblickte.

«Nein, zum Glück nicht; ich fürchte, da hätte ich es noch schwerer. Teure Charlotte, haben Sie mir jenen liebenswerten Gefallen schon erwiesen?» Und Felix verbeugte sich, als würde ihn jemand vorstellen.

Charlotte sah ihn fast erschrocken an, und Mr. Wentworth fürchtete, dies könne der Anfang einer Diskussion sein. Um sie abzuwenden, fragte er: «Wofür hätte der Blumenstrauß sein sollen?»

Felix sah ihn lächelnd an. *«Pour la demande!»*[76] Dann zog er einen Stuhl heran und nahm, den Hut in der Hand, selbstbewusst und gewissermaßen feierlich Platz.

Wieder wandte er sich Charlotte zu. «Meine gute Charlotte, meine verehrungswürdige Charlotte», murmelte er, «Sie haben nicht etwa ein falsches Spiel mit mir getrieben und sich auf die andere Seite geschlagen?»

Charlotte stand auf, am ganzen Leibe zitternd, auch wenn das niemand sah. «Sie müssen selbst mit meinem Vater reden», sagte sie. «Ich finde, Sie sind klug genug.»

Doch Felix, der sich ebenfalls erhob, bat sie zu bleiben. «Vor Publikum kann ich besser sprechen», erklärte er.

«Ich hoffe, es ist nichts Unangenehmes», sagte Mr. Wentworth.

«Es ist etwas Herrliches – für mich!» Und Felix legte seinen Hut ab und klemmte die gefalteten Hände zwischen die Knie. «Lieber Onkel», sagte er, «ich wünsche mir aus ganzem Herzen, Ihre Tochter Gertrude zu heiraten.»

Charlotte sank langsam auf ihren Stuhl zurück, und Mr. Wentworth saß mit starrem Blick da, ein Leuchten im Gesicht, das der Widerschein eines Eisbergs hätte sein können. Er starrte unablässig vor sich hin und sagte nichts. Felix ließ sich zurückfallen, die Hände noch immer gefaltet. «Ah ... das gefällt Ihnen nicht. Ich habe es befürchtet!» Er wurde rot, und Charlotte bemerkte es. Es war das erste Mal, überlegte sie, dass sie ihn erröten sah. Daraufhin errötete sie selbst und dachte, dass er sehr verliebt sein müsse.

«Das kommt aber sehr plötzlich», sagte Mr. Wentworth schließlich.

«Haben Sie nie Verdacht geschöpft, lieber Onkel?», fragte Felix. «Nun, das zeigt nur, wie vorsichtig ich war. Ja, ich hab mir schon gedacht, dass Sie nicht erfreut sind.»

«Das ist eine sehr ernste Sache, Felix», sagte Mr. Wentworth.

«Sie denken, dass ich Ihre Gastfreundschaft missbrauche!», rief Felix, wieder mit einem Lächeln.

«Meine Gastfreundschaft? Missbrauchen?», wiederholte der Onkel sehr langsam.

«Das hat Felix auch schon zu mir gesagt», vermeldete Charlotte gewissenhaft.

«Natürlich denken Sie das, und Sie brauchen sich nicht zu rechtfertigen!», fuhr Felix fort. «Es ist ganz offensichtlich ein Missbrauch; zu meinen Gunsten spricht allenfalls, dass er verzeihlich ist. Ich habe mich einfach Hals über Kopf verliebt; dafür kann man eigentlich nichts. Obwohl Sie Gertrudes Erzeuger sind, werden Sie kaum wissen, wie anziehend sie ist. Sie besitzt alles, lieber Onkel, was eine außergewöhnlich – ich möchte fast sagen eigentümlich – charmante Frau ausmacht!»

«Für mich war sie immer ein Gegenstand großer Sorge», sagte Mr. Wentworth. «Wir haben immer ihr Glück gewollt.»

«Bitte sehr, hier ist es!», erklärte Felix. «Ich werde sie glücklich machen. Das glaubt sie auch. Haben Sie das nicht bemerkt?»

«Ich habe bemerkt, dass sie sich sehr verändert hat», erklärte Mr. Wentworth in einem Ton, der für Felix bei aller ausdruckslosen Kühle tief sitzenden Widerstand verriet. «Vielleicht wird sie nur das, was Sie eine charmante Frau nennen.»

«Gertrude ist im Grunde ihres Herzens sehr ernst, sehr treu», sagte Charlotte ganz leise, den Blick fest auf den Vater gerichtet.

«Es freut mich, wenn Sie sie loben!», rief Felix.

«Sie hat ein sehr eigenes Wesen», sagte Mr. Wentworth.

«Ha, auch das ist ein Lob!», erwiderte Felix. «Ich weiß,

ich bin nicht der Mann, nach dem Sie Ausschau gehalten haben. Ich habe keinen gesellschaftlichen Rang und kein Vermögen, ich kann Gertrude keinen Platz in der Welt verschaffen. Und einen solchen Platz sollte sie eigentlich haben – dass würde sie ins rechte Licht rücken.»

«Sie braucht einen Platz, an dem sie ihre Pflicht erfüllen kann!», bemerkte Mr. Wentworth.

«Ach, wie bezaubernd sie sie erfüllt – ihre Pflicht!», rief Felix mit strahlender Miene. «Und welch edle Auffassung sie davon hat! Dabei wirkt sie ganz aufrichtig, lieber Onkel.» Mr. Wentworth und Charlotte sahen ihn an, als hätten sie einen Haken schlagenden Windhund vor sich. «Natürlich stellt sie mit mir ihr Licht unter den Scheffel», fuhr er fort. «Ich bin der Scheffel. Nun weiß ich, Sie können mich gut leiden – das haben Sie ja schon bewiesen. Aber Sie halten mich für leichtsinnig, mittellos und schäbig. Gebe ich alles zu – tausendmal gebe ich das zu. Ich war ein Liederjan – ein Fiedler, Maler und Schauspieler. Aber dazu sei gesagt: Erstens glaube ich, Sie übertreiben. Sie sprechen mir Eigenschaften zu, die ich nicht habe. Ich war ein Bohemien – ja. Aber in Böhmen galt ich immer als Gentleman. Ich wollte, Sie könnten einige meiner alten Freunde kennenlernen – die würden Ihnen das bestätigen! Was mir gefiel, war die Freiheit, nicht die Versuchungen! Sehen Sie, lieber Onkel, ich habe nur lässliche Sünden begangen, ich habe nie meines Nächsten Hab und Gut begehrt, nie meines Nächsten Weib.» Mr. Wentworth hätte es tatsächlich sehen müssen, seine kalten blauen Augen blickten starr. «Aber jetzt: *C'est fini!* Alles vorbei. *Je me range.*[77] Ich bin in einen gemächlichen Trab verfallen. Ich habe festgestellt, dass ich meinen Lebensunterhalt – einen recht anständigen Lebensunterhalt – verdienen kann, indem ich durch die Welt ziehe und schlechte Porträts male. Es ist kein ruhmreicher Beruf, aber ein durchaus ehrbarer. Das werden Sie doch nicht leugnen? Ich sage ‹durch die Welt ziehen›. Ja, das kann nun wiederum ich nicht leugnen, das werde ich wohl immer tun, auf der Suche nach gefälligen Modellen. Mit ‹gefällig› meine ich solche, die für feinfühlige Schmeichelei empfänglich sind und pünktlich zahlen. Gertrude hat erklärt, sie sei bereit, mit mir zu reisen und die Modelle in Positur zu setzen. Sie hält das sogar für reizvoll, und das bringt mich zum dritten Punkt. Gertrude hat mich gern. Machen Sie ihr ein wenig Mut, dann wird sie es Ihnen gestehen.»

Felix' Zunge bewegte sich merklich schneller als die Vorstellungskraft seiner Zuhörer. Seine Beredsamkeit erzeugte wie ein schaukelndes Boot auf einem tiefen, ruhigen See weite Kreise des Schweigens. Und selbst nachdem er aufgehört hatte zu sprechen, schien er mit seinem strahlenden, eifrigen Lächeln, den gehobenen Brauen und dem ausdrucksvollen Mund immer weiter zu bitten und zu plaudern, während er eigentlich nur dasaß, seinen Blick rasch vom Vater zur Tochter wandern ließ und auf die Wirkung seiner Werbung wartete.

«Es ist nicht wegen Ihrer Mittellosigkeit», sagte Mr. Wentworth nach einigen Minuten tiefen Schweigens.

«Das ist nett von Ihnen! Aber sagen Sie bitte nicht, es sei wegen meiner Charakterlosigkeit. Denn ich habe Charakter – das versichere ich Ihnen. Einen kleinen, schmächtigen, aber immerhin greifbaren.»

«Solltest du Felix nicht sagen, dass es wegen Mr. Brand ist, Vater?», fragte Charlotte unendlich sanft.

«Es ist nicht nur wegen Mr. Brand», antwortete Mr. Wentworth ernst. Und er blickte lange auf sein Knie. «Das ist schwer zu erklären», sagte er. Er wollte offenbar absolut gerecht sein. «Es hat moralische Gründe, wie es Mr. Brand nennt. Es fragt sich, ob es das Beste für Gertrude ist.»

«Was ist schon besser ... was ist besser, lieber Onkel?», erwiderte Felix drängend, erhob sich in seinem Drängen und stellte sich vor Mr. Wentworth. Der hatte immer noch auf sein Knie geblickt, doch als Felix aufstand, verlagerte er seinen Blick auf den Türgriff ihm gegenüber. «Normalerweise ist es eine recht gute Sache für ein Mädchen, wenn es den Mann heiratet, den es liebt!», rief Felix.

Noch während Felix redete, bemerkte Mr. Wentworth, dass sich der Türgriff drehte; die Tür ging auf und blieb einen Spalt offen stehen, bis Felix die oben zitierte muntere Maxime äußerte. Dann öffnete sie sich ganz, und Gertrude stand da. Sie wirkte erregt, in ihren sanften, matten Augen lag ein Funkeln. Sie trat langsam, aber mit entschlossener Miene ein, schloss leise die Tür und sah die drei Anwesenden der Reihe nach an. Felix ging zärtlich und galant auf sie zu und streckte ihr die Hand entgegen, und Charlotte rückte auf dem Sofa zur Seite. Doch Gertrude behielt die Hände hinter dem Rücken und machte keine Anstalten, sich zu setzen.

«Wir sprechen gerade von dir!», sagte Felix.

«Das weiß ich», antwortete sie. «Deshalb bin ich gekommen.» Und sie richtete ihren Blick auf den Vater, der ihn unverwandt erwiderte. In seinen kalten blauen Augen lag ein sozusagen flehendes, mahnendes Leuchten.

«Es ist besser, wenn du dabei bist», sagte Mr. Wentworth. «Wir sprechen über deine Zukunft.»

«Wieso darüber sprechen?», fragte Gertrude. «Überlasst sie mir.»

«Das heißt also mir!», rief Felix.

«In letzter Instanz überlasse ich sie einer höheren Weisheit als der unseren», sagte der alte Mann.

Felix massierte sacht seine Stirn. «Es fehlt deinem Vater wohl an Vertrauen, *en attendant* die letzte Instanz[78]», sagte er zu Gertrude.

«Hast du kein Vertrauen in Felix?» Gertrude runzelte die Stirn; sie hatte etwas an sich, was ihr Vater und Charlotte noch nie gesehen hatten. Charlotte stand auf und ging zu ihr, als wollte sie den Arm um sie legen, dann schien sie plötzlich vor einer Berührung zurückzuschrecken.

Mr. Wentworth jedoch hatte keine Angst. «Ich habe mehr Vertrauen in Felix als in dich», sagte er.

«Ja, in mich hast du nie Vertrauen gehabt – nie, nie! Ich weiß nicht, warum.»

«O Schwester, Schwester!», murmelte Charlotte.

«Dich hat man immer ermahnen müssen», erklärte Mr. Wentworth. «Du hast ein schwieriges Naturell.»

«Warum nennst du es schwierig? Alles hätte ganz unkompliziert sein können, wenn du es geduldet hättest. Du wolltest mich nicht sein lassen, wie ich von Natur aus war. Ich weiß nicht, was ihr aus mir machen wolltet. Mr. Brand war der Schlimmste.»

Endlich fasste Charlotte ihre Schwester an. Sie legte Gertrude beide Hände auf den Arm. «Er hat dich so gern», flüsterte sie.

Gertrude sah sie einen Augenblick aufmerksam an, dann küsste sie sie. «Nein, er hat mich nicht gern», sagte sie.

«Ich habe dich noch nie so heftig erlebt», bemerkte Mr. Wentworth mit einer von erhabenen Grundsätzen gemilderten Empörung.

«Es tut mir leid, wenn ich dich verletze», sagte Gertrude.

«Du verletzt mich, und ich glaube nicht, dass es dir leidtut.»

«Doch, Vater, es tut ihr leid», sagte Charlotte.

«Ich würde sogar noch weiter gehen, lieber Onkel», warf Felix ein. «Ich bezweifle, dass sie Sie wirklich verletzt. Wie könnte sie auch?»

Darauf gab Mr. Wentworth keine unmittelbare Antwort. Dann sagte er: «Sie hat nicht die Fortschritte gemacht, die wir erhofften.»

«Fortschritte gemacht? *Ah, voilà!*», rief Felix.

Gertrude war sehr blass; sie stand da und blickte zu Boden. «Ich habe Felix gesagt, ich würde mit ihm fortgehen», sagte sie dann.

«Ja, du hast wunderbare Sachen gesagt!», rief der junge Mann.

«Fortgehen, Schwester?», fragte Charlotte.

«Fort ... fort. In ein fremdes Land.»

«Nur um Ihnen Angst einzujagen», sagte Felix lächelnd zu Charlotte.

«Nach ... wie sagtest du?», fragte Gertrude und drehte sich kurz zu Felix um. «Nach Böhmen.»

«Gedenken Sie auf einleitende Maßnahmen zu verzichten?», fragte Mr. Wentworth und erhob sich.

«Lieber Onkel, *vous plaisantez*[79]*!*», rief Felix. «Ich habe den Eindruck, dies hier sind einleitende Maßnahmen.»

Gertrude wandte sich zu ihrem Vater. «Ich habe Fortschritte gemacht», sagte sie. «Du wolltest meinen Charakter bilden. Nun, mein Charakter ist gebildet – für mein Alter. Ich weiß, was ich will, ich habe gewählt. Ich bin entschlossen, diesen Gentleman zu heiraten.»

«Es ist besser, Sie willigen ein, Sir», sagte Felix sehr freundlich.

«Ja, Sir, es ist besser, Sie willigen ein», fügte eine neue Stimme mit einem Mal hinzu.

Charlotte tat einen kleinen Satz, und die anderen drehten

sich in die Richtung, aus der die Stimme erklungen war. Es war die Stimme von Mr. Brand, der durch die offen stehende Terrassentür über die Veranda hereingekommen war. Er tupfte sich die Stirn mit einem Taschentuch ab; er war sehr erhitzt, und auf seinem Gesicht lag ein merkwürdiger Ausdruck.

«Ja, Sir, es ist besser, Sie willigen ein», wiederholte Mr. Brand und kam näher. «Ich weiß genau, was Miss Gertrude meint.»

«Mein teurer Freund!», murmelte Felix und strich dem jungen Geistlichen liebevoll über den Arm.

Mr. Brand sah erst ihn an, dann Mr. Wentworth und endlich Gertrude. Charlotte sah er nicht an. Charlotte hingegen hatte ihren ernsten Blick unverwandt auf sein Gesicht geheftet; sie suchte dort die Antwort auf eine übermächtige Frage. Natürlich würde sie nicht umgehend die ganze Antwort erhalten, aber Teile davon erkannte sie bereits. Dazu gehörte zum Beispiel, dass Mr. Brand knallrot geworden war, den Kopf sehr hoch trug, leuchtende, aufgeregte Augen hatte und eine verlegen-kühne Miene, die Miene eines Mannes, der einen Entschluss gefasst hat und dessen Ausführung als Bankrott seines zwar nicht moralischen, aber doch persönlichen Vermögens versteht. Charlotte fand, er sehe sehr edel aus, und unbestreitbar fühlte Mr. Brand sich auch sehr edel. Im Grunde war dies der edelste Moment in seinem Leben, und es war nur natürlich, dass ein solcher Moment einem großen, kräftigen und bescheidenen jungen Mann ausreichend Gelegenheit bot, sich linkisch zu benehmen.

«Kommen Sie herein, Sir», sagte Mr. Wentworth und winkte ihn barsch zu sich. «Es ist nur recht, wenn Sie dabei sind.»

«Ich weiß, worüber Sie sprechen», erwiderte Mr. Brand. «Ich habe gehört, was Ihr Neffe gesagt hat.»

«Und er hat gehört, was Sie gesagt haben», rief Felix und tätschelte ihm erneut den Arm.

«Ich bin nicht sicher, ob ich das richtig verstanden habe», sagte Mr. Wentworth. Nicht nur seine Gesten waren barsch, auch seine Stimme war es.

Gertrude sah ihren früheren Verehrer scharf an. Sie war verblüfft gewesen wie ihre Schwester, aber ihre Fantasie war beweglicher als die von Charlotte. «Mr. Brand hat dich gebeten, du mögest Felix erlauben, mich mit sich fortzunehmen», sagte sie zu ihrem Vater.

Der junge Geistliche warf ihr einen merkwürdigen Blick zu. «Nicht deshalb, weil ich Sie nicht mehr sehen möchte», erklärte er in einer Stimmlage, die für aller Ohren bestimmt schien.

«Ich glaube nicht, dass Sie mich noch sehen möchten», antwortete Gertrude freundlich.

Mr. Wentworth machte große Augen. «Erkenne ich da einen gewissen Sinneswandel, Sir?», fragte er.

«Ja, Sir.» Mr. Brand blickte überall hin, aber immer noch nicht zu Charlotte. «Ja, Sir», wiederholte er. Und er hielt sich kurz das Taschentuch vor den Mund.

«Wo bleiben da unsere moralischen Überzeugungen?», fragte Mr. Wentworth, der immer der Meinung gewesen war, Mr. Brand sei genau das Richtige für eine jüngere Tochter mit ausgefallenen Veranlagungen.

«Manchmal ist ein Sinneswandel hochmoralisch», gab Felix zu bedenken.

Charlotte hatte sich leise von ihrer Schwester entfernt und behutsam in Richtung ihres Vaters bewegt, und nun schob sich ihre Hand durch seinen Arm. Mr. Wentworth hatte den

«Advertiser» zu einer erstaunlich dünnen Rolle zusammengedreht; er hielt diese Rolle in der einen Hand und umfasste sie würdevoll mit der anderen. Mr. Brand sah ihn an, und obwohl Charlotte neben ihm stand, trafen sich ihre Blicke nicht. Gertrude beobachtete ihre Schwester.

«Vielleicht sollten wir es nicht als Sinneswandel bezeichnen», sagte Mr. Brand. «In gewisser Hinsicht ist es auch keiner. Ich habe mir etwas gewünscht und Sie darum gebeten. Auch jetzt wünsche ich mir noch etwas – und bitte Sie darum.» Er schwieg kurz. Mr. Wentworth blickte verständnislos drein. «Ich möchte in meiner Eigenschaft als Geistlicher dieses junge Paar trauen.»

Gertrude, die ihre Schwester beobachtete, sah sie heftig erröten, und Mr. Wentworth spürte, wie sie seinen Arm drückte. «Gott im Himmel!», murmelte Mr. Wentworth. Näher war er einer Blasphemie im ganzen Leben noch nicht gekommen.

«Das ist sehr nett, das ist ganz reizend!», rief Felix.

«Ich verstehe nicht», sagte Mr. Wentworth, obwohl alle anderen es offensichtlich verstanden.

«Das ist sehr schön, Mr. Brand», sagte Gertrude, die es Felix gleichtun wollte.

«Ich möchte Sie trauen. Es wäre mir eine große Freude.»

«Wie Gertrude sagt: Das ist eine schöne Idee», sagte Felix.

Felix lächelte, Mr. Brand hingegen versuchte es nicht einmal. Es war ihm sehr ernst mit seinem Vorschlag. «Ich habe darüber nachgedacht, und ich würde es gern tun», versicherte er.

Charlotte stand unterdessen mit weit aufgerissenen Augen da. Ihre Vorstellungskraft arbeitete wie gesagt nicht so rasch wie die ihrer Schwester, aber jetzt hatte auch sie ein paar kleine Sprünge gemacht. «Vater», murmelte sie, «sag Ja!»

Mr. Brand hörte sie und schaute weg. Mr. Wentworth wiederum besaß offensichtlich überhaupt keine Vorstellungskraft. «Ich habe immer gedacht», begann er langsam, «dass Gertrudes Charakter besonderer Maßnahmen zu seiner Entfaltung bedürfe.»

«Vater», wiederholte Charlotte, «sag Ja.»

Jetzt endlich blickte Mr. Brand sie an.

Ihr Vater spürte, dass sie sich so schwer wie noch nie auf seinen angewinkelten Arm stützte, und diese Tatsache, zusammen mit einer gewissen lieblichen Mattigkeit in ihrer Stimme, bewog ihn, sich zu fragen, was los sei. Er blickte auf sie hinunter und sah, dass sich ihr Blick mit dem des jungen Theologen kreuzte, aber selbst dies erklärte ihm noch nichts, und er war weiterhin verwirrt. Dennoch sagte er schließlich: «Ich bin einverstanden, da Mr. Brand es empfiehlt.»

«Ich möchte die Zeremonie sehr bald vollziehen», bemerkte Mr. Brand mit feierlicher Schlichtheit.

«Das ist aber nett!», rief Felix salopp.

Mr. Wentworth sank auf seinen Stuhl. «Zweifelsohne, wenn man es erst einmal begriffen hat», sagte er mit einer Art richterlichen Schroffheit.

Gertrude trat zu ihrer Schwester und führte sie hinaus, und da Felix Mr. Brands Arm genommen hatte und mit ihm durch die Terrassentür nach draußen gegangen war, blieb der alte Mann allein zurück und saß verwirrt und unaufgeklärt da.

An diesem Tag arbeitete Felix nicht. Am Nachmittag stieg er mit Gertrude in eines der Boote und ließ sich mit eingezogenen Rudern übers Wasser treiben. Sie sprachen viel über Mr. Brand – allerdings nicht ausschließlich.

«Das war eine edle Tat», sagte Felix. «Es war wirklich heldenhaft.»

Gertrude saß nachdenklich da, den Blick auf die kleinen Wellen gerichtet. «Genau das wollte er sein. Er wollte etwas Edles tun.»

«Er wird nicht zur Ruhe kommen, bis er uns getraut hat», sagte Felix. «Umso besser.»

«Er wollte großzügig sein, er wollte edle, moralische Freude empfinden. Ich kenne ihn so gut», fuhr Gertrude fort. Felix sah sie an; sie sprach leise und blickte auf das klare Wasser. «Er hat viel darüber nachgedacht, Tag und Nacht. Er hat gedacht, dass es schön wäre. Schließlich kam er zu der Überzeugung, dass es seine Pflicht sei, seine Pflicht, ebendas zu tun – und nicht weniger als das. Er fühlte sich erhaben, fühlte sich hehr. Solche Gefühle gefallen ihm. Für ihn ist das besser, als wenn ich ihn erhört hätte.»

«Für mich auch», sagte Felix lächelnd. «Aber was sein Opfer betrifft – weißt du, dass ich glaube, er hat dich, als er diese Entscheidung traf, nicht mehr so tief verehrt wie noch vierzehn Tage zuvor?»

«Er hat mich nie verehrt. Er verehrt Charlotte. Mich hat er bemitleidet. Ich kenne ihn sehr gut.»

«Gut, dann hat er dich nicht mehr so sehr bemitleidet.»

Gertrude warf Felix lächelnd einen Blick zu. «Du solltest dir nicht erlauben, seine Großtat abzuwerten. Er verehrt Charlotte», wiederholte sie.

«Das ist doch herrlich!», sagte Felix lachend und tauchte seine Ruder ein. Ich kann nicht genau sagen, auf welchen Teil von Gertrudes Satz er sich bezog, aber er tauchte die Ruder noch einmal ein, und wieder glitten sie dahin.

Weder Felix noch seine Schwester erschienen an diesem Tag zu Mr. Wentworths Abendmahlzeit. Die beiden Cottagebewohner speisten zusammen, und der junge Mann teilte seiner Gefährtin mit, seine Heirat sei nun beschlossene Sache. Eugenia beglückwünschte ihn und entgegnete, wenn er als Ehemann so vernünftig sei, wie er im großen Ganzen als Bruder gewesen sei, könne sich seine Frau nicht beklagen.

Felix sah sie kurz an und lächelte. «Ich hoffe, ich bin nicht auf meine Vernunft angewiesen.»

«Stimmt», erwiderte Eugenia, «die Vernunft ist deprimierend fade. Das ist eine Suppe ohne Salz.»

Am späteren Abend gingen Bruder und Schwester doch noch hinüber ins große Haus, denn die Baronin wollte ihre künftige Schwägerin beglückwünschen. Auf der Veranda fanden sie den üblichen Kreis vor, mit Ausnahme von Clifford Wentworth und Lizzie Acton; und da sich wie immer alle erhoben, um die Baronin zu begrüßen, konnte Eugenia Gertrude vor einem bewundernden Publikum Glück wünschen.

Robert Acton lehnte am Rand der Veranda an einer der weißen Säulen, sodass er gleich neben Eugenia stand, als diese ihre hübsche kleine Gratulationsansprache hielt.

«Ich freue mich darauf, Sie noch näher kennenzulernen», sagte sie. «Ich habe Sie in letzter Zeit deutlich seltener gesehen, als mir lieb war. Natürlich, jetzt weiß ich auch, warum! Werden Sie mich ein wenig gernhaben? Ich darf wohl behaupten, dass ich gewinne, wenn man mich näher kennenlernt.» Und sie beendete diese in den sanftesten Tönen vorgebrachten Bemerkungen, indem sie Gertrude eine Art hochoffiziellen Kuss auf die Stirn drückte.

Trotz der zunehmenden Vertrautheit hatte Eugenias Person für Gertrude nichts von ihrer eindrucksvollen Rätselhaftigkeit verloren, und sie fühlte sich geschmeichelt und hingerissen von diesem kleinen feierlichen Akt. Auch Robert Acton schien ihn zu schätzen, wie die meisten huldvollen Bekundungen von Madame Münsters Esprit.

Das Schöne an ihnen war, dass sie ihn ruhelos werden ließen, und auch diesmal wanderte er plötzlich mit den Händen in den Taschen davon, kam zurück und lehnte sich wieder an seine Säule. Nun gratulierte Eugenia ihrem Onkel zur Verlobung seiner Tochter, und Mr. Wentworth lauschte mit der üblichen schlichten und doch kultivierten Höflichkeit. Vermutlich nahm er die wechselseitigen Beziehungen der jungen Leute in seiner Umgebung mittlerweile etwas deutlicher wahr, doch noch immer ging ihm die Sache sehr nahe, und er war keineswegs hocherfreut.

«Felix wird ihr ein guter Ehemann sein», sagte Eugenia. «Er wird einen reizenden Gefährten abgeben, denn er besitzt eine wertvolle Eigenschaft – seine unverwüstliche Fröhlichkeit.»

«Sie halten dies für eine wertvolle Eigenschaft?», fragte der alte Mann.

Eugenia überlegte, den Blick auf ihn gerichtet. «Sie meinen, man wird ihrer überdrüssig?»

«Ich weiß nicht, ob ich das behaupten möchte», sagte Mr. Wentworth.

«Gut, dann sagen wir, sie ist für andere lästig, für einen selbst aber erfreulich. Ein Ehemann soll ja zum zweiten Ich einer Frau werden; bei Felix und Gertrude wird also die Fröhlichkeit ihr gemeinsamer Besitz sein.»

«Gertrude war immer sehr fröhlich», sagte Mr. Wentworth. Er versuchte, dieser Gedankenkette zu folgen.

Robert Acton zog die Hände aus den Taschen und trat ein

wenig näher zur Baronin. «Sie sagen, Sie gewönnen, wenn man Sie näher kennenlernt», sagte er. «Auf jeden Fall ist es ein Gewinn, Sie zu kennen.»

«Und woraus genau besteht der Gewinn bei Ihnen?», fragte Eugenia.

«Ich bin um vieles klüger geworden.»

«Das ist ein fragwürdiger Nutzen für einen Mann, der schon so klug war!»

Acton schüttelte den Kopf. «Nein, ich war ein Riesendummkopf, bevor ich Sie kennenlernte.»

«Und als ein solcher Dummkopf haben Sie meine Bekanntschaft gemacht? Sehr schmeichelhaft.»

«Gestatten Sie, dass ich sie auch weiterhin pflege», sagte Acton lachend. «Ich hoffe, dass die Heirat Ihres Bruders Sie noch länger hier festhält, uns zur Freude.»

«Warum sollte ich wegen der Heirat meines Bruder bleiben, wenn ich nicht einmal wegen meiner eigenen bleiben würde?», fragte die Baronin.

«Warum sollten Sie nicht in beiden Fällen bleiben, jetzt, wo Sie Ihren Worten zufolge jenes formale Band, das Sie an Europa geknüpft hat, gelöst haben?»

Die Baronin warf ihm einen Blick zu. «Meinen Worten zufolge? Sie machen ein Gesicht, als zweifelten Sie daran.»

«Ach», sagte Acton, ihren Blick erwidernd. «Das sind die Überbleibsel meiner alten Dummheit! Wir haben noch weitere Attraktionen zu bieten», fügte er hinzu. «Es gibt eine zweite Hochzeit.»

Sie schien nicht zuzuhören, sah ihn aber immer noch an. «Bisher hat noch nie jemand an meinen Worten gezweifelt», sagte sie.

«Es gibt eine zweite Hochzeit», wiederholte Acton lächelnd.

Jetzt schien sie zu verstehen. «Eine zweite Hochzeit?» Sie sah die anderen an. Felix plauderte mit Gertrude, Charlotte beobachtete die beiden aus einiger Entfernung, und Mr. Brand stand ganz abseits, wandte allen den Rücken zu, hatte die Hände unter die Rockschöße geschoben, hielt den großen Kopf zur Seite geneigt und betrachtete die schmale, zarte Sichel eines jungen Mondes. «Das müssten eigentlich Mr. Brand und Charlotte sein», sagte Eugenia, «aber danach sieht es nicht aus.»

«In diesem Fall müssen Sie gerade den gegenteiligen Schluss ziehen», antwortete Acton. «Der Schein trügt. Es steckt mehr dahinter. Ich rechne mit einer Einigung in den nächsten Tagen. Aber das meinte ich nicht.»

«Ich ahne ja nicht einmal etwas von meinen eigenen Verehrern», sagte die Baronin, «umso weniger von denen anderer Leute.»

Acton lachte laut auf und wollte etwas erwidern, als Mr. Wentworth zu seiner Nichte trat. «Es dürfte Sie interessieren», sagte der alte Mann in einem kurz aufflackernden Bemühen um Scherzhaftigkeit, «dass noch zwei weitere aus unserem kleinen Kreis das Wagnis der Ehe eingehen.»

«Ich wollte es der Baronin gerade erzählen», bemerkte Acton.

«Mr. Acton stand offenbar im Begriff, mir seine eigene Verlobung kundzutun», sagte Eugenia.

Mr. Wentworth wurde noch humoriger. «Das trifft es nicht genau, aber es bleibt in der Familie. Als Clifford heute Morgen erfuhr, Mr. Brand habe den Wunsch geäußert, bei seiner Schwester das Band der Ehe zu knüpfen, hat er sich in den Kopf gesetzt, dass unser guter Freund, wenn er schon einmal dabei ist, für ihn und Lizzie Acton eine ebensolche Zeremonie abhält.»

Die Baronin warf den Kopf zurück und lächelte ihren Onkel an; dann wandte sie sich noch strahlender Robert Acton zu und sagte: «Wie dumm von mir, dass ich darauf nicht gekommen bin.» Acton blickte auf seine Stiefel, als hielte er nun vielleicht die Grenzen seriösen Experimentierens für erreicht, und einen Augenblick lang sagte Eugenia nichts mehr. Es war tatsächlich ein schwerer Schlag gewesen, und davon musste sie sich erst erholen. Doch dies geschah ziemlich rasch. «Wo sind die jungen Leute?», fragte sie.

«Sie verbringen den Abend mit meiner Mutter.»

«Kommt das nicht sehr plötzlich?»

Acton blickte auf. «Äußerst plötzlich. Es gab eine stillschweigende Abmachung, aber in den letzten ein, zwei Tagen hat Clifford anscheinend den rätselhaften Antrieb verspürt, die Sache zu beschleunigen.»

«Der Antrieb waren die weiblichen Reize Ihrer überaus hübschen Schwester.»

«Die weiblichen Reize meiner Schwester sind sattsam bekannt; er wusste schon immer darum.» Wieder begann Acton sich vorzutasten.

Doch diesmal kam ihm die Baronin ganz offensichtlich nicht zu Hilfe. «Ach, das weiß man nie. Clifford ist sehr jung, aber er ist ein netter Bursche.»

«Er ist ein liebenswerter Bursche und wird ein reicher Mann sein.» Dies war Actons letzter Versuch. Madame Münster wandte sich ab.

Sie blieb nur kurz zu Besuch, Felix brachte sie nach Hause. In ihrem kleinen Salon trat sie fast sofort an den Spiegel über dem Kaminsims, hob eine Kerze in die Höhe und blickte hinein. «Ich werde deine Hochzeit nicht abwarten», sagte sie zu ihrem Bruder. «Morgen soll mein Mädchen packen.»

«Liebe Schwester», rief Felix, «wir werden doch umgehend getraut! Mr. Brand gibt keine Ruhe.»

Doch Eugenia drehte sich nur um und blickte, die Kerze noch immer erhoben, auf all den Kitsch und die Vorhänge und Kissen in dem kleinen Wohnzimmer. «Mein Mädchen soll packen», wiederholte sie. «*Bonté divine*, was für ein Plunder! Ich komme mir vor wie die Schauspielerin einer Wandertruppe, und dies hier sind meine ‹Besitztümer›.»

«Ist das Stück zu Ende, Eugenia?», fragte Felix.

Sie warf ihm rasch einen Blick zu. «Ich habe meine Rolle gespielt.»

«Und viel Applaus erhalten!», sagte ihr Bruder.

«Ach, Applaus ... Applaus!», murmelte sie. Sie hob zwei oder drei herumliegende Tücher auf. Sie betrachtete den schönen Brokat und sagte dann: «Ich verstehe nicht, wie ich das ausgehalten habe!»

«Halte es noch ein wenig länger aus. Komm zu meiner Hochzeit.»

«Danke. Das ist deine Sache. Meine Angelegenheiten spielen sich anderswo ab.»

«Wo willst du hin?»

«Nach Deutschland – mit dem ersten Schiff.»

«Du hast beschlossen, Mr. Acton nicht zu heiraten?»

«Ich habe ihn abgewiesen», sagte Eugenia.

Ihr Bruder sah sie schweigend an. «Das tut mir leid», erwiderte er schließlich. «Aber ich war absolut verschwiegen, wie du mich gebeten hast. Ich habe nichts gesagt.»

«Dann erwähne die Sache bitte auch weiterhin nicht», sagte Eugenia.

Felix verneigte sich feierlich. «Wie du befiehlst. Und deine Situation in Deutschland?», fuhr er fort.

«Sprechen wir nicht darüber.»

«Ich wollte nur sagen, dass ich annahm, sie hätte sich geändert.»

«Da hast du dich geirrt.»

«Aber ich dachte, du hättest unterschrieben ...»

«Ich habe nicht unterschrieben!», sagte die Baronin.

Felix drang nicht weiter in sie, und es wurde ausgemacht, dass er ihr helfen würde, sich unverzüglich einzuschiffen.

Mr. Brand konnte es anscheinend in der Tat kaum erwarten, sein Opfer zu bringen und jenen ehelichen Segen zu spenden, der seinen Entschluss so hübsch zur Geltung bringen würde. Noch unverkennbarer war allerdings Eugenias Ungeduld, sich aus einem Land zurückzuziehen, in dem sie das Glück, das zu suchen sie gekommen war, nicht gefunden hatte. Freilich hatte sie auch keine irgendwie besonderen Anstrengungen unternommen. Dennoch fühlte sie sich offenbar berechtigt, den verallgemeinernden Schluss zu ziehen, dass auf diesem provinziellen Kontinent die Bedingungen für wirklich überlegene Frauen nicht günstig waren. Deren natürliches Betätigungsfeld war eben doch die Alte Welt. Die ungenierte Zielstrebigkeit, mit der sie diesen intelligenten Schlussfolgerungen gemäß handelte, deutete der kleine Zuschauerkreis, der in unserer Erzählung aufgetreten ist, lediglich als überlegenen Ausdruck einer Persönlichkeit, der Lebenserfahrung eine unnachahmliche Geschmeidigkeit verliehen hatte. Auf Robert Acton wirkte sie anders; er war in den zwei Tagen vor ihrer Abreise ein äußerst unruhiger, verärgerter Sterblicher. Sie verbrachte den letzten Abend bei ihrem Onkel und trat dort charmanter auf denn je, und als sie sich von Clifford Wentworths Braut verabschiedete, zog sie sich einen kuriosen alten Ring vom Finger und schenkte ihn ihr mit einer reizenden Ansprache und einem Kuss. Gertrude, die als Braut ebenfalls in den Genuss ihrer huldvollen Großzügigkeit gekommen war, fand dieses kleine Zwischenspiel ganz wunderbar, und Robert Acton überlegte schon, ob es ihm als Lizzies Bruder und Vormund nicht das Recht verlieh, seinerseits der Baronin ein hübsches Geschenk zu überreichen. Es hätte ihn sehr glücklich gemacht, wenn er der Baronin ein hübsches Geschenk hätte überreichen können, aber er verkniff es sich, seine Gefühle derart zur Schau zu stellen, was zur Folge hatte, dass er zum Schluss gänzlich untröstlich war. Er besuchte die Baronin tatsächlich fast ganz zum Schluss – noch am Abend, bevor sie nach Boston fuhr, um an Bord zu gehen.

«Um meinetwillen würde ich mir wünschen, Sie hätten bleiben können», sagte er. «Aber nicht um Ihretwillen.»

«Ich sehe da keinen großen Unterschied», sagte die Baronin. «Mir tut es einfach leid, dass ich gehe.»

«Sie machen sehr wohl einen Unterschied, obendrein einen noch viel größeren», erklärte Acton, «denn Sie meinen doch, dass Sie eigentlich froh sind!»

Felix verabschiedete sich auf dem Schiffsdeck von ihr. «Wir werden uns drüben oft sehen», sagte er.

«Ich weiß nicht», antwortete sie. «Europa kommt mir viel größer vor als Amerika.»

In den nun folgenden Tagen war Mr. Brand natürlich nicht die einzige ungeduldige Seele, aber man kann behaupten, dass sich von allen an dieser Episode beteiligten jungen Seelen keine der Lage so hingebungsvoll gewachsen zeigte. Zusammen mit Felix Young verließ Gertrude ihr Vaterhaus; die beiden waren unbeirrbar glücklich und fuhren weit weg. Clifford und seine junge Frau suchten ihr Glück im näheren Umkreis, und der Einfluss der Letzteren auf ihren Ehemann bestätigte auffallend jene Theorie von der erhebenden Wirkung des zwanglosen Umgangs mit klugen Frauen, die Felix seinerzeit Mr. Wentworth vorgetragen hatte. Gertrude war für längere Zeit in die Ferne entrückt, doch kehrte sie zurück, als Charlotte Mr. Brand heiratete. Sie nahm am Hochzeitsfest teil, und Felix' Fröhlichkeit ließ keinerlei Beeinträchtigung erkennen. Danach entschwand Gertrude, und im Haus ihrer Kindheit erklang von Zeit zu Zeit ein Echo ihrer Fröhlichkeit und der ihres Mannes. Schließlich ertappte sich Mr. Wentworth dabei, dass er schon darauf wartete. Robert Acton aber heiratete nach dem Tod seiner Mutter ein ausnehmend nettes junges Mädchen.

ANMERKUNGEN

1 Frz. *teint fatigué*.
2 Frz. «grässlich», «geschmacklos».
3 Ein Epitheton (*gr.-lat.* «Hinzugefügtes») ist ein als Zusatz (Attribut) gebrauchtes Adjektiv oder Partizip.
4 Frz. «Damit ist das wenigstens geklärt!»
5 Frz. «Wir werden sehen.»
6 Frz. «Guter Gott».
7 Aus *Ode to a Nightingale* von John Keats (1795–1821, engl. Dichter der Romantik): *«And mid-May's eldest child. / The coming musk-rose, full of dewy wine, / The murmurous haunt of flies on summer eves.»*
8 Frz. «Woher wissen Sie das?»
9 Frz. «Du wirst schon sehen.»
10 Frz. «Wie bunt das ist!»
11 Der pers. Prinz Kamar-es-Saman, ein Ausbund an Schönheit, widersetzt sich seinem Vater und weigert sich zu heiraten. Dasselbe gilt für die überirdisch schöne Prinzessin Budur im fernen China. Zwei von diesen hinreißenden Menschenwesen bezauberte Ifriten (Dämonen) beschließen, die beiden nächtens zusammenzubringen, um vergleichen zu können, wer schöner ist. Sie entführen die schlafende Prinzessin im Flug und legen sie neben den schlummernden Prinzen. Als dieser erwacht, verliebt er sich in Budur.
12 Frz. «Ach, wie recht Sie haben!»
13 Das Dinner, traditionell die erste Mahlzeit des Tages (vgl. frz. *petit-déjeuner*: Frühstück; *déjeuner*: Mittagessen), wird in Europa erst seit Anfang des 19. Jh. vorzugsweise abends eingenommen.
14 Die Königin von Saba erfährt von der Weisheit König Salo-

mos und reist zu ihm nach Jerusalem, um das Gehörte zu überprüfen. Überwältigt von dem, was sie sieht, schenkt sie ihm «hundertundzwanzig Zentner Gold und sehr viel Spezereien und Edelsteine». Vgl. 1 Kön 10,1–13 und 2 Chr 9,1–12.

15 Frz. «in der Schwebe».

16 Vgl. Luk 15,23. Im Gleichnis vom verlorenen Sohn lässt der Vater das gemästete Kalb schlachten, um die Heimkehr seines Sohnes zu feiern.

17 Frz. «Das ist ziemlich ungenau.»

18 Frz. «Jetzt müssen wir nur noch dranbleiben.»

19 Frz., hier etwa: «Stil», «Habitus», «Lebensgefühl».

20 Altfrz., hier etwa: «Tatkraft».

21 Beides Namen biblischer Gestalten. Eugenia unterstellt der frommen puritanischen Familie eine wenig modische, bibelhörige Namensgebung.

22 Die Barouche war ein aufwändig konstruierter offener Zweispänner für vier Personen, ein reines Prestigegefährt für Vergnügungsfahrten, das keinen Platz für Gepäck bot. Sie war besonders in den 1830/1840er-Jahren als Statussymbol verbreitet.

23 Frz. «Hintergrund», «Gesamtansicht».

24 Frz. «Versteck».

25 George Washington (1732–1799) war einer der Gründerväter der Vereinigten Staaten und ihr erster Präsident. Zu der Zeit, in der dieser Roman spielt, ist Washington schon mehr als vierzig Jahre tot – ein Beweis für das «ehrwürdige» Alter des Hauses.

26 Joséphine de Beauharnais (1763–1814), Kaiserin von Frankreich und erste Gemahlin Napoleons.

27 Frz. «zum Beispiel», hier als Ausruf der Bewunderung und des Erstaunens, etwa: «Sieh an!»

28 Frz. «ein hübscher Cousin». Wortspiel und Analogbildung zu frz. *belle-mère*, «Schwiegermutter».

29 Frz. «regelmäßige Gäste».

30 Seit Ende des 16. Jh. Bezeichnung für die Gegner des Trinitätsdogmas. Sie vertraten die Lehre vom Vater als einzigem wahren Gott und von Jesus als nicht präexistentem Gottessohn

und wurden zu Anhängern eines freien rationalistischen Christentums, deren Einflüsse besonders im England des 18. und 19. Jh. spürbar waren.

31 Vorläufer des Heftpflasters (das erst 1880 erfunden wurde); benannt nach einem seiner Bestandteile, der Engelwurz.

32 Frz. *soubrette* bedeutet ursprünglich «verschmitzte Zofe».

33 Frz. «Tür an Tür».

34 Bombasin ist ein Mischgewebe aus Seide und Baumwolle.

35 Frz. «auf dieser Galeere». Anspielung auf ein berühmtes Zitat aus Molières (1622–1673) Komödie *Scapins Streiche:* «Was zum Teufel hatte er auch auf dieser Galeere zu suchen?» (II,7)

36 Frz. «Man muss es ein wenig aufputzen.»

37 Leichter einspänniger Pferdewagen ohne Verdeck.

38 Frz. «Langeweile».

39 Germaine Baronin von Staël-Holstein, genannt Madame de Stael (1766–1817), frz. Schriftstellerin, die durch ihr Buch *De l'Allemagne* (1813) für lange Zeit das Deutschlandbild der Franzosen prägte. – Jeanne Françoise Julie Adélaïde Récamier (1777–1849), frz. Schriftstellerin. In den Salons der beiden Damen wurden anspruchsvolle politische und literarische Diskussionen geführt.

40 Frz. «schöner Greis».

41 Vgl. Mk 5,9.

42 Das frz. Wort «Bohémien» heißt einerseits «Böhme» und bezeichnet andererseits (wie im Deutschen) eine unbekümmerte, leichtlebige und unkonventionelle Künstlernatur. Auch das engl. Original kann beide Bedeutungen mit dem einen Wort «Bohemian» ausdrücken, was im Deutschen jedoch nicht gegeben ist.

43 Der Held des Romans *The Life and Adventures of Nicholas Nickleby* (1839) von Charles Dickens (1812–1870) verbringt auf der Suche nach einem Lebenserwerb ebenfalls einige Zeit an einem Theater.

44 Frz. «fangen Sie es falsch an».

45 Frz. «so weit ist es noch nicht».

46 Im Original dt.

47 Frz. «Was wollen Sie?»

48 Ralph Waldo Emerson (1803–1882), amerik. Schriftsteller, Dichter und Philosoph; die treibende Kraft des amerik. Transzendentalismus, einer neuidealistischen Bewegung, der beispielsweise auch Henry David Thoreau angehörte. Gefordert wurde eine radikale Erneuerung der Kunst und Literatur. Henry James' Bruder William, ein Philosoph, griff die Forderungen des Transzendentalismus später auf. Emersons *Essays* erschienen 1841 und 1844.

49 Ital. «Todsicher!»

50 Frz. «Das entspricht doch seinem Alter».

51 Frz. «den Hof».

52 Frz. «Ich verstehe gar nichts mehr.»

53 Griech., Hochzeitsgedicht.

54 Heidelberg war eine Hochburg der sog. schlagenden Verbindungen, die das «studentische Fechten» mit scharf geschliffenen Waffen pflegten. 1878, im Jahr der Veröffentlichung von *The Europeans*, beschrieb auch Mark Twain (in *A Tramp Abroad*) die blutigen Studentenduelle in Heidelberg.

55 Frz. «Schuhe».

56 Öffentlicher Park in Boston, ältester Stadtpark in den Vereinigten Staaten.

57 Frz. «gute Gesellschaft».

58 1815 in Boston gegründete, älteste Literaturzeitschrift der Vereinigten Staaten. Henry James' Roman *The Ambassadors* (1903; *Die Gesandten*) erschien hier vor der Veröffentlichung in Buchform zunächst leicht verändert in Fortsetzung.

59 Frz. «Kommen Sie doch herein!»

60 Frz. «zuvorkommender Mann», «Kavalier»; kann freilich in bestimmten Zusammenhängen auch einen «Schwerenöter» meinen.

61 Frz. «bin ich noch nicht so weit». Vgl. Anm. 45.

62 Frz. «Die schönen Tage sind vorbei.» Möglicherweise eine Anspielung auf «Die schönen Tage in Aranjuez sind nun zu Ende», die Anfangszeilen von Schillers Drama *Don Karlos*.

63 Frz. «schöne Augen».

64 Frz. «Ich fürchte sie nicht!»

65 Frz. «Sie sind mit von der Partie!»

66 Frz. «Kein Übereifer!»
67 Ital. «Gehen wir!»
68 Frz. Ausruf: «Aber natürlich!», «Das ist doch klar!»
69 Frz. «Abschiedsbesuch».
70 Frz. «eine glückliche Hand».
71 Frz. «Das sieht gut aus.»
72 Frz. «wie es sich gehört».
73 Frz. «schlecht erzogene».
74 Frz. «So ist es recht.»
75 Der *Boston Daily Advertiser* wurde 1813 gegründet und war die älteste und lange Jahre auch einzige Bostoner Tageszeitung. Unter und mit ihrem Begründer und Herausgeber Nathan Hale neigte sie zunächst der Federalist Party zu, der ältesten Partei der Vereinigten Staaten (bis 1820), stützte später die Politik der Whigs und schließlich die der Republikaner.
76 Frz. «Für den Antrag.»
77 Frz. «Ich ordne mich ein.»
78 Frz. «wenn er auf die letzte Instanz setzt».
79 Frz. «Sie scherzen».

NACHWORT

Vier Hochzeiten und eine Abreise, das ist die Bilanz dieser federleichten, tiefsinnigen Romankomödie. Felix, der junge Gott der Fröhlichkeit und der Kunst, wird, so dürfen wir hoffen, glücklich mit Gertrude, die sich entschlossen nahm, was ihre Sehnsucht begehrte. Charlotte und Mr. Brand haben zu dem strengeren Glück gefunden, das sie erst nicht sehen wollten. Clifford, der gute Junge, dessen einziger Tribut an die Sündhaftigkeit des Menschen gelegentliche Gläser über den Durst waren, bekommt die selbstbewusste, kesse Lizzie. Und selbst der weitgereiste Acton, der trotz seiner kostbaren Chinoiserien zu spießig war, um sich für die irgendwie dämonisch-reizvolle, im Kern aber hilfsbedürftige Eugenia zu entscheiden, darf in der letzten Zeile mit fast verächtlicher Beiläufigkeit ein besonders nettes Mädchen ehelichen, über dessen geringe Bedeutung ebendiese Beiläufigkeit hinreichend Auskunft gibt: ein allerletztes Happy End in einem einzigen Tintenstrich.

Eugenia geht leer aus. Der Hochzeitstrubel des Endes behält eine schmerzliche Note, wie es sich für gute Komödien gehört. Eugenia Camilla Dolores, Baronin Münster, deren Vornamenreihe möglicherweise eine bei Erscheinen des Romans schon verwitwete und abgesetzte Kaiserin (die Gemahlin Napoleons III.), eine amazonenhafte mythische Kämpferin (aus Vergils *Aeneis*) und die heißblütigen Leiden der Leidenschaft heraufruft, muss ihre reich gefüllten Koffer wieder packen, um an den Hof von Silberstadt-Schreckenstein zurückzukehren, wo ihr nur die unattraktive, zweideutige Rolle einer «morganatischen», nicht standesgemäßen Gattin eines Prinzen aus fürstlichem Hause zukommt. Der zwischen Geld und Gotik schillernde Name des kleinen deutschen Souveräns erinnert an Jacques Offenbachs Operettenwelt, die das genaue Gegenteil der ehrenfesten bürgerlichen Strenge darstellt, für die die Familie Wentworth steht – allerdings sollte uns auch deren Name misstrauisch stimmen, denn er spricht von vergangenen Werten.

Der Wirbelwind, den Felix und Eugenia, der Glückliche und die Wohlgeborene, die nach Europa ausgewanderten Verwandten, über die verdutzte puritanische Familie Wentworth gebracht haben, hat ihr am Ende Segen gebracht. Das neuenglische Arkadien eines fast noch Goldenen Zeitalters mit seinen schlichten, patriarchalischen Sitten wird durch den Kontakt mit der zuerst höchst verdächtig schillernden europäischen «Boheme» auch moralisch belebt, denn zur Frömmigkeit kommen nun auch Liebe, Freude, Lebensart und Kunst, vor allem aber: die Erkenntnis der eigenen Gefühle.

Dieses *lieto fine* sollte das düstere Ende des unmittelbar vorangehenden Romans von Henry James, *Der Amerikaner (The American)*, kontern und ausbalancieren. Das umfangreiche, 1876/1877 zuerst in Fortsetzungen erschienene Werk führt einen jungen amerikanischen Industriellen, der durch Gummiprodukte ein riesiges Vermögen erworben hatte, ins Paris Napoleons III., wo er sich in den Kopf setzt, eine vornehme junge Dame zu ehelichen, die ausgerechnet aus dem legitimistischen, papsttreuen Hochadel, also dem reaktionärsten Teil der französischen Gesellschaft, stammt. Der offenbar in Finanznöten steckende, allerdings in bösartigem

Standesdünkel eingemauerte Clan zieht diese Mesalliance so ernsthaft in Erwägung, dass der an kapitalistische Handschläge gewohnte Amerikaner sich schon im Besitz seiner kostbaren weiblichen Trophäe wähnt. Umso schrecklicher ist die finstere Wendung: Das französische Geschlecht, das den peinlichen künftigen Schwiegersohn in einer Soiree den uradligen Prinzen und Herzoginnen seiner Verwandtschaft schon vorgestellt hatte, zieht im letzten Moment die Hand der Tochter zurück; diese wird hinter Klostermauern unwiderruflich von der Welt entfernt. Der amerikanische Millionär gerät zwar am Ende noch in den Besitz eines schauerlichen Familiengeheimnisses, das ihm Rache an der französischen Dynastie erlauben würde – aber er verzichtet edelmütig-selbstgerecht auf diese Vergeltung.

Es war das Spiel von Kränkung und ausgeschlagener Vergeltung, das Henry James an dieser zwischen den Sitten von Alter und Neuer Welt ausgespannten, halb satirischen, halb schauerromantischen Geschichte gereizt hatte. Als er dreißig Jahre später den *Amerikaner* für die New Yorker Ausgabe seiner Werke revidierte, erkannte er, dass schon hier ein Happy End viel plausibler gewesen wäre. Junges amerikanisches Geld heiratet alten europäischen Adel: Das war genau zu der Zeit, als James sich wieder über sein Jugendwerk beugte, der Stoff von Thomas Manns unterschätztem Meisterwerk *Königliche Hoheit*, das an einem kleinen deutschen Hof spielt, der ohne Weiteres Silberstadt-Schreckenstein heißen könnte. 1907 hat James zwar viel am Stil des *Amerikaners* gefeilt, aber nichts am Handlungsgrundriss geändert. So blieb der streckenweise rasend komische Roman eine nicht ganz gelungene Mischung aus englischer Gesellschaftssatire und Balzac'scher Düstergrellheit.

Außerdem litt er an einer gewissen Überlänge. Er verschlang zwölf lange Folgen in der Monatszeitschrift *The Atlantic Monthly*, dem Hauptabnehmer von James' frühen Schriften. Das folgende Werk sollte unbedingt kürzer und fröhlicher werden. Und so kamen *The Europeans* in der zweiten Jahreshälfte 1878 auch mit nur schlanken vier Fortsetzungen in der eng zweispaltig bedruckten Monatsschrift aus, wo der Roman zwischen Juli und Oktober erschien.

Ursprünglich hatte James vor, die Konstellation des *Amerikaners* symmetrisch umzudrehen: Ein junger Europäer sollte nach Amerika kommen. «Es wird ein sehr lustiger kleiner Roman werden», versprach er dem Herausgeber des *Atlantic Monthly*. Ein genialer, charmanter junger Mann, Sohn eines Vaters aus der künstlerischen Boheme, kehrt zurück zu dessen früherer Familie, verrottenden, asketischen Puritanern, an einen imaginären Ort Neuenglands in den 1830er-Jahren, und durch seinen Frohsinn und seine liebenswürdige Frechheit heilt er ihre Rauheit und Verstocktheit und verscheucht ihre Sorgen: So zeichnete James den ersten Grundriss. «*Alle* Frauen verlieben sich in ihn (und er sich in sie – seine Liebeskraft ist grenzenlos); allerdings kann er auch bei einem *happy ending* nicht alle heiraten. Aber er heiratet die Hübscheste.» Und natürlich werden auch alle anderen durch die bloße Anwesenheit dieses wohltätigen Vetters und Liebesgottes glücklich, der am Ende nach Böhmen zurückkehrt (James spielt hier mit dem shakespeareschen Doppelsinn von «Boheme» und «Böhmen am Meer»), und zwar «in einer rosigen Wolke, um neue Wohltaten über Menschheit und Frauenwelt *(over man- und especially womankind!)* auszustreuen». Den Sinn des neuen Plans resümierte dieser Brief knapp in einem Satz: «Er soll das Bild von der Konversion eines staubigen und trübseligen häuslichen Zirkels zum Epikuräismus geben.»

Der Roman, der schließlich entstand, wurde ganz anders. Aus einem Europäer wurden zwei; aber es ist interessant zu wissen, dass Felix Young ursprünglich der alleinige Held hatte sein sollen. Die puritanische Familie, die er beglückt, kann auf keinen Fall einfach als trübselig, staubig oder gar verrottend bezeichnet werden. Die Welt der Wentworths hat in ihrer ländlichen, arkadisch-biblischen Unschuld einen eigenen Reiz, den der Felix des fertigen Romans auch sofort erkennt. Schon das bedeutet eine erhebliche Komplizierung des ursprünglichen Einfalls: Die Oppositionen sind weit weniger eindeutig als im ersten Plan. Dazu kommt, als völlig neues Element, die Figur der Eugenia, die das Fragwürdige, Ungute des alten Europas ebenso verkörpert wie seine interessante seelische und soziale Differenziertheit, seine Fähigkeit zum gesellschaftlichen Rollenspiel, zur Maske und zu keineswegs immer schädlicher Unwahrhaftigkeit. Neben den groben, schlagschattenartigen Antithesen des *Amerikaners* – Tüchtigkeit und Direktheit versus Stolz und Tücke – flirrt die Vieldeutigkeit der Figurenkonstellation in den *Europäern* wie impressionistische Freiluftmalerei. Dass Henry James sich nach dem Erscheinen des Romans von seinem Bruder William einreden ließ, er sei «dünn und leer» *(«thin and empty»)* und ihn auch später nie mehr auflegen ließ, ist kaum zu begreifen. Hier hatte der Puritanismus von William James vielleicht aus Selbstschutz verkannt, worum es ging. Henry aber hatte sein erstes ganz modernes Werk geschrieben. So klingt ein anderer Brief vom März 1879 auch ganz anders. Er resümiert das neue künstlerische Selbstbewusstsein nach dem Abschluss der *Europäer*: «Man kann Figuren über Figuren erschaffen, ohne Verallgemeinerungen zu beabsichtigen – Verallgemeinerungen, vor denen ich einen Horror habe. (…) Nichts ist mein letztes Wort über irgendetwas – ich bin übersubtil und analytisch –, und mit Gottes Segen werde ich leben, um alle Arten von Darstellungen *(representations)* von allen Arten von Gegenständen zu machen.»

Es geht in den *Europäern* auf der ersten Ebene wie in so vielen anderen Romanen und Erzählungen von Henry James um sein «internationales Thema» *(«the international theme»)*, um die Spannung zwischen Alter und Neuer Welt, den Kontrast der einfachen kolonialen Tochter Amerika zu ihrer komplizierten alten Mutter Europa. Im *Amerikaner* war er vor allem sozialkritisch dargestellt worden, als Einwand gegen die ständische Versteinerung der Pariser Gesellschaft, die hier für Europa steht. Allerdings hatte sich der neureiche amerikanische Geschäftsmann dabei auch mit dem verwirrenden alten Reichtum an Kunst und Sitten auseinandersetzen müssen, einer Fülle sozialer Codes und ästhetischen Wissens, die durch kein Geld der Welt zu erwerben sind. Der Roman über die Europäer in Amerika dreht die Blickrichtung um; schon auf den ersten Seiten muss sich Eugenia mit der ihr unbekannten neuen Erscheinung der Pferdebahn vertraut machen, und das kleine Sprachexperiment, das James hier vornimmt, kann als Leseanweisung für das ganze Buch verstanden werden. Eugenias Wahrnehmungen werden so aufgebaut, als gäbe es den Begriff «Pferdebahn» *(«horsecar»)* noch nicht – die Sache muss also tatsächlich aus ihren einzelnen empirischen Vorgängen (Warten an einer Haltestelle, gleichzeitiges massenhaftes Aus- und Einsteigen) aufgebaut werden. James hat seinen Roman am Ende mit Bedacht in die frühen Vierzigerjahre des 19. Jahrhunderts verlegt, in eine Epoche, die noch nicht vom Vorschein des amerikanischen Bürgerkriegs gezeichnet war, von 1878 aus gesehen also eine «gute alte Zeit». Doch in Boston, der Stadt, wo seine Europäer zu Beginn logieren, fuhr die erste Pferdebahn erst am 26. März 1856 (sie existiert heute noch). Leidige Tatsachen! So fehlte auch der Kritiker nicht, der James diesen Anachronismus vorhielt – ganz ähnlich, wie man in unseren Tagen dem Romancier Martin Mosebach die Vordatierung von Smartphones mit mobilem Internet um mehr als ein Jahrzehnt in seinem Roman *Das Blutbuchenfest* zu einem schweren Vorwurf gemacht hat.

Amerika, das zeigt diese Episode, ist für Besucher auf seine Art so fremd und erklärungsbedürftig wie das komplizierte Europa für Reisende aus der Neuen Welt. Die einen staunen vor den Gemälden im Louvre, die anderen vor den Errungenschaften der Technik und ungewohnter Simplizität im Lebenszuschnitt. Der entzückte Bericht, den Felix seiner Schwester vom ersten Besuch bei den Verwandten auf dem Land gibt, bezeugt dies. «Keinerlei Prunk, keinerlei Schmuck, keine Heerscharen von Dienstboten und Stühle mit fast geraden Rückenlehnen. Aber man könnte vom Fußboden essen und sich auf die Treppenstufen setzen.» Für das Auge des Europäers ist diese Welt vor allem durch eine Abwesenheit gekennzeichnet, durch das Fehlen von Dekor. Freilich kann er zur Charakteristik auch alte Begriffe aus der humanistischen Bildung heranziehen, der biblische und klassische Bilder zusammenführt: «Wie soll ich es nur beschreiben? Es liegt dort etwas Ursprüngliches in der Luft, etwas Patriarchalisches; es ist der *ton* des Goldenen Zeitalters.» An den Wänden hängen Bibelstiche, doch Felix dürfte ebenso auf Ovids Verse über das erste, das Goldene Zeitalter der Menschheit anspielen, wo man ohne Gesetz und Strafen aus eigenem Antrieb Treue und Anstand bewahrte.

Das europäisch-amerikanische Lebensthema wird auch hier vor allem auf dem Feld der Kunst ausbuchstabiert.

Kaum ist Eugenia in ihr Häuschen eingezogen, verwandelt sie es mit Vorhängen und Draperien zu einer Bühne für das Spiel ihrer gesellschaftlichen Auftritte. *Nippes* sprenkeln die Zimmer so wie französische Ausdrücke ihre Rede. Felix ist Maler, der sogar vorhat, von seiner Kunst zu leben. In sympathischem Einklang mit sich und seinen Möglichkeiten weiß er aber, dass er nie ein großer Künstler sein wird, immerhin ist er ein gefälliger, der den Menschen ihre Umgebungen in schönen Landschaften und ihre Gestalt in freundlichen Porträts angenehm macht. Bezaubernd ist die Szene, in der er den alten Mr. Wentworth porträtieren will und dessen Kopf dabei mit den ehrwürdigen Kirchenfürsten der italienischen Malerei vergleicht. Nicht ohne theologischen Tiefsinn ist der Einwand von Mr. Wentworth, der es verkehrt findet, ein von Gott geschaffenes Antlitz zu reproduzieren: Kunst ist eine Form der Täuschung, der Aufhübschung und gehört für die neuengländischen Puritaner daher in dasselbe Arsenal, aus der auch die verwirrende, indirekte und anspielungsreiche Redeweise Eugenias stammt, bei der man nie genau weiß, wie sie gemeint ist und die in einigen Augenblicken sogar in manifeste Unwahrheiten übergeht. Der komödiantische Witz des ganzen Buches speist sich durchgehend aus diesem Clash der sozialen und sprachlichen Codes. Nicht zufällig ist es das erste ganz auf Dialogen aufgebaute Buch von James.

Der ästhetisch-kulturelle Gegensatz zwischen Europa und Amerika bleibt als historisches Thema bedeutend genug – die Frage nach dem Verhältnis von Vorgänger- und Nachfolgerkulturen wird die globalisierte Welt auch in Zukunft begleiten. Und wie wenig James, bei aller Liebe zu den Künsten Europas, den amerikanischen Standpunkt verleugnet, zeigt sich etwa in dem stolzen Satz von Mr. Wentworth, der, auf den fürstlichen Stand seiner Cousine Eugenia angesprochen, knapp erklärt: «Hierzulande sind wir alle Fürsten.» Aber der große Romancier hat spätestens in den *Europäern* die realistische Darstellung eines bestimmten, historisch präzise erfassten gesellschaftlichen Moments zu einem Modell für ein noch allgemeineres Problem gemacht, nämlich für die Dialektik von Aufrichtigkeit und Künstlichkeit in der gesellschaftlichen Kommunikation.

Die puritanische Aufrichtigkeit und Direktheit, das Verschmähen kommunikativer Umwege, führt bei den Neuengländern dazu, dass sie sich selbst nicht kennen, sich über ihre wahren Gefühle keine Rechenschaft ablegen können. Die grundsätzliche Ehrlichkeit ist erkauft durch weite Zonen des Unaussprechbaren. Die durchgehende Ironie des Romans ergibt sich daraus, dass der Erzähler, der immer wieder kurz aus den Zeilen herauswinkt, mehr weiß als die Figuren mit ihren beschränkten und zunächst kaum kompatiblen Sprachen – und mit dem Erzähler dann schon bald auch die Leser als Komplizen des Erzählers. Doch durchschauen natürlich auch Eugenia und Felix recht bald, dass beispielsweise Mr. Brand und Gertrude nicht für einander geschaffen sind, während Charlotte sich in sinnlosem Verzicht übt. Nur lässt sich das nicht unvermittelt und direkt aussprechen, es bedarf des Tastens und der Umwege, der Zweideutigkeiten und Missverständnisse, um den wahren Gefühlen auf die Spur zu kommen und ihnen zur Geltung zu verhelfen.

Eugenia mag sich benehmen wie eine Schmierenschauspielerin, Felix mag nur ein liederlicher Amateur sein, der es allen recht machen will, doch an Weltklugheit übertreffen sie ihre frommen (und übrigens gleichzeitig geschäftstüchtigen, wirtschaftlich erfolgreichen) Verwandten beträchtlich. Und deshalb zeigt sich im Verlauf der Geschichte auch, dass

Künstlichkeit und Aufrichtigkeit allmählich ihre Plätze tauschen. Die Künstlichkeit der Europäer befreit die in der Unaufrichtigkeit ihrer Sittenstrenge blockierten Amerikaner. Gertrude macht sich im achten Kapitel als Erste ehrlich, wenn sie ausruft, sie wolle doch «nur leichtsinnig» sein, nachdem sie sich ihr ganzes Leben verstellt habe: «Nein, mir liegt nichts an den großen Fragen. Mir liegt an Freude und Vergnügen. Vielleicht mag ich das Böse, das ist gut möglich!»

Jede Komödie ist eine Komödie der Irrungen, die am wirksamsten in finalen Szenen aufgelöst werden. Der große Auftritt von Felix mit seinem Heiratsantrag bei Gertrudes Vater ist ein solcher tief lustiger, tief bewegender Moment der Klärung. Und hier zeigt sich auch, dass Europa in gewisser Weise immer noch «viel größer als Amerika» ist – die beiden Europäer, die zunächst nur ihren materiellen Vorteil suchten, kamen als Befreier zu ihren amerikanischen Verwandten ins Land der Freien. Der kurze große Roman handelt von nichts Geringerem als der noch anstehenden Befreiung Amerikas durch den überlegenen Reichtum europäischer Sitte.

Wundervoll ist der anschauliche symbolische Tiefsinn, mit dem James, der exquisite Kenner der Malerei, seine Geschichte landschaftlich grundiert. Das Riesenland der Sonnenuntergänge mit seinen endlosen Weiten umgibt den eingehegten, parkartig geordneten Bezirk der Wentworths. Arkadien ist ein Garten unter dem flammenden Licht der Stadt Gottes am Abendhimmel. Das puritanische Goldene Zeitalter ist eine Welt, in der nur erlaubt ist, was sich ziemt. Es ist erst die Zivilisation, die Schritt für Schritt auch das zulässt und erlaubt, was gefällt. Die kulturanthropologische Abfolge aus Goethes berühmtem Gespräch zwischen Torquato Tasso und der Prinzessin wird also genau umgedreht.

Es gibt wenige Autoren, die Henry James so verehrte und so gründlich las wie Goethe. Es fällt schwer, im Schauplatz der *Europäer*, dem von regelmäßig gepflanzten Bäumen eingefassten Landhaus der Wentworths, keine Anspielung auf den Landsitz in den *Wahlverwandtschaften* zu erkennen. Auch Goethes Roman verhandelt eine Dialektik von Gesetz und Freiheit in Liebesfragen, von Ordnung und Unordnung in der Natur. Dabei behandelt Goethe seine Figuren wie chemische Elemente, die aufeinander reagieren und sich lösen, um zu neuen Verbindungen zu kommen. Auch der Erzähler der *Europäer* spricht schon früh im Roman davon, dass «in das wohlgeordnete Denken der Wentworths plötzlich ein Element einbrach, welches im gewohnten Pflichtprogramm nicht vorgesehen war». Die weitere Entwicklung der Geschichte führt eine Trennung und Neuverbindung im Viereck zwischen Mr. Brand, Gertrude, Charlotte und Felix vor, die sich wie eine glückliche Variation der Konstellation in den *Wahlverwandtschaften* liest. Goethes Roman ließ Aufklärung wieder in Mythos umschlagen, Ungebundenheit in schicksalhaften Zwang. *Die Europäer* erzählt von der Humanisierung des asketischen Puritanismus durch Kunst und Amüsement.

Denn was ist es, was die Europäer als «neues Element» nach Arkadien und zu ihren amerikanischen Verwandten tragen? Die ungewohnte intellektuelle Aufgabe, so erklärt es der Erzähler, «ein Ereignis nackt und bloß im Lichte des damit möglicherweise verbundenen Vergnügens zu betrachten».

Gustav Seibt

INHALT

Der moderne Klassiker jetzt endlich bei Penguin

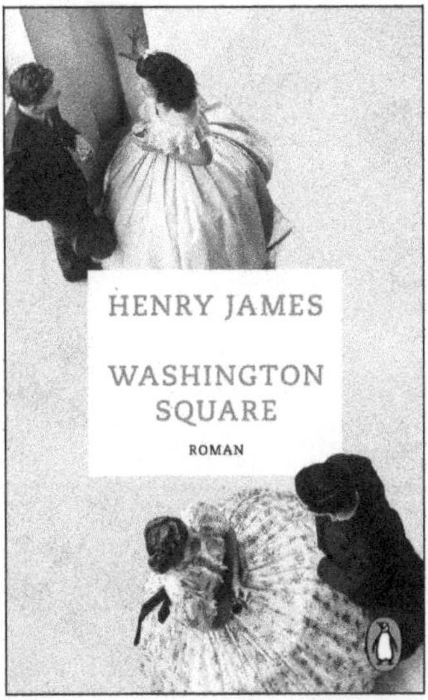

Catherine Sloper ist ein schüchternes, in jeder Hinsicht blasses Mädchen – und eine der besten Partien New Yorks. Als ihr der attraktive Abenteurer Morris Townsend den Hof macht, geht sie bereitwillig auf sein Werben ein. Doch Catherines Vater vermutet in Townsend einen Mitgiftjäger und will eine Heirat um jeden Preis verhindern. Liebt er sie, oder liebt er sie nicht? Selten waren Herzensangelegenheiten undurchsichtiger als in diesem Roman, einem von James' bekanntesten und beliebtesten Werken, das seine Meisterschaft in der Analyse menschlicher Abgründe offenbart.

PENGUIN VERLAG

Ein schillernder Klassiker aus den Roaring Twenties

Da haben sich zwei gefunden: Anthony, der smarte Millionenerbe, und Gloria, die betörende Schönheit. Gemeinsam verbringen sie ein Leben im Rausch, und die ganze Welt liegt ihnen zu Füßen. Dennoch fühlt sich ihr snobistisches Upperclass-Dasein immer öfter reizlos und eintönig an. So beginnen sie, sich in ihrem goldenen Käfig zu langweilen und ihrer Glamourwelt überdrüssig zu werden.
Von zwei Glückskindern im Überfluss, die ihr wertvollstes Gut vergeuden: ihr Leben. F. Scott Fitzgeralds Romanklassiker aus dem New York des «Jazz-Age» ist ein großes Lesevergnügen und zugleich eine scharfsinnige Gesellschaftssatire.

PENGUIN VERLAG

PENGUIN EDITION. Zeitlos, kultig, bunt. – Ausgezeichnet mit dem German Brand Award 2022

Der charmanteste Arbeitsverweigerer der Weltliteratur

«Ich möchte lieber nicht.» Dieser kleine Satz, mit Bestimmtheit ausgesprochen, ist Bartleby zum Lebensmotto geworden. Lange hat der unscheinbare Mann getan, was man ihm. Doch eines Tages erklärt Bartleby unaufgeregt und mit freundlicher Stimme, er ziehe es vor, einen Auftrag nicht auszuführen. Was als kleine Geste des Ungehorsams beginnt, wächst sich alsbald zur universellen Verweigerungshaltung aus. Alle Anläufe des Kanzleibesitzers, seinen merkwürdigen Kopisten zur Vernunft zu bringen, zerschellen an dessen Entscheidung, lieber nicht zu wollen … Mit seiner liebenswert schrulligen Figur schuf Herman Melville einen Säulenheiligen der Pflichtverweigerung und Anorexie.

PENGUIN VERLAG